ARSÈNE LUPIN

MAURICE LEBLANC

ARSÈNE LUPIN

E A ILHA DOS TRINTA CAIXÕES

Tradução
Luciene Ribeiro
dos Santos

Principis

Esta é uma publicação Principis, selo exclusivo da Ciranda Cultural
© 2021 Ciranda Cultural Editora e Distribuidora Ltda.

Traduzido do original em francês
L'Île aux trente cercueils

Texto
Maurice Leblanc

Tradução
Luciene Ribeiro dos Santos

Revisão
Cleusa S. Quadros

Produção editorial
Ciranda Cultural

Diagramação
Linea Editora

Design de capa
Ciranda Cultural

Imagens
alex74/shutterstock.com;
YurkaImmortal/shutterstock.com;
Elena Iargina/shutterstock.com;
Forgem/shutterstock.com;
bins/shutterstock.com

Dados Internacionais de Catalogação na Publicação (CIP) de acordo com ISBD

L445a	Leblanc, Maurice
	Arsène Lupin e a Ilha dos Trinta Caixões / Maurice Leblanc; traduzido por Luciene Ribeiro dos Santos. - Jandira, SP : Ciranda Cultural, 2021. 288 p. : 15,50cm x 22,60cm. - (Arsène Lupin)
	Título original: L'île aux trente cercueils ISBN: 978-65-5552-549-6
	1. Literatura francesa. 2. Mistério. 3. Investigação. 4. Suspense. 5. Detetive. 6. Enigma. I. Santos, Luciene Ribeiro. II. Título.
	CDD 843
2021-0027	CDU 821.133.1-3

Elaborado por Lucio Feitosa - CRB-8/8803

Índice para catálogo sistemático:
1. Literatura Francesa : Ficção 843
2. Literatura Francesa : Ficção 821.133.1-3

1ª edição em 2021
www.cirandacultural.com.br

SUMÁRIO

PRIMEIRA PARTE

VÉRONIQUE

PRÓLOGO

A guerra provocou tantas perturbações que poucas pessoas se lembram hoje do que foi, há alguns anos, o escândalo de d'Hergemont.

Recordemos os fatos em algumas linhas.

No mês de junho de 1902, o senhor Antoine d'Hergemont, cujos estudos sobre os monumentos megalíticos da Bretanha são bastante apreciados, passeava no bosque com sua filha Véronique, quando foi assaltado por quatro indivíduos e atingido no rosto por uma bengalada que o derrubou.

Depois de uma curta luta, e apesar dos seus esforços desesperados, Véronique, a bela Véronique, como lhe chamavam as suas amigas, era arrastada e empurrada para dentro de um automóvel que os espectadores desta rapidíssima cena viram afastar-se para os lados de Saint-Cloud.

Foi um rapto fácil. No dia seguinte, sabia-se a verdade. O conde Alexis Vorski, um jovem fidalgo polonês, com bastante má reputação, mas de boa figura, que se dizia de sangue real, amava Véronique d'Hergemont e ela o amava. Rejeitado pelo pai, insultado várias vezes por ele, combinara a aventura sem que Véronique, aliás, fosse minimamente cúmplice.

Antoine d'Hergemont, que era – conforme certas cartas tornadas públicas atestaram – violento, taciturno, e que, por causa de seu humor caprichoso, de seu egoísmo extremo e de sua sórdida avareza, tornara a filha extremamente infeliz, jurou que se vingaria da maneira mais implacável.

Deu o seu consentimento ao casamento, que ocorreu, dois meses depois, em Nice. Mas no ano seguinte surgiam notícias sensacionais. Mantendo a sua palavra de ódio, o senhor d'Hergemont raptou, por sua vez, a criança nascida do casamento da filha com Vorski, e, em Ville-Franche, embarcou em um pequeno iate que recentemente comprara.

O mar estava agitado. O iate afundou-se perto da costa italiana. Os quatro marujos que o tripulavam foram recolhidos por uma barca. Segundo o testemunho deles, o senhor d'Hergemont e a criança tinham desaparecido no meio das ondas.

Quando Véronique teve a prova da morte deles, entrou para um convento de carmelitas.

São estes os fatos. Eles conduziram, catorze anos mais tarde, a mais horrível e extraordinária aventura. No entanto, uma aventura autêntica, ainda que certos detalhes assumam, à primeira vista, o aspecto de fábula, de fantástico. Mas a guerra complicou a existência de tal maneira que acontecimentos exteriores a ela, como aqueles cuja narrativa vamos seguir, retiram desse grande drama qualquer coisa de anormal, de ilógico e, por vezes, de miraculoso. É necessária toda a resplandecente luz da verdade para dar a esses acontecimentos a marca de uma realidade, afinal bastante simples…

A CASA ABANDONADA

A pitoresca vila de Faouët, situada em pleno coração da Bretanha, viu chegar de carruagem, em uma manhã do mês de maio, uma senhora que usava um vestido cinzento e um véu sombrio que lhe envolvia o rosto, peças que não impediam de discernir a sua grande beleza e perfeita graciosidade.

Esta senhora almoçou rapidamente na hospedaria principal. Depois, por volta do meio-dia, pediu ao dono da estalagem que lhe guardasse a mala, obteve algumas informações sobre a região e, atravessando a vila, dirigiu-se em direção ao campo.

Logo se viu diante de duas estradas: uma que conduzia a Quimperlé, outra, a Quimper. Escolheu esta última, desceu ao fundo de um vale, tornou a subir e, avistou, à sua direita, à entrada de um caminho vicinal, um poste indicativo que mencionava: *Locriff, 3 quilômetros.*

"É aqui o local", disse para si própria.

No entanto, tendo lançado um olhar em volta, ficou surpreendida por não encontrar o que procurava. Compreendera mal as instruções que lhe tinham dado?

Ninguém a sua volta e ninguém tão longe quanto se podia ver até o horizonte dos campos bretões, para além dos prados rodeados de árvores e das ondulações das colinas. Um pequeno castelo, surgido da verdura nascente da primavera, erigia não longe da vila uma fachada cinzenta onde todas as janelas tinham as portinholas fechadas. Ao meio-dia, os sinos do toque das ave-marias balançaram no espaço. Depois houve um grande silêncio e uma grande paz.

Ela sentou-se então sobre a erva rasa de um talude e tirou do bolso uma carta de que desdobrou as numerosas folhas.

A primeira página tinha, ao alto, a seguinte firma social:

Agência Dutreillis.
Gabinete de Consultas. Informações confidenciais. Discrição.

Depois, por baixo, este endereço:

Para a senhora Véronique, modista, Besançon.

Ela leu:

Minha senhora:
Seria difícil para a senhora imaginar com que prazer decifrei a dupla missão que me quis confiar através da sua carta do corrente mês de maio de 1917. Não esqueci nunca as condições em que me foi possível, há catorze anos, prestar-lhe o meu concurso eficaz, quando dos penosos acontecimentos que ensombraram a sua existência. Fui eu, efetivamente, que consegui obter todas as certezas relativas à morte do seu querido e respeitável pai, o senhor Antoine d'Hergemont, e do seu adorado filho, François – primeira vitória de uma carreira que proporcionaria tantas outras brilhantes vitórias.

Fui também eu, não o esqueça, que, a seu pedido, e vendo quanto era útil subtraí-la ao ódio e, digamos a palavra, ao amor do seu marido, fiz as diligências necessárias para a sua entrada no convento de carmelitas. Fui eu, enfim, que, tendo-lhe o seu retiro nesse convento mostrado que a vida religiosa era contrária à sua natureza, lhe arranjei esse humilde lugar de modista em Besançon, longe das cidades onde passou os anos da sua infância e as semanas do seu casamento. Tinha bom gosto e necessidade de trabalhar para viver e para não pensar. Era natural que fosse bem-sucedida. E foi bem-sucedida.

E agora vamos ao fato, ao duplo fato que nos importa.

Antes de tudo, a primeira questão: Que aconteceu no meio desta tormenta ao seu marido, o senhor Alexis Vorski, polonês de nascimento, segundo os seus documentos, e filho de rei, segundo as suas palavras? Serei breve. Suspeito, encarcerado desde o princípio da guerra em um campo de concentração perto de Carpentras, o senhor Vorski evadiu-se, foi para a Suíça, voltou à França, foi preso e acusado de espionagem, pois ficou provado que era alemão. Mais uma vez, quando inevitavelmente o esperava uma condenação à morte, evadiu-se, desapareceu na floresta de Fontainebleau e, finalmente, foi apunhalado não se sabe por quem.

Conto-lhe tudo isto muito abertamente, minha senhora, sabendo o desprezo que tinha por esse ser que a traiu abominavelmente e sabendo também que conhecia, através dos jornais, a maior parte destes fatos sem no entanto ter podido verificar a sua absoluta autenticidade.

Ora, as provas existem. Eu as vi. Já não há dúvida alguma. Alexis Vorski está sepultado em Fontainebleau.

E permito-me, já agora, minha senhora, chamar a sua atenção para a estranheza desta morte. Lembra-se certamente da curiosa profecia de que me falou, e que se referia a ele. O senhor Vorski, cuja real inteligência e energia pouco comum eram afetadas por um espírito falso e supersticioso, atormentado por alucinações e terrores, ficara extremamente impressionado com esta profecia que pesava sobre a vida dele e que fora feita por várias pessoas versadas nas ciências ocultas: "Vorski, filho de rei, tu morrerás pela mão de um amigo, e a tua esposa será crucificada". Eu rio, minha senhora, ao escrever estas últimas palavras. Crucificada! É um suplício um tanto ultrapassado, *e estou tranquilo a seu respeito! Mas o que pensa a senhora da punhalada sofrida pelo senhor Vorski em conformidade com as ordens misteriosas do destino? Mas basta de reflexões. O que importa agora...*

Véronique deixou cair por um instante a carta sobre os joelhos. As frases pretensiosas, as brincadeiras familiares do senhor Dutreillis feriam a sua delicadeza e, além disso, a imagem trágica de Alexis Vorski a obcecava. Um arrepio de angústia percorreu-lhe o corpo perante a terrível recordação desse homem. Dominou-se e recomeçou:

O que importa agora, minha senhora, é a minha outra missão, a mais importante aos seus olhos, pois todo o resto já pertence ao passado.

Analisemos os fatos. Há três semanas, em uma dessas raras ocasiões em que a senhora consente em romper a tão digna monotonia da sua existência, em uma noite de quinta-feira em que levara as suas empregadas ao cinema, ficou impressionada com um detalhe verdadeiramente inexplicável. O filme principal, intitulado "Lenda Bretã", apresentava, no decorrer de uma peregrinação, uma cena que se passava na beira de uma estrada, frente a uma pequena cabana abandonada, que não tinha qualquer importância para a ação do filme. Estava ali, evidentemente, por acaso. Mas qualquer coisa verdadeiramente anormal chamou a sua atenção. Sobre, as tábuas cobertas de betume da velha porta, havia, traçadas à mão, estas três letras: "V. d'H."; estas três letras eram pura e simplesmente a sua assinatura de solteira, tal como a usava outrora nas suas cartas familiares e tal como nunca mais a utiliza, faz catorze anos! Véronique d'Hergemont! Não podia haver qualquer engano. Duas maiúsculas separadas pelo "d" minúsculo e pelo apóstrofo. E, o que é mais significativo, a barra da letra "H", prolongada sob as três letras, sublinhava a assinatura, exatamente como a costumava então fazer!

Minha senhora, foi o espanto que lhe provocou esta surpreendente coincidência que a determinou a solicitar o meu auxílio. Ele estava antecipadamente concedido. E antecipadamente a senhora sabia que esse auxílio seria eficaz.

De acordo com as suas previsões, minha senhora, fui bem-sucedido. E, mais uma vez, serei breve, como é meu hábito.

Minha senhora, apanhe em Paris o expresso da noite, que a deixará na manhã do dia seguinte em Quimperlé. Aí, tome uma carruagem até Faouët, se tiver tempo, antes ou depois do almoço, visite a curiosíssima capela de Sainte-Barbe, alcandorada no local mais extravagante e que serviu de pretexto para o filme Lenda Bretã. *Depois vá a pé pela estrada de Quimper. No fim da primeira subida, um pouco antes do caminho vicinal que conduz a Locriff, encontra-se, em um semicírculo rodeado de árvores, a cabana abandonada onde está a inscrição. No seu interior não há nada. Nem sequer um soalho. Uma tábua apodrecida serve de banco. Como teto, uma armação de madeira carcomida, através da qual entra a chuva. Mais uma vez, não há qualquer dúvida, de que foi o acaso que a colocou no campo de visibilidade do cineasta. Acrescentarei que o filme* Lenda Bretã *foi feito no mês de setembro último, o que indica que a inscrição tem pelo menos oito meses.*

É tudo, minha senhora. A minha dupla missão está terminada. Sou demasiado discreto para lhe dizer com que esforços e por que meios engenhosos consegui cumprir esta missão em tão pouco tempo, senão consideraria realmente um pouco ridícula a soma de quinhentos francos à qual restrinjo o preço da minha intervenção.

Com os meus melhores cumprimentos.

Véronique dobrou outra vez a carta e refletiu durante alguns minutos sobre as impressões que ela lhe provocara, impressões dolorosas como todas as que ressuscitavam os dias atrozes do seu casamento. Uma delas, sobretudo, persistira, tão forte como as que sentira nas horas em que, para se esconder, se refugiou, na sombra de um convento. Era a impressão e até a certeza de que todas as suas infelicidades, a morte do pai, a morte do filho, eram decorrentes do erro que ela cometera ao amar Vorski. É certo que resistira ao amor desse homem, e que só se decidira casar por constrangimento, desesperada, e para livrar o senhor d'Hergemont da vingança de Vorski. Mas ainda assim amara esse homem. Ainda assim, a princípio, empalidecera sob o seu olhar, e disso, do que lhe parecia agora uma infâmia imperdoável, tinha um remorso que o tempo não suavizara.

"Bem", murmurou, "basta de divagações. Não vim aqui para chorar."

A necessidade de saber quem a fizera interromper a sua vida retirada em Besançon reanimou-a, e levantou-se, resolvida a entrar em ação.

"Um pouco adiante do caminho vicinal que conduz a Locriff... um semicírculo rodeado de árvores...", dizia a carta do senhor Dutreillis. Já ultrapassara então o local. Voltou rapidamente e logo avistou, à direita, as árvores que tinham ocultado a cabana. Quando se aproximou, viu-a.

Era uma espécie de abrigo de pastor ou de cantoneiro, que se ia desfazendo e decompondo sob a ação das intempéries. Véronique aproximou-se e verificou que a inscrição, gasta pela chuva e pelo sol, estava muito menos nítida que no filme. Mas as três letras eram visíveis, assim como o traço que as sublinhava, e ela até distinguiu, por baixo, uma coisa que o senhor Dutreillis não havia notado: o desenho de uma seta e um número, o número nove.

A sua emoção crescia. Ainda que não tivessem de maneira nenhuma procurado imitar a forma exata da assinatura, tratava-se realmente da sua assinatura de solteira. Ora, quem poderia tê-la feito dessa forma em uma cabana abandonada, nessa Bretanha que ela visitava pela primeira vez?

Véronique já não conhecia ninguém. Por uma série de circunstâncias, todo o seu passado tinha se desmoronado, por assim dizer, com a morte de todos aqueles que ela amara e conhecera. Então, como era possível que a lembrança da sua assinatura persistisse para além dela e daqueles que já não existiam? E sobretudo por que essa inscrição, ali, naquele local? O que significava?

Véronique deu uma volta à cabana. Nenhuma outra marca era visível ali, nem sobre as árvores ao redor. Lembrou-se de que o senhor Dutreillis a abrira e nada vira no interior. Contudo, quis certificar-se ela própria de que ele não se enganara.

A porta estava fechada apenas por um trinco de madeira que rodava à volta de um parafuso. Levantou-o, e, coisa singular, que não poderia explicar, foi preciso fazer um esforço, não físico, mas moral, um esforço da vontade, para puxar essa porta para si. Parecia-lhe que ia, através desse pequeno gesto, penetrar em um mundo de fatos e acontecimentos que temia sem saber.

"Então", pensou, "o que é que me detém?" Puxou bruscamente a porta.

Soltou um grito de horror. O cadáver de um homem estava na cabana. E, ao mesmo tempo, no exato momento em que avistou o cadáver, se deu conta da anomalia que o marcava particularmente: uma das mãos do homem estava faltando.

Era velho, com uma barba grisalha que se espalhava em forma de leque, e com longos cabelos brancos que envolviam o pescoço.

Os lábios enegrecidos, uma certa cor da pele tumificada, deram a Véronique a ideia de que fora talvez envenenado, pois não havia nenhum vestígio de ferimento, a não ser a ferida do braço, nitidamente cortado acima do pulso, e que aparentava ter já alguns dias. As suas roupas eram as de um camponês bretão, limpas, mas muito usadas. O cadáver estava sentado no chão, a cabeça apoiada no banco e as pernas encarquilhadas.

Foram estas constatações que Véronique fez, em uma espécie de inconsciência, e que posteriormente deveriam reaparecer na sua memória, pois, nesse momento, ficou ali, completamente trêmula e com olhar fixo, balbuciando:

– Um cadáver... um cadáver...

De repente, pensou que talvez estivesse enganada e que o homem não estava morto. Mas, ao tocar a sua fronte, arrepiou-se com o contato da pele gelada.

Contudo, esse gesto tirou-a do seu torpor. Resolveu agir e, como não havia ninguém nos campos ao redor, voltar a Faouët para avisar às autoridades. Mas primeiro examinou o cadáver para verificar se algum indício podia informá-la sobre a sua identidade.

Os bolsos estavam vazios. A túnica e as roupas de baixo não tinham qualquer marca. Mas, como deslocara um pouco o cadáver para fazer as suas buscas, aconteceu que a cabeça pendeu para a frente e arrastou o tronco, que caiu sobre as pernas, deixando assim à vista o espaço por baixo do banco.

Sob o banco ela viu um rolo de papel, uma folha de papel para desenho, com uma folha muito fina, que estava amarrotada.

Apanhou-o e desenrolou-o. Ainda não acabara este movimento e as suas mãos começaram a tremer e balbuciou:

– Ah! Meu Deus!… Ah! Meu Deus!…

Com toda a sua energia, quis impor a si própria a calma necessária e olhar atentamente para ver e pensar de forma que pudesse compreender.

Quando muito, foi-lhe possível manter-se assim durante alguns segundos. E, durante esses segundos, através de um nevoeiro cada vez mais denso que parecia envolver-lhe os olhos, pôde discernir um desenho vermelho que representava quatro mulheres crucificadas em quatro troncos de árvore.

E, na frente desse desenho, a primeira figura, a imagem central, o corpo rígido sob os seus véus e transtornada pelo mais horrível dos sofrimentos, porém, reconhecível, essa mulher crucificada era ela! Não havia dúvida, era ela, ela própria, Véronique d'Hergemont!

Aliás, por cima da cabeça, a extremidade do poste de tortura apresentava, segundo o costume antigo, um letreiro com uma inscrição a traço fortemente carregado.

Tratava-se da assinatura, composta por três letras sublinhadas, de Véronique quando solteira, V. d'H.: Véronique d'Hergemont!

Um espasmo a fez estremecer dos pés à cabeça. Levantou-se, girou sobre si e, cambaleando para fora da cabana, caiu sobre a relva, desmaiada.

Véronique era uma mulher de bom porte, grande, vigorosa, de um equilíbrio admirável, cujas provações nunca conseguiram atingir a boa saúde moral e a esplêndida harmonia física. Só circunstâncias excepcionais e imprevistas como estas, acrescidas à fadiga de duas noites de viagem, podiam provocar-lhe uma tal perturbação dos nervos e da vontade.

Mas isso não durou mais que dois ou três minutos, ao fim dos quais o seu espírito se tornou novamente lúcido e intrépido.

Levantou-se, voltou à cabana, pegou a folha de papel amarrotada, e, certamente, com uma angústia inexplicável, mas desta vez com olhos para enxergar e com cabeça para pensar, observou os detalhes: primeiro aqueles que pareciam insignificantes, ou pelo menos cujo significado não descobria. À esquerda, havia uma coluna estreita, de uma quinzena de linhas, compostas de letras que não formavam palavras, sendo as hastes das letras sempre iguais, e que só tinham evidentemente a finalidade de preencher o espaço. No entanto, em vários locais, eram visíveis algumas palavras.

Véronique conseguiu ler: *"Quatro mulheres crucificadas"*; mais adiante: *"Trinta caixões"* e, finalmente, toda a última linha assim redigida: *"A pedra-deus que dá morte ou vida"*.

Toda esta coluna era envolvida por uma esquadria traçada a duas linhas, muito regulares – uma a tinta negra, outra a tinta vermelha, e havia, ainda a vermelho, em cima, a representação de duas foices enlaçadas por um ramo de visco e, embaixo, os contornos de um caixão.

Do lado direito, sem dúvida o mais importante, era preenchido pelo desenho, a sanguínea, que dava a toda a página, com a sua coluna de explicações adjacentes, a aparência de uma folha, ou antes, de uma cópia de folha de livro – algum grande livro de imagens antigas, onde os temas fossem tratados um pouco à maneira primitiva, com uma total ignorância das regras.

E eram quatro mulheres crucificadas.

Três delas distanciavam-se em profundidade até o horizonte, cada vez mais pequenas, vestidas com trajes bretões, a cabeça encimada de toucas igualmente bretãs, mas de uma moda especial que indicava um uso local e que consistia sobretudo em um grande laço negro, com as asas desdobradas como os laços das Alsacianas. E, no meio da página, estava a coisa horrível de que Véronique não conseguia desviar o olhar aterrorizado. Era a cruz principal, o tronco de árvore cujos ramos inferiores estavam cortados e ao longo do qual, à direita e à esquerda, desciam os dois braços da mulher.

As mãos e os pés não estavam pregados, mas sim atados por cordas que se enrolavam até os ombros e até o cimo das duas pernas unidas. Em vez do traje bretão, a vítima vestia uma espécie de sudário que caía quase até ao solo, alongando a silhueta delgada de um corpo emagrecido pelo sofrimento.

A expressão do rosto era dilacerante, expressão de dor resignada e de graça melancólica. Era realmente o rosto de Véronique, sobretudo tal como ele era na época dos seus vinte anos, como Véronique se lembrava de tê-lo visto nas horas sombrias em que se contemplam em um espelho os próprios olhos sem esperança e as lágrimas caindo. À volta da cabeça, a mesma onda dos seus cabelos espessos, que desciam até à cintura em curvas semelhantes. Por cima, a inscrição: "V. d'H."

Véronique ficou muito tempo refletindo, interrogando o passado e procurando ligar nessa obscuridade os fatos atuais às lembranças da sua juventude. Mas nenhuma lembrança surgia no seu espírito. As palavras que lia, o desenho que via, nada disso tinha o menor significado para ela, e não havia nenhuma explicação.

Examinou ainda várias vezes a folha de papel. Depois, lentamente, sem parar de pensar nela, rasgou-a em pequenos pedaços que foram levados pelo vento. Quando o último pedaço voou, a sua decisão estava tomada. Endireitou o cadáver do homem, fechou a porta e, rapidamente, afastou-se em direção à vila, a fim de dar a esta aventura a conclusão judiciária que de momento lhe convinha.

Mas quando voltou, uma hora mais tarde, com o presidente da câmara de Faouët, o guarda-florestal e um grupo de curiosos, atraídos pelas suas declarações, a cabana estava vazia.

O cadáver tinha desaparecido.

Tudo isso era tão estranho. Véronique sabia bem que, na desordem das suas ideias, era impossível responder às interrogações que lhe faziam e dissipar as suspeitas e as dúvidas que podiam ter, e que tinham, acerca da veracidade do seu testemunho, acerca do motivo da sua presença, acerca da sua própria razão, por isso renunciou imediatamente a qualquer esforço e a qualquer luta. O dono da estalagem estava lá. Ela perguntou-lhe qual a vila mais próxima que encontraria seguindo por aquela estrada, e se assim chegaria a alguma estação de trem que lhe permitisse voltar a Paris.

Gravou os nomes Scaèr e Rosporden, mandou chamar uma carruagem, que a apanharia na estrada com a sua mala, e partiu, protegida, aliás, contra toda a má vontade, pelo seu ar elegante e pela sua beleza grave.

Partiu ao acaso, por assim dizer. A estrada era longa, léguas e mais léguas, mas tinha tanta pressa de acabar com aqueles acontecimentos incompreensíveis e de voltar para a calma e para o esquecimento, que caminhava com grandes passadas, sem mesmo pensar que essa fadiga era inútil, pois uma carruagem vinha atrás dela.

Subiu colinas, desceu vales, e já não pensava, recusando-se a procurar a solução para tantos enigmas que lhe apresentavam. Era o passado que regressava à superfície da sua vida, e ela tinha um medo terrível desse passado, que se estendia desde o seu rapto por Vorski até a morte do pai e do filho...

Não queria pensar senão na modesta existência que construíra para si própria em Besançon. Lá não havia desgostos, nem sonhos, nem recordações, e ela não duvidava que, no meio dos mínimos hábitos cotidianos que a envolviam na humilde casa que escolhera, não esqueceria a cabana abandonada, o cadáver mutilado do homem e o horrível desenho que continha a inscrição misteriosa.

Mas, um pouco antes da grande vila de Scaèr, ao ouvir atrás dela o guizo de um cavalo, viu, na encruzilhada da estrada que levava a Rosporden, um pedaço de muro que restava de uma casa meio desmoronada.

E sobre esse pedaço de muro, marcado com giz branco, por cima de uma seta e do número dez, estava a inscrição fatídica: "V. d'H.".

À BEIRA DO OCEANO

O estado de espírito de Véronique mudou subitamente. Quanto mais resoluta estava com a ideia de fugir, perante a ameaça do perigo que lhe parecia surgir do seu passado funesto, mais se resolvia a ir até o fim do temível caminho que se abria.

Uma pequena luz que surgia bruscamente nas trevas era a razão desta reviravolta. Ela compreendia de repente uma coisa, bastante simples, aliás: que a seta indicava uma direção, e que o número dez devia ser o décimo de uma série de números que assinalavam um trajeto a partir de um ponto fixo até outro ponto fixo.

Seria um sinal que alguém fizera e que se destinava a conduzir os passos de outra pessoa? Pouco importava. O essencial era que havia ali uma pista capaz de levar Véronique à resolução do problema que lhe interessava: por que prodígio a sua assinatura de solteira reaparecia no meio de um entrelaçar de circunstâncias trágicas?

Entretanto, chegava a carruagem, enviada de Faouët. Ela subiu e disse ao cocheiro para se dirigir, a passo muito lento, para Rosporden.

Chegou lá à hora do jantar e as suas previsões não a tinham induzido a erro. Por duas vezes tornou a ver, antes dos entroncamentos, a sua assinatura, acompanhada dos números onze e doze.

Véronique dormiu em Rosporden e, logo no dia seguinte, recomeçou as suas investigações.

O número doze, que encontrou sobre o muro de um cemitério, fê-la seguir pela estrada de Concarneau, atingindo quase esta vila sem ter visto outras inscrições.

Pensou então que tinha se enganado, voltou atrás, e perdeu todo o dia em investigações inúteis.

Foi só no dia seguinte que o número treze, muito apagado, lhe indicou a direção de Fouesnant. Depois abandonou essa direção para seguir sempre, segundo os sinais, por caminhos entre os campos, onde mais uma vez se perdeu.

Chegou enfim, quatro dias depois de ter deixado Faouët, à grande praia de Beg-Meil, à beira do oceano.

Passou duas noites na vila sem obter a mínima resposta às perguntas discretas que fazia. Finalmente, uma manhã, andando ao acaso entre as rochas meio submersas que dividem a praia e sobre a baixa falésia coberta de árvores e de mato que a rodeia, descobriu, entre dois carvalhos desnudados, um abrigo de terra e troncos que devia ter sido usado por guardas alfandegários. Um pequeno bloco de pedra erguia-se à entrada. Sobre ele estava a inscrição, seguida do número dezessete.

Nenhuma seta. Embaixo, um simples ponto. E era tudo.

Dentro do abrigo, três garrafas partidas e latas de conserva vazias.

"Era aqui o ponto de chegada", disse Véronique para si mesma. "Comeram aqui. Alimentos trazidos antecipadamente, talvez."

Nesse momento, notou que, não longe dela, na margem de uma pequena baía que se arredondava como uma concha no meio das rochas, um barco flutuava, um barco a gasolina cujo motor era visível.

E ouviu vozes de pessoas que vinham da vila, uma voz de homem e uma de mulher.

Do local onde se encontrava, só lhe foi possível ver um homem bastante idoso, que trazia nos braços meia dúzia de sacos com provisões, massas, legumes secos, e que os pôs no chão, dizendo:

– Então, fez boa viagem, senhora Honorine?

– Excelente.

– E onde é que esteve?

– Em Paris, ora… oito dias fora… fazendo compras para o meu patrão…

– Contente por voltar?

– Meu Deus, sim.

– Olhe, senhora Honorine, aqui está o seu barco, no mesmo local. Vim visitá-lo todos os dias. Então, hoje de manhã, tirei-lhe a cobertura. Continua a andar bem?

– Lindamente.

– E a senhora guia-o bem. Hein, senhora Honorine, quem diria que a senhora ainda ia fazer este trabalho?

– É a guerra. Os rapazes novos foram embora da ilha, os outros estão na pesca. E depois, já não há carreiras de barcos a cada quinze dias, como antes. Então faço eu mesma os fretes.

– Mas, e a gasolina?…

– Temos de reserva. Por esse lado não há perigo.

– Bem, então vou indo, senhora Honorine. Quer que a ajude a carregar?

– Não vale a pena, você está com pressa.

– Bem, então vou indo – repetiu o homenzinho. – Até a próxima, senhora Honorine. Da próxima vez faço os embrulhos com antecedência.

Ele afastou-se e um pouco mais adiante gritou:

– Mas tenha cuidado com as pontas dos recifes, em volta da sua maldita ilhota! É que ela tem má fama! Por alguma razão chamam-na a Ilha dos Trinta Caixões. Boa sorte, senhora Honorine.

E desapareceu por detrás de uma rocha.

Véronique estremecera. Os trinta caixões! As mesmas palavras que lera na margem daquele horrível desenho!

Espreitou. A mulher deu alguns passos até ao barco e, depois de colocar nele outras provisões que ela própria trouxera, voltou-se.

Véronique viu-a então de frente. Usava um traje bretão, e a sua touca era encimada por um laço de veludo negro.

"Ah", balbuciou Véronique, "a touca do desenho... a touca das três mulheres crucificadas!..."

A bretã devia ter uns quarenta anos. O seu rosto sério, queimado pelo sol e pelo frio, era ossudo, de traços duros, mas animado por dois grandes olhos negros, inteligentes e doces. Uma pesada corrente de ouro caía-lhe sobre o peito. O vestido de veludo apertava-lhe fortemente o busto.

Cantava em voz muito baixa, enquanto levava os embrulhos e carregava o barco, o que a obrigava a ajoelhar-se sobre uma grande pedra à qual ele estava amarrado. Quando terminou, olhou o horizonte, onde havia algumas nuvens negras. Pareceu, contudo, não se inquietar com isso, e, desfazendo a amarra, continuou a cantar, mas em voz mais alta, o que permitiu a Véronique ouvir as palavras. Era uma lenta melopeia, uma canção de embalar que ela cantava com um sorriso, mostrando uns belos dentes brancos:

> *E dizia a mamãe*
> *Embalando o menino:*
> *Não chores.*
> *Quando choras, Nossa Senhora também chora.*
> *Que o menino cante e ria*
> *Para que a Virgem sorria.*
> *Junta as mãos e reza à boa Virgem Maria.*

Ela não terminou. Véronique estava à sua frente, o rosto contraído e muito pálido.

Surpreendida, ela murmurou:

– O que foi?

Véronique, com voz trêmula, disse:

– Essa canção, quem a ensinou?... Onde a ouviu?... É uma canção que a minha mãe cantava... uma canção da terra dela, da Saboia... Eu nunca a tinha ouvido desde... desde a sua morte... Então... eu quero... eu queria...

Calou-se. A bretã contemplava-a em silêncio, com um ar estupefato, e como se estivesse, também ela, prestes a fazer perguntas. Véronique repetiu:

– Quem lhe ensinou essa canção?…

– Uma pessoa de lá – respondeu enfim aquela a quem chamavam a senhora Honorine.

– De lá?

– Sim, uma pessoa da minha ilha.

Véronique, apreensiva, disse:

– A Ilha dos Trinta Caixões?

– É um nome que lhe dão. Chama-se Ilha de Sarek.

Continuaram a fitar-se, com um olhar onde havia desconfiança misturada com uma grande necessidade de falar e de saber. E, ao mesmo tempo, sentiram ambas que não eram inimigas.

Foi Véronique quem recomeçou:

– Desculpe-me, mas, veja, há coisas tão desconcertantes…

A bretã abanou a cabeça firmemente, com ar de quem aprovava, e Véronique continuou:

– Tão desconcertantes, tão perturbadoras… Olhe, sabe por que é que estou nesta praia? Vou dizer. Talvez você possa me explicar… É o seguinte… O acaso, foi um pequeno acaso que no fundo originou tudo isto, trouxe-me pela primeira vez à Bretanha, e vi na porta de uma velha cabana abandonada, à beira da estrada, as iniciais da minha assinatura de solteira, assinatura que já não uso há catorze ou quinze anos. Continuando pela estrada, descobri ainda várias vezes essa inscrição, com um número de ordem sempre diferente, e foi assim que cheguei aqui, a esta praia de Beg-Meil, e a esta parte da praia que era o fim de um trajeto previsto e efetuado… por quem? Eu ignoro.

– A sua assinatura está ali? – perguntou Honorine. – Em que local?

– Sobre aquela pedra, por cima de nós, à entrada do abrigo.

– Não vejo daqui. Que letras são?

– V. d'H.

A bretã reprimiu um movimento. O seu rosto ossudo traiu uma profunda emoção, e ela disse por entre os dentes:

– Véronique… Véronique d'Hergemont.

– Ah! – disse Véronique – Você sabe o meu nome!... Você sabe!...

Honorine pegou-lhe nas mãos e conservou-as nas suas. O seu rosto rude iluminava-se com um sorriso. Os seus olhos encheram-se de lágrimas enquanto repetia:

– Menina Véronique... Senhora Véronique, então é você, Véronique?... Ah! meu Deus. Será possível? Virgem Maria seja bendita!

Véronique estava confusa e não parava de dizer:

– Você sabe o meu nome... você sabe quem eu sou... Então pode explicar-me todo este enigma?

Depois de um silêncio bastante longo, Honorine respondeu:

– Não posso explicar-lhe nada... Eu também não compreendo... Mas podemos tentar descobrir juntas... Vejamos: que vila era essa na Bretanha?

– A vila de Faouët.

– Faouët... eu conheço. E essa cabana abandonada ficava...?

– A dois quilômetros de lá.

– E abriu a cabana?

– Sim. E foi isso o mais terrível. Dentro dessa cabana havia...

– Diga... o que é que havia lá?

– O cadáver de um homem, de um velho, com traje da região, longos cabelos brancos e uma barba grisalha... Ah! esse morto, nunca o esquecerei... Devia ter sido assassinado... envenenado... não sei...

Honorine ouvia avidamente, porém esse crime não parecia dar-lhe nenhuma indicação, por isso disse simplesmente:

– Quem era? Foi feita uma investigação?

– Quando eu voltei com pessoas de Faouët, o cadáver tinha desaparecido.

– Desaparecido? Mas quem o levou?

– Não sei.

– De maneira que não sabe de nada?

– Nada. No entanto, da primeira vez, encontrei na cabana um desenho... um desenho que rasguei, mas cuja lembrança conservo como um pesadelo que se renova constantemente... Não posso evitar... Ouça...

havia um rolo de papel onde, era evidente, alguém copiara uma imagem antiga, e que representava, oh! uma coisa terrível... terrível... quatro mulheres crucificadas! E uma dessas mulheres era eu, com o meu nome... E as outras tinham uma touca parecida com a sua...

Honorine apertara-lhe as mãos com uma violência extraordinária.

– O que está dizendo? – exclamou a bretã. – O que está dizendo? Quatro mulheres crucificadas?

– Sim, e isso relacionava-se com os trinta caixões, portanto com a ilha em que você mora.

A bretã tapou-lhe a boca com as mãos.

– Cale-se! Cale-se! Oh! Não se deve falar disso. Não, não, não se deve... São coisas do inferno... É um sacrilégio falar disso... Vamos calar-nos... Mais tarde se verá... talvez daqui a alguns anos... Mais tarde... Mais tarde...

Parecia que o terror a sacudia como um vento tempestuoso que chicoteia as árvores e revolve toda a natureza. E subitamente ela caiu de joelhos sobre a rocha, e rezou durante muito tempo, dobrada ao meio, a cabeça entre as mãos, em um tal recolhimento que Véronique não lhe fez mais nenhuma pergunta.

Finalmente levantou-se e passado um instante repetiu:

– Sim, tudo isso é terrível, mas o nosso dever não mudou, e não é possível uma única hesitação.

E disse gravemente à jovem mulher:

– Tem que ir para lá comigo.

– Lá, à sua ilha? – replicou Véronique sem esconder a sua repugnância.

Honorine pegou outra vez nas mãos dela e continuou, sempre no mesmo tom um pouco solene, que parecia a Véronique cheio de pensamentos secretos e não ditos.

– O seu nome é mesmo Véronique d'Hergemont?

– Sim.

– O seu pai chamava-se...?

– Antoine d'Hergemont.

– Casou-se com um suposto polonês chamado Vorski?

– Sim, Alexis Vorski.

– Casou-se com ele depois do escândalo de um rapto e de uma ruptura com o seu pai?

– Sim.

– Teve um filho dele?

– Sim, um filho, François.

– Que praticamente não o conheceu, pois ele foi raptado pelo seu pai?

– Sim.

– E os dois, o seu pai e o seu filho, desapareceram em um naufrágio?

– Sim, morreram.

– Como é que sabe?

Véronique nem sequer se espantou com esta pergunta e respondeu:

– A investigação que mandei fazer e a investigação judiciária fundamentaram-se em um mesmo depoimento irrecusável, feito por quatro marujos.

– Quem lhe diz que eles não mentiram?

– Por que haviam de mentir? – disse Véronique, surpreendida.

– O depoimento deles podia ter sido comprado… Podia ter sido combinado antecipadamente.

– Por quem?

– Pelo seu pai.

– Que ideia! E depois, o meu pai está morto!

– Repito-lhe: como é que sabe?

Desta vez Véronique ficou estupefata.

– Onde quer chegar? – murmurou.

– Calma. Sabe os nomes desses quatro marujos?

– Eu sabia. Já não me lembro.

– Não se recorda que eram nomes bretões?

– É verdade. Mas não compreendo…

– A senhora nunca veio à Bretanha, mas o seu pai veio aqui muitas vezes por causa dos livros que escrevia. Ele esteve aqui mesmo quando a sua mãe era viva. Por isso deve ter conhecido pessoas da região. Suponhamos que conhecia há muito tempo os quatro marujos, e que esses homens, dedicados a ele, ou por ele comprados, foram contratados exatamente para essa aventura… Suponhamos que eles levaram primeiro o seu pai e o seu filho para um pequeno porto na Itália, e que depois, sendo os quatro bons nadadores, afundaram o iate frente à costa. Admitamos…

– Mas esses homens existem! – exclamou Véronique cada vez mais agitada. – Podiam ser interrogados!

– Dois deles morreram de morte natural há alguns anos. O terceiro chama- se Maguennoc, um velho que poderá encontrar em Sarek. Quanto ao quarto, talvez o tenha visto há pouco. Com o dinheiro que lhe deu esse negócio, trapaceando comprou uma mercearia em Beg-Meil.

– Ah, esse, podemos ir já falar com ele – disse Véronique emocionada. – Vamos procurá-lo.

– Para quê? Sei mais do que ele.

– Você sabe… você sabe…

– Sei tudo o que ignora. Posso responder a todas às suas perguntas. Pergunte-me.

Mas Véronique não ousava fazer-lhe a pergunta principal, aquela que começava a palpitar nas trevas da sua consciência. Tinha medo de uma verdade que talvez já não fosse inadmissível, verdade que ela entrevia obscuramente, e foi em um tom doloroso que balbuciou:

– Não compreendo… não compreendo. Por que é que o meu pai teria agido assim. Por que é que teria querido que se acreditasse na sua morte, e na morte do meu pobre filho?

– O seu pai jurou vingança…

– De Vorski, tudo bem… Mas de mim?… Da sua filha?… E uma tal vingança!…

– A senhora amava o seu marido. Depois de ser raptada, em vez de fugir, consentiu em se casar com ele. E, além disso, a injúria foi pública…

E a senhora conhecia o seu pai, o seu caráter violento, rancoroso... a sua natureza um pouco... um pouco desequilibrada, segundo a sua expressão.

– Mas, e depois?...

– Depois!... Depois!... Os remorsos vieram com o tempo, com a ternura que tinha pela criança... Ele procurou-a por todo o lado... As viagens que você fez! A começar pela sua ida às carmelitas de Chartres. Mas a senhora partira já havia muito tempo... e onde, onde encontrá-la?

– Um anúncio nos jornais...

– Ele pôs um anúncio, mas muito discreto por causa do escândalo. Alguém respondeu. Marcaram um encontro. Sabe quem veio ao encontro? Vorski. Vorski, que também a procurava, que ainda a amava e a odiava. O seu pai teve medo e não ousou agir abertamente.

Véronique calou-se. Muito abatida, sentara-se sobre a pedra e mantinha a cabeça inclinada. Murmurou:

– Fala do meu pai como se ele ainda estivesse vivo.

– E ele está vivo.

– E como se o visse frequentemente...

– Todos os dias.

– E, por outro lado – Véronique baixou a voz –, e por outro lado, não diz uma palavra sobre o meu filho... Então receio terrivelmente... Talvez não tenha sobrevivido?... Talvez tenha morrido depois? É por isso que não fala dele?

Com esforço, ela ergueu a cabeça. Honorine sorria.

– Ah, suplico-lhe – implorou Véronique –, diga-me a verdade... é horrível esperar mais do que é necessário... suplico-lhe...

Honorine pôs-lhe o braço à volta do pescoço.

– Mas, minha pobre senhora, teria eu contado tudo isso se ele estivesse morto, o meu lindo François?

– Ele está vivo? Ele está vivo? – exclamou, desvairada, a jovem mulher.

– Mas é verdade! E como ele está crescido. Ah! É um rapazinho forte, de pernas sólidas! E tenho realmente direito de me orgulhar disso, porque fui eu quem o criou, o seu François.

Sentiu que Véronique se abandonava contra ela, sob o peso de intensos sentimentos, que decerto tinham tanto de sofrimento como de alegria, e disse-lhe:

– Chore, minha boa senhora, isso fará bem. São lágrimas melhores que as de antigamente, não acha? Chore, para que toda a sua miséria passada se vá embora. Eu volto à vila. Tem alguma mala na estalagem? Conhecem-me por lá. Vou buscá-la e partimos.

Quando a bretã voltou, passada meia hora, viu Véronique de pé, a fazer-lhe sinal para se apressar, e ouviu-a gritar:

– Depressa!… Meu Deus, como demorou! Não há um minuto a perder.

No entanto, Honorine não se apressou muito e nada respondeu. Nenhum sorriso iluminava o seu rosto severo.

– Então, vamos? – disse Véronique ao abordá-la. – Há algum problema? Algum obstáculo? Você não parece a mesma…

– Não… não é nada…

– Então, vamos depressa.

Com a sua ajuda, Honorine pôs no barco as malas e os sacos com provisões. Depois, parando de repente à frente de Véronique, disse-lhe:

– Tem mesmo a certeza de que a mulher crucificada representada no desenho era a senhora?

– Absoluta… aliás, as minhas iniciais estavam por cima da cabeça…

– É estranho – murmurou a bretã – e muito inquietante.

– Por quê?… Alguém que me conhece… e que se diverte… É só uma coincidência, uma fantasia do acaso que ressuscita coisas do passado.

– Oh! Não é o passado que me inquieta. É o futuro.

– O futuro?

– Lembre-se da predição…

– Não compreendo.

– Sim, sim, aquela predição feita a Vorski a seu respeito…

– Ah! Você sabe?

– Sei. E é horrível pensar nesse desenho e noutras coisas que a senhora ignora, e que são muito mais assustadoras.

Véronique desatou a rir.

– Então é por isso que hesita em levar-me?... Enfim, é disso que se trata?

– Não ria. Não dá vontade de rir quando se veem as próprias chamas do inferno.

A bretã pronunciou estas palavras ao mesmo tempo que fechava os olhos e se benzia. Depois recomeçou:

– Claro... Está caçoando de mim... Pensa que sou uma mulher de província, supersticiosa, que acredita em fantasmas e em fogos-fátuos. Não digo que não seja verdade. Mas... há... há verdades que cegam!... Falará disso com Maguennoc, se conquistar a sua confiança.

– Maguennoc?

– Um dos quatro marujos. É um velho amigo do seu filho. Também ele o criou. Maguennoc sabe mais que todos os sábios, mais que o seu pai. E no entanto...

– E no entanto...

– No entanto, Maguennoc quis tentar o destino e ir para além daquilo que é permitido conhecer.

– O que ele fez?

– Quis tocar com a mão, veja bem, com a sua própria mão (foi ele quem confessou), no fundo das trevas.

– E então? – disse Véronique, muito impressionada.

– E então, ficou com a mão queimada pelas chamas. Uma ferida horrível, que ele me mostrou, que eu vi com os meus próprios olhos, horrível como a ferida de um câncer... e doía-lhe tanto que...

– Tanto que?

– Que pegou com a mão esquerda um machado e cortou ele mesmo a mão direita.

Véronique ficou bastante perturbada. Lembrava-se do cadáver de Faouët e balbuciou:

– A mão direita? Afirma que Maguennoc cortou a mão direita?

– Com uma machadada, há dez dias, dois dias antes da minha partida... fui eu que o tratei. Por que é que me pergunta isso?

– Porque – disse Véronique com a voz alterada –, porque o homem morto, o velho que encontrei na cabana abandonada e que desapareceu, ele não tinha a mão direita, e via-se que fora recentemente cortada.

Honorine teve um sobressalto. Apareceu-lhe outra vez aquela expressão assustada e aquela emoção desordenada que contrastavam com a sua habitual atitude calma. Elevando a voz, disse:

– Tem certeza? Sim, sim, é isso… é ele… Maguennoc… Um velho com longos cabelos brancos, não é? E uma barba que se alarga para baixo? Ah, que desgraça!

Ela conteve-se e olhou à sua volta, inquieta por ter falado tão alto. Fez outra vez o sinal da cruz, e quase só para si mesma pronunciou as seguintes palavras:

– É o primeiro dos que têm de morrer… ele avisou-me… e o velho Maguennoc tinha olhos que liam tanto no livro do futuro como no livro do passado. Ele via claramente o que ninguém vê. "A primeira vítima serei eu, senhora Honorine. E quando o criado tiver desaparecido, alguns dias depois será a vez do patrão…"

– E o patrão dele era…? – disse Véronique em voz baixa.

Honorine enrijeceu-se e cerrou os punhos com um ar brutal.

– Esse eu hei de defender – declarou –, hei de salvá-lo, o seu pai não será a segunda vítima. Não, não, eu chegarei a tempo. Deixe-me ir embora.

– Vamos as duas – disse firmemente Véronique.

– Por favor – suplicou Honorine –, não insista. Deixe-me tratar disto. Esta noite mesmo, antes do jantar, trago-lhe o seu pai e o seu filho…

– Mas, por quê?

– Há muitos perigos na ilha… para o seu pai… e sobretudo para a senhora. Lembre-se das quatro cruzes! É lá que elas serão erguidas… Oh! Não deve ir!… A ilha está amaldiçoada.

– E o meu filho?

– Estará com ele hoje, daqui a algumas horas.

Véronique riu bruscamente.

– Daqui a algumas horas! Mas é uma loucura! Como! Há catorze anos que penso que o meu filho morreu. Descubro de repente que ele está vivo, e você me pede que espere algumas horas para abraçá-lo! Nem uma hora! Prefiro mil vezes arriscar a vida a retardar esse momento.

Honorine olhou para ela, e deve ter percebido que seria inútil contrariar a resolução de Véronique, pois não insistiu. Pela terceira vez se benzeu, e disse simplesmente:

– Seja feita a vontade de Deus.

Arranjaram as duas um lugar entre as mercadorias que obstruíam a estreita coberta. Honorine pôs o motor a trabalhar, pegou no volante, e, com muita destreza, fez evoluir o barco entre as rochas e os escolhos que despontavam à tona da água.

O FILHO DE VORSKI

Sentada a estibordo em cima de uma caixa, voltada para Honorine, Véronique sorria. Sorriso ainda inquieto, indeciso, cheio de reticências, hesitante como um raio de sol que quer brilhar através das últimas nuvens da tempestade, mas de qualquer forma um sorriso feliz.

E a felicidade parecia a expressão justa daquele rosto admirável, que tinha um cunho de nobreza e desse especial pudor que dão a algumas mulheres, marcadas por uma excessiva infelicidade ou preservadas pelo amor, o hábito da gravidade e a suspensão de qualquer vaidade feminina.

Os seus cabelos negros, um pouco grisalhos nas fontes, estavam atados sobre a nuca. Ela tinha a tez mate de um meridional e grandes olhos de um azul muito claro, em que o globo parecia da mesma cor, pálida como um céu de inverno. Era alta, de ombros largos e busto harmonioso.

A sua voz musical, um pouco masculina, tornava-se leve e alegre quando falava do filho reencontrado. E Véronique só queria falar disso. Em vão a bretã tentava voltar aos problemas que a atormentavam, e por vezes recomeçava:

– Vejamos, há duas coisas que não consigo explicar: quem estabeleceu essas pistas, cujas indicações a conduziram de Faouët ao preciso local onde eu sempre embarco? Quem faria esse caminho de Faouët até a ilha de Sarek? E depois, por outro lado, como o velho Maguennoc deixou a ilha? Foi por livre vontade? Ou será que transportaram o seu cadáver? E então, de que maneira?

– Vale a pena pensar nisso?... – objetava Véronique.

– Claro que vale. Olha! Além de mim, que vou com o meu barco de quinze em quinze dias a Beg-Meil, ou a Pont-Abbé, para buscar provisões, só há mais dois barcos de pescadores, que vão sempre para mais longe, subindo a costa até Audriene, onde vendem a pesca. Então, como é que Maguennoc conseguiu atravessar? E, além disso, foi ele mesmo que se matou? Mas então, por que teria desaparecido o cadáver?

Mas Véronique protestava.

– Por favor... isso agora não tem importância. Tudo se esclarecerá. Falemos de François. A senhora me contava como ele tinha chegado a Sarek...

E Honorine cedia às súplicas da jovem mulher.

– Chegou nos braços do pobre Maguennoc, alguns dias depois do rapto. Maguennoc, instruído pelo senhor d'Hergemont, contou que uma senhora estrangeira lhe confiara a criança e deixou-a aos cuidados da filha, que mais tarde veio a morrer. Eu não estava na ilha, trabalhei durante dez anos em uma casa em Paris. Quando voltei, ele já era um belo rapazinho, que corria pelos campos e pelas falésias. Foi então que fui servir na casa do seu pai, que se instalara em Sarek. Quando morreu a filha de Maguennoc, a criança ficou em nossa casa.

– Mas com que nome?

– Com o seu nome, François... simplesmente François. O senhor d'Hergemont se apresentava pelo nome de senhor Antoine. A criança o chamava de avô. Nunca ninguém achou isso estranho.

– E você sabe como é o caráter dele? – perguntou Véronique, com uma certa ansiedade.

– Oh, quanto a isso, ele é uma bênção! – respondeu Honorine. – Nada do pai... e também nada do avô, como o próprio senhor d'Hergemont o confessa. Uma criança doce, amável e educada. Nunca se encoleriza... está sempre de bom humor. Foi por isso que conquistou as graças do avô, e foi assim que o senhor d'Hergemont começou a sentir saudades suas, de tal forma, o neto lhe lembrava a filha que renegara. "É mesmo o retrato da mãe", dizia. "Véronique era doce e terna como ele, amável e carinhosa." E então começou a procurá-la, com a minha ajuda, pois pouco a pouco ele confiara em mim e contara-me tudo.

Véronique irradiava alegria. O seu filho era parecido com ela! O seu filho era bom e sorridente!

– Mas – disse ela – ele sabe sobre mim? Sabe que a mãe está viva?

– Se sabe! A princípio, o senhor d'Hergemont queria guardar segredo. Mas não tardou que eu dissesse tudo.

– Tudo?

– Tudo, não. Ele julga que o pai está morto, e que depois do naufrágio em que o senhor d'Hergemont e ele, François, desapareceram, a senhora entrou para um convento, e que não a conseguimos encontrar. E como anseia por notícias, quando volto de viagem! Como ele espera! Ah, gosta muito da sua mamãe! Está sempre cantando aquela canção que a senhora ouviu, e que o avô lhe ensinou.

– O meu François... o meu querido François!...

– Ah, sim, ele gosta da senhora – continuou a bretã. – Eu sou a "mamãe Honorine". Mas a senhora, a senhora é simplesmente "a mamãe". E é para procurá-la que ele quer crescer e acabar os estudos depressa.

– Os estudos? Ele estuda?...

– Estudou com o avô, e estuda há dois anos com um valente rapaz que eu trouxe de Paris, Stéphane Maroux, um mutilado da guerra, que recebeu uma medalha para cada cicatriz e reformado depois de várias operações. François ligou-se a ele de alma e coração.

O barco deslizava rapidamente sobre o mar tranquilo onde deixava um sulco de espuma prateada. As nuvens tinham-se dissipado no horizonte. O fim do dia anunciava-se calmo e sereno.

– Fale-me mais! Fale-me mais dele! – repetia Véronique, que não se cansava de escutar. – Diga-me, como é que o meu filho se veste?

– Com calções, que lhe deixam as pernas à mostra, uma camisa grossa de flanela com botões dourados, e um gorro, como o seu grande amigo, o senhor Stéphane, mas um gorro vermelho, o dele, e que lhe fica muito bem.

– Ele tem mais amigos além do senhor Maroux?

– Antes eram todos os rapazes da ilha. Mas, salvo três ou quatro garotos, os outros, desde que os pais estão na guerra, deixaram a ilha com as mães e trabalham na costa, em Concarneau, em Lorient, deixando os velhos sozinhos em Sarek. Não somos mais que uns trinta na ilha.

– Então com quem é que ele brinca? Quem é que anda com ele?

– Oh! Para isso tem um grande companheiro.

– Ah, e quem é?

– Um cãozinho que Maguennoc lhe deu.

– Um cão?

– É muito engraçado, mal feito, ridículo, uma mistura de cachorro do mato com raposa, mas tão divertido, tão pândego! Ah! É mesmo um tipo curioso, o Tout-Va-Bien. François chama-o assim, e nenhum outro nome lhe assentaria melhor, pois em francês quer dizer "tudo vai bem"! Tem sempre um ar feliz, contente da vida, e independente, de resto, desaparece durante horas, durante dias inteiros, mas sempre presente quando é preciso, quando estamos tristes e as coisas não correm como queríamos. Tout-Va--Bien não gosta de lágrimas, de zangas, de discussões. Quando começamos a chorar ou fazemos cara de choro, senta-se à nossa frente, faz-se engraça-do, fecha um olho, abre metade do outro, e parece tanto estar ele próprio a rir que desatamos a rir. "Então, meu velho", diz François, "tem razão, tudo vai bem. Não vale a pena ficar triste, não é?", e quando já estamos consolados, Tout-Va-Bien afasta-se rapidamente. Cumpriu o seu dever.

Véronique ria e chorava ao mesmo tempo. Depois ficou silenciosa du-rante muito tempo, cada vez mais triste e invadida por um desespero que submergia toda a sua alegria. Pensava na felicidade que perdera nesses catorze anos em que fora uma mãe sem filho, enlutada por um filho que estava vivo. Todos os cuidados que se dispensam ao ser que nasce, toda a ternura que o envolve e que dele se recebe, todo o orgulho que se sente ao vê-lo crescer e ao ouvi-lo falar, tudo o que alegra uma mãe, a exalta e faz transbordar no seu coração, um afeto cada dia renovado, tudo isso ela não pudera conhecer.

– Estamos na metade do caminho – disse Honorine.

O barco deslizava ao largo das ilhas Glenans. À direita, o cabo de Penmarch, cujas costas elas seguiam paralelamente a quinze milhas de distância, desenhava uma linha mais sombria, que nem sempre se distinguia do horizonte.

Véronique pensava no seu triste passado, na mãe, de quem mal se lembrava, na longa infância junto de um pai egoísta e enfadonho, no seu casamento, ah! sobretudo no seu casamento! Recordava os primeiros encontros com Vorski, quando tinha apenas dezessete anos. Como ficara logo com medo desse homem bizarro, temendo-o ao mesmo tempo em que era por ele influenciada, como nessa idade se é influenciável pelo que é misterioso e incompreensível!

Depois fora o dia detestável do rapto e os que se lhe seguiram, mais detestáveis ainda, as semanas em que ele a mantivera fechada em casa, ameaçando-a e dominando-a com todo o seu maligno poder. E fora a promessa de união que ele a obrigara a fazer, pacto contra o qual se insurgiam todos os instintos e toda a vontade da jovem, mas que lhe parecia ter de se submeter depois de tal escândalo e por que o pai consentia.

Irritaram-na estas recordações do ano que durou o seu casamento. Isso não, nunca, nem nos piores momentos em que os pesadelos do passado surgem como fantasmas, nunca ela consentia em ressuscitar, no segredo do seu espírito, essa época aviltante, os desgostos, as mágoas, a traição, a vida indecorosa do marido, que, sem vergonha, com uma altivez cínica, se mostrava pouco a pouco tal como era: bêbado, viciado em jogos, roubando os próprios companheiros, caloteiro e chantagista, dando à mulher a impressão, que ela ainda conservava e que a fazia estremecer, de uma espécie de gênio do mal, cruel e desequilibrado.

– Chega de sonhos, senhora Véronique – disse Honorine.

– Não são sonhos nem recordações – respondeu ela –, são remorsos.

– Remorsos? Logo a senhora que teve uma vida de mártir.

– Um martírio que foi um castigo.

– Mas tudo isso acabou, senhora Véronique, agora que vai rever o seu filho e o seu pai. Então, pense apenas em ser feliz.

– Se eu pudesse ainda ser feliz!

– Claro que pode! Vai ver que sim, e não tarda muito! Olhe, ali está Sarek.

Honorine tirou de dentro de uma caixa, que estava por baixo do banco, uma grande concha que usava como de uma buzina, à maneira dos marinheiros de outrora, e, colocando os lábios na abertura, inchando as bochechas, arrancou algumas notas poderosas, semelhantes a mugidos, que encheram o espaço.

Véronique interrogou-a com o olhar.

– Estou chamando por ele – disse Honorine.

– François! Está chamando François!

– Sempre que chego é assim. Ele desce correndo do alto das falésias onde moramos e vem até o cais.

– Então vou vê-lo! – disse Véronique, muito pálida.

– Vai vê-lo. Dobre o véu para que ele não a reconheça pelos seus retratos. Falarei com você como se fosse alguém que veio visitar Sarek.

Avistava-se a ilha distintamente, mas a base das falésias ficava escondida atrás de numerosos escolhos.

– Ah! Escolhos é coisa que não falta! Isto ferve como um cardume de arenques – exclamou Honorine, que tivera de desligar o motor e se servia de dois remos muito curtos. – Veja, o mar ainda há pouco estava calmo. Aqui, nunca.

Na verdade, milhares e milhares de pequenas ondas entrechocavam-se, rebentavam umas contra as outras, travavam com as rochas incessantes e implacáveis batalhas. O barco parecia navegar sobre o refluxo de uma corrente. Era impossível vislumbrar um bocado de mar azul ou verde no meio do fervilhar da espuma branca, agitada pelo incansável turbilhão de forças que se obstinavam contra os dentes pontiagudos dos escolhos.

– E à volta da ilha é tudo assim – recomeçou Honorine –, de tal maneira que só se pode desembarcar em Sarek em uma lancha. Ah! Aqui os alemães não podiam estabelecer uma base de submarinos. Por precaução, alguns oficiais de Lorient vieram para cá, há dois anos, para ficarem com a consciência tranquila em relação a umas cavernas que há do lado oeste e onde não se pode entrar senão na maré baixa. Foi tempo perdido. Nada a fazer, na nossa ilha. Veja, são rochas espalhadas por toda volta, rochas pontiagudas e que parecem morder, por baixo, traiçoeiramente. E, se bem que sejam estas as mais perigosas, talvez se devesse temer mais as outras, aquelas grandes que se veem e que têm o nome e a sua história em crimes e naufrágios. Ah! aquelas ali!…

A voz dela sumia. Com a mão hesitante, parecendo recear o gesto que esboçava, apontou para alguns recifes que se erguiam como massas poderosas de formas diversas, animais agachados, torreões com ameias, agulhas colossais, cabeças de esfinge, grosseiras pirâmides, tudo isto em um granito negro tingido de vermelho como se estivesse ensanguentado.

Ela murmurou:

– Ah! Aquelas ali guardam a ilha há séculos e séculos, mas, como se fossem animais ferozes, que só gostam de fazer mal e de matar. Aquelas… aquelas… Não, é melhor nunca falar delas, nem sequer pensar nelas. São os trinta animais ferozes… Sim, trinta, senhora Véronique… são trinta…

Fez o sinal da cruz e, mais calma, prosseguiu;

– São trinta. O seu pai diz que chamam a Sarek de Ilha dos Trinta Caixões, porque o instinto popular acabou por confundir as palavras "escolhos" e "caixões". Talvez… deve ter sido isso… Mas mesmo assim são verdadeiros caixões, senhora Véronique, e se pudessem ser abertos certamente que lá se encontrariam ossadas e mais ossadas… O próprio senhor d'Hergemont o afirma, Sarek vem da palavra sarcófago, que é, no seu dizer, a forma erudita da palavra "caixão". E depois, não é só isso…

Depois de um breve silêncio, Honorine, como se quisesse pensar em outra coisa, indicando um recife, disse:

– Olhe, senhora Véronique, depois daquele grande ali, que nos barra o caminho, vai ver por entre as rochas o pequeno porto e, no cais, o gorro vermelho de François.

Véronique ouvira distraidamente todas as explicações de Honorine. Inclinou-se um pouco para fora do barco para ver se conseguia enxergar a silhueta do filho, enquanto que, como se estivesse possuída por uma ideia obsessiva, a bretã prosseguia:

– Não é só isso. Na ilha de Sarek, e por essa razão o seu pai a escolheu para aqui morar, há uma série de dólmenes que não têm nada de especial, e que são todos mais ou menos iguais. Ora, sabe quantos dólmenes há? Trinta! Trinta, como os principais escolhos. E esses trinta estão distribuídos à volta da ilha, sobre as falésias, mesmo defronte dos trinta escolhos, e cada um deles tem o mesmo nome que o escolho que lhe corresponde. Dolerroeck, Dolkerlitu, etc. O que acha?

Ela pronunciara estes nomes com a mesma voz receosa com que falava de todas aquelas coisas, como se tivesse medo de ser ouvida por essas mesmas coisas, animadas por ela de uma vida terrível e sagrada.

– O que acha, senhora Véronique? Oh! É tudo muito misterioso, o melhor é não falar mais nisso. Contarei tudo quando tivermos ido embora, para longe da ilha, quando François estiver nos seus braços, com a senhora e com o seu pai…

Véronique estava calada, olhando para o local que a bretã indicara. De costas para ela, firmando as mãos na borda do barco, o seu olhar era intenso. Por ali, por aquele estreito intervalo entre as rochas, veria finalmente o filho, e não queria perder nem um segundo a partir do instante em que François aparecesse.

Aproximaram-se do recife. Um dos remos de Honorine tocou de leve na rocha. Deslizaram ao longo dela e atingiram a extremidade.

– Oh! – disse dolorosamente Véronique. – Ele não está lá.

– François não está lá! Não é possível! – exclamou Honorine.

Mas, por sua vez, também ela viu, trezentos ou quatrocentos metros mais à frente, as grandes pedras que serviam de quebra-mar no cimo da praia. Três mulheres, uma mocinha e velhos marinheiros esperavam o barco. Mas nenhum rapaz. Nenhum gorro vermelho.

– É estranho – disse Honorine em voz baixa. – É a primeira vez que não atende ao meu chamado.

– Talvez esteja doente? – insinuou Véronique.

– Não, François nunca fica doente.

– Então?

– Então, não sei.

– Mas não receia que alguma coisa tenha lhe acontecido? – perguntou Véronique, que já estava perturbada.

– A ele, não… mas quanto ao seu pai, Maguennoc tinha me avisado para não deixá-lo. É ele quem corre perigo.

– Mas François está lá para defendê-lo, assim como o senhor Maroux, o professor dele. Vamos, responda-me… o que pensa de tudo isto?

Depois de uma pausa, Honorine encolheu os ombros.

– Uma quantidade de tolices! Imagino coisas absurdas, sim, absurdas. Não me queira mal. Apesar de tudo, nunca deixarei de ser uma bretã. Tirando alguns anos, passei toda a vida aqui ouvindo lendas e histórias… Não falemos mais nisso.

A ilha de Sarek tem a forma de uma longa plataforma, bastante agitada, coberta de velhas árvores e suportada por falésias de altura média e extremamente recortadas. Parecem, à volta da ilha, uma coroa de renda desigual e variada, na qual trabalham incessantemente a chuva, o vento, o sol, a neve, o gelo, a bruma, toda a água que cai do céu e toda a água que ressuma da terra.

O único local acessível fica na costa oriental, no fundo de uma depressão de terreno onde se situa a aldeia, constituída por algumas casas de pescadores, a maior parte das quais abandonada desde o começo da guerra. Abre-se aí uma anfractuosidade, protegida pelo pequeno quebra-mar. O mar é muito calmo. Dois barcos estavam lá amarrados. Quando atracaram, Honorine fez uma última tentativa:

– Bem, senhora Véronique, chegamos. Então... valerá a pena descer? Fique no barco... daqui a duas horas trago-lhe o seu pai e o seu filho, e jantamos em Beg-Meil ou em Pont-Abbé. Combinado?

Véronique levantara-se. Sem responder, saltou para o cais. Honorine acompanhou-a, não insistindo mais, e perguntou:

– Então, François não veio?

– Esteve aqui ao meio-dia – respondeu uma das mulheres. – Ele achava que você só voltaria amanhã.

– É verdade... mas ele deve ter ouvido dizer que eu chegaria hoje... Bem, depois veremos.

E disse aos homens que a ajudavam a descarregar:

– Não é preciso levar isso para o Priorado. Nem as malas... A menos que... Ouçam, se até as cinco horas eu não tiver voltado, então mandem um moleque com as malas.

– Não, eu levo – disse um dos marinheiros.

– Como desejar, Corréjou. Ah! É verdade, não sabe nada de Maguennoc?

– Maguennoc foi embora. Eu levei-o de barco até Pont-Abbé.

– Quando é que foi isso, Corréjou?

– No dia a seguir à sua partida, senhora Honorine.

– E onde é que ele ia?

– Disse-nos que ia... não sei onde, tinha a ver com a mão cortada... uma peregrinação...

– Uma peregrinação? Talvez fosse a Faouët, à capela de Sainte-Barbe?

– É isso... é isso mesmo... a capela de Sainte-Barbe... foi o nome que ele disse.

Honorine não fez mais perguntas. Como duvidar agora da morte de Maguennoc? Afastou-se, acompanhada por Véronique, que deixara descair o véu, e seguiram ambas por um caminho pedregoso, talhado em degraus, que subia por meio de um bosque de carvalhos em direção à extremidade setentrional da ilha.

– Afinal – disse Honorine –, não tenho certeza, mas tenho a impressão de que o senhor d'Hergemont queira ir embora. Ele acha que as minhas histórias são invenções, embora ele mesmo se espante com uma quantidade de coisas.

– A casa fica longe? – perguntou Véronique.

– Quarenta minutos a pé. Como vai ver, é quase outra ilha, ligada à primeira, e onde os beneditinos construíram uma abadia.

– Mas ele mora lá sozinho com François e o senhor Maroux?

– Antes da guerra havia mais dois homens. Depois, Maguennoc e eu fazíamos praticamente todo o trabalho, com a cozinheira, Marie Le Goff.

– Ela ficou lá durante a sua ausência?

– Claro que sim.

Chegaram ao planalto. O caminho, que seguia ao longo da costa, subia e descia por declives abruptos. Por todo o lado, velhos carvalhos cobertos de visco, que se entrevia por entre as folhas ainda muito dispersas. O oceano, de um cinzento-esverdeado, ao longe, envolvia a ilha em uma cintura branca.

Véronique recomeçou:

– Qual é o seu plano, Honorine?

– Entro sozinha e falo com o seu pai. Depois, venho buscá-la à porta do jardim e, aos olhos de François, passará por uma amiga da mãe. Pouco a pouco, ele virá a saber.

– E acha que o meu pai me vai receber bem?

– Vai recebê-la de braços abertos, senhora Véronique – exclamou a bretã –, e todos ficaremos felizes se… se não tiver acontecido nada… É tão estranho François não aparecer! Ele podia ver o nosso barco de qualquer ponto da ilha… desde que passamos as ilhas Glenans.

Ela estava outra vez pensando naquilo a que o senhor d'Hergemont chamava as suas invenções. Continuaram a caminhar, Véronique estava impaciente e ansiosa.

Honorine, de repente, benzeu-se.

– Faça como eu, senhora Véronique – disse ela. – Os monges santificaram este lugar, mas ficaram dos tempos antigos muitas coisas más que causam desgraças. Sobretudo naquele bosque, o bosque do Grande Carvalho.

Ao falar dos tempos antigos, ela queria sem dúvida referir-se à época dos Druidas e dos sacrifícios humanos. E, de fato, penetravam em um bosque onde os carvalhos, afastados uns dos outros, erguendo-se sobre montículos de pedras musgosas, tinham o aspeto de deuses antigos, cada um com o seu altar, o seu culto misterioso e o seu temível poder.

Véronique benzeu-se, como a bretã, e não pôde deixar de dizer, estremecendo:

– Como isto é triste! Não há uma flor neste planalto desolado.

– Nascem aqui flores maravilhosas, se nos dermos ao trabalho de as cultivar. Vai ver as de Maguennoc, no extremo da ilha, à direita do Dólmen das Fadas... um local a que chamam o Calvário Florido.

– São bonitas?

– Maravilhosas. Ele vai buscar a terra em certos lugares e a prepara. Mistura-lhe umas folhas especiais que têm determinados poderes...

E depois continuou, murmurando entre dentes:

– Vai ver as flores de Maguennoc... flores como não há outras no mundo, flores de milagre...

Ao contornar uma colina, o caminho sofria uma brusca depressão. Uma enorme brecha separava a ilha em duas partes, sendo aquela que se via no lado oposto um pouco mais baixa e muito mais pequena.

– Aquela parte ali é o Priorado – disse a bretã.

As mesmas falésias recortadas rodeavam a ilhota com uma muralha ainda mais escarpada e escavada embaixo como o círculo de uma coroa. E essa muralha ligava-se à ilha principal por meio de um prolongamento da falésia, com cinquenta metros de comprimento, pouco mais espesso que o muro de um torreão, e cuja crista delgada e acerada parecia tão cortante como o gume de um machado.

Era impossível caminhar sobre essa crista, porque uma grande rachadura a cortava ao meio. Por isso, tinham colocado nas suas extremidades as estacas de uma ponte de madeira, que primeiro se apoiava diretamente no rochedo e que transpunha em seguida a fissura mediana. Avançaram então, uma atrás da outra, pois a ponte era muito estreita, e além disso pouco sólida, vacilando sob os passos e ao sopro do vento.

– Olhe, ali, mesmo na ponta da ilha, já se vê o Priorado – disse Honorine.

O caminho que para lá se dirigia atravessava pradarias com pequenos abetos plantados em xadrez. Um outro caminho seguia para a direita e perdia-se em uma mata espessa.

Véronique não tirava os olhos do Priorado, cuja fachada baixa aparecia pouco a pouco, quando a bretã, ao fim de alguns minutos, parou, voltada para as matas à direita, e gritou:

– Senhor Stéphane!

– Está chamando por quem? – perguntou Véronique. – Pelo senhor Maroux?

– Sim, o professor de François. Estava correndo para o lado da ponte… Vi-o por uma clareira… senhor Stéphane!… Mas por que é que ele não responde? Viu um vulto passando ali?

– Não.

– Tenho certeza que era mesmo ele, com o gorro branco… Então, nós enxergamos a ponte daqui. Esperamos que ele passe.

– Esperar para quê? Se está acontecendo alguma coisa, se há qualquer perigo, é no Priorado…

– Tem razão. Vamos depressa.

Apressaram o passo, invadidas por pressentimentos, e depois, sem motivo, puseram-se a correr, à medida que as suas apreensões aumentavam com a aproximação da realidade.

A ilhota estreitava-se novamente, atravessado por um muro baixo que delimitava a propriedade do Priorado. Nesse instante ouviram-se gritos que vinham da casa.

Honorine exclamou:

– Alguém está gritando! Ouviu? Gritos de mulher!… É a cozinheira!… É Marie Le Goff…

Precipitou-se para o portão, pegou na chave, mas tão desajeitadamente que emperrou a fechadura, e não conseguiu abrir.

– Vamos pela brecha no muro!… – ordenou ela. – Olhe, à direita!…

Avançaram, pularam o muro e atravessaram um grande campo eriçado de minas, onde o caminho tortuoso e pouco visível se perdia a todo momento sob a hera e o musgo.

– Pronto! Pronto! – proferiu Honorine. – Já chegamos! – E dizia por entre os dentes: – Já não se ouvem gritos! É assustador… Ah! Pobre Marie Le Goff…

Agarrou no braço de Véronique.

– Vamos dar a volta. A entrada é do outro lado… Aqui, as portas e os postigos das janelas estão sempre fechados.

Mas Véronique tropeçou em algumas raízes e caiu de joelhos. Quando se levantou, a bretã já se afastara e contornava o lado esquerdo da casa. Inconscientemente, Véronique, em vez de a seguir, correu para a parte da frente, subiu a escadaria exterior e se jogou contra a porta fechada, onde bateu várias vezes com toda a força.

A ideia de dar a volta, como Honorine, parecia-lhe uma perda de tempo irreparável. No entanto, vendo a inutilidade dos seus esforços, ia fazer isso, quando, novamente, ressoaram gritos que vinham da parte superior da casa.

Era uma voz de homem, e Véronique julgou reconhecer a voz do seu pai. Recuou alguns passos. Bruscamente, no primeiro andar, uma das janelas abriu-se e ela pôde ver o senhor d'Hergemont, o rosto transtornado por um pavor inexprimível, que gritava:

– Socorro! Socorro! Ah! Um monstro… Socorro!

– Pai! Pai! – chamou Véronique com desespero. – Sou eu!

Por um instante, ele olhou para baixo, não parecendo ver a filha, e, rapidamente, tentou saltar por cima do parapeito. Mas, atrás dele, houve uma detonação e um dos vidros da janela voou em estilhaços.

– Assassino! Assassino! – gritou ele, voltando para dentro.

Véronique, desvairada, impotente, olhou à sua volta. Como socorrer o pai? A parede era demasiado alta, sem nada a que pudesse agarrar-se. De repente avistou, a vinte metros dali, mesmo junto à casa, uma escada de mão. Em um impulso de vontade e de energia, conseguiu, apesar de a escada ser muito pesada, transportá-la e erguê-la por baixo da janela aberta.

Nos mais trágicos momentos da vida, quando o espírito não é mais que agitação e desordem, quando o corpo todo é sacudido pelo tremor da angústia, uma certa lógica continua a associar as ideias umas às outras, e Véronique perguntava a si mesma por que não ouvia mais a voz de Honorine, e o que teria retardado a sua intervenção.

Pensava também em François. Onde estava François? Acompanhara Stéphane Maroux na sua fuga inexplicável? Partira em busca de socorro? E a quem o senhor d'Hergemont chamava de monstro e assassino?

A escada não chegava à janela, e Véronique imediatamente deu-se conta do esforço que teria de fazer para saltar a varanda. No entanto, não hesitou. Lá em cima travava-se uma luta e ouviam-se os clamores abafados que seu pai soltava. Véronique subiu. Apenas conseguia agarrar a parte inferior da varanda. Mas uma estreita cornija permitiu-lhe içar-se sobre um joelho, levantar a cabeça e ver o drama que se desenrolava dentro da casa.

Nesse instante, o senhor d'Hergemont recuara de novo até à janela, um pouco mais para trás mesmo, de maneira que ela o podia ver quase de frente. Não se mexia, os olhos esgazeados, os braços estendidos em um gesto indeciso, como se estivesse à espera de qualquer coisa terrível que ia acontecer. E balbuciou:

– Assassino... Assassino... É você? Ah! Maldito seja! François! François!

Chamava o neto certamente para vir em seu socorro, mas François devia também ele estar sendo alvo de algum ataque, talvez estivesse ferido, talvez morto!

Véronique, fazendo um grande esforço, conseguiu pôr um pé sobre a cornija.

"Estou aqui!... Estou aqui!...", queria ela gritar, mas a sua voz extinguia-se na garganta. Ela vira!... Ela via!... Diante do pai, a cinco passos dele, encostando-se à parede oposta do quarto, estava alguém que apontava um revólver para o senhor d'Hergemont e o mirava atentamente. E essa pessoa... Que horror!... Véronique reconhecia o gorro vermelho de que falara Honorine, a camisa de flanela com botões dourados... E sobretudo descobria, naquele jovem rosto convulsionado por atrozes sentimentos, a mesma expressão de Vorski nas ocasiões em que o assaltavam os seus instintos de ódio e ferocidade.

O rapaz não a viu. Os seus olhos não se desprendiam do alvo que queria atingir, e parecia experimentar uma alegria selvagem com o retardar do gesto fatal.

Véronique ficou calada. As palavras e os gritos de nada serviriam para afastar o perigo. O que devia fazer era interpor-se entre o pai e o filho. Trepou, agarrou-se e saltou para a varanda.

Tarde demais. O revólver disparou, e o senhor d'Hergemont caiu com um gemido de dor.

E ao mesmo tempo, no instante em que o rapaz ainda tinha o braço estendido e em que o velho caía, uma porta abria-se ao fundo. Honorine apareceu e foi surpreendida por aquela visão abominável.

– François! – berrou ela. – Você! Você!

O rapaz lançou-se sobre ela. A bretã tentou barrar-lhe o caminho. Nem chegou a haver luta. Ele recuou um passo, levantou bruscamente a arma que tinha na mão e disparou.

Honorine dobrou os joelhos e sucumbiu, ficando atravessada na porta. E, enquanto ele saltava por cima do corpo e fugia, continuava a dizer:

– François!... François!... Não, não é verdade... Ah! Será possível?... François!...

O rapaz deu uma gargalhada. Véronique ouviu esse riso infernal, semelhante ao riso de Vorski, e tudo aquilo lhe provocava um tal sofrimento que reconheceu o seu sofrimento de outros tempos, o sofrimento que a consumia quando estava diante de Vorski!

Não perseguiu o assassino. Nem sequer chamou por ele. Ao lado dela, uma voz fraca murmurava o seu nome.

– Véronique... Véronique...

O senhor d'Hergemont jazia no chão e olhava para ela com olhos vítreos de moribundo.

Ela ajoelhou-se ao pé dele, e, quando tentava abrir-lhe o colete e a camisa ensanguentados, ele afastou-a lentamente com a mão. Compreendeu que nada havia a fazer, e que ele queria falar. Inclinou-se então um pouco mais.

– Véronique… me perdoe… Véronique…

Era a expressão espontânea do seu pensamento que se esvaía. Ela beijou-lhe a testa, chorando.

– Quietinho, pai… não se canse…

Porém, ele tinha mais alguma coisa a dizer, e a sua boca articulava inutilmente sílabas que não faziam sentido, e que ela ouvia desesperadamente. A vida lhe fugia. O espírito desvanecia-se nas trevas. Véronique colou a orelha naqueles lábios que em um último esforço se esgotavam, e pôde perceber estas palavras:

– Tenha cuidado… tenha cuidado… a pedra-deus…

De repente, ele soergueu-se, e os seus olhos tornaram-se brilhantes, como se fossem iluminados pelo clarão supremo de uma chama que se extinguia. Véronique teve a impressão de que o pai, que agora a olhava, compreendia todo o significado da sua presença e entrevia todos os perigos que a ameaçavam. Com voz rouca e aterrorizada, mas muito nítida, ele disse:

– Não fique aqui… Ficar aqui será a tua morte… Fuja desta ilha… Vá embora… Vá embora…

A cabeça dele tornou a cair. Balbuciou ainda algumas palavras, que Véronique conseguiu entender:

– Ah! A cruz… As quatro cruzes de Sarek… Filha… Filha… O suplício da cruz…

E isso foi tudo.

Fez-se um grande silêncio, um silêncio enorme que a jovem mulher sentiu pesar sobre si como um fardo, cujo peso aumentava a cada momento.

– Vá embora da ilha!… – repetia uma voz. – Vá embora. É o seu pai que ordena, senhora Véronique.

Honorine estava ao lado dela, lívida, apertando com as mãos uma toalha ensanguentada que mantinha sobre o peito.

– Mas é preciso tratar da senhora! – exclamou Véronique. – Espere... deixe-me ver.

– Depois... trataremos de mim depois... – balbuciou a bretã. – Ah! Que monstro! Se eu tivesse chegado a tempo! Mas a porta de baixo estava barricada...

Véronique suplicou-lhe:

– Deixe-me tratá-la... Está ouvindo...

– Mais tarde... Primeiro... Marie Le Goff, a cozinheira, ao fundo da escada... também está ferida... talvez morrendo... vá ver...

Véronique saiu pela porta do fundo, a mesma que o filho transpusera ao fugir. Havia um grande patamar e nos primeiros degraus, dobrada sobre si mesma, Marie Le Goff agonizava.

Morreu quase imediatamente, sem ter recuperado a consciência, a terceira vítima do incompreensível drama.

Conforme a previsão do velho Maguennoc, o senhor d'Hergemont fora realmente a segunda vítima.

A POBRE GENTE DE SAREK

Logo que acabou de tratar a ferida de Honorine – ferida pouco profunda e que não parecia pôr em risco a sua vida – e depois de ter levado o corpo de Marie Le Goff para o quarto, espaçoso, atulhado de livros e mobilado como um escritório, onde o pai jazia, Véronique fechou os olhos do senhor d'Hergemont, cobriu-o com um pano e pôs-se a rezar. Mas não lhe vinham aos lábios palavras de oração, e o seu espírito não se detinha em nenhum pensamento. Era como se estivesse aturdida pelos repetidos golpes da desgraça. Sentada, com a cabeça entre as mãos, ali ficou cerca de uma hora, enquanto Honorine dormia um sono febril.

Véronique repelia com todas as suas forças a imagem do filho, como sempre repelira a de Vorski. Mas as duas imagens confundiam-se, giravam à sua volta, dançavam diante dos seus olhos fechados, tal como essas claridades que, na sombra das nossas pálpebras obstinadamente cerradas, passam, voltam a passar, se multiplicam e se reúnem. E era um só rosto, cruel, sardónico, disforme, odioso.

Ela não sofria como sofre uma mãe que chora um filho. O seu filho morrera há catorze anos, e aquele que acabava de ressuscitar, aquele para quem toda a sua ternura maternal estava prestes a brotar, esse tornava-se subitamente um estranho, pior que isso, o filho de Vorski! Como poderia sofrer?

Mas que ferida aquela, no mais profundo do seu ser! Que devastação, semelhante a esses cataclismos que sacodem uma tranquila região até às entranhas! Que espetáculo infernal! Que visão de loucura e horror! Que jogo irônico do mais horroroso dos destinos! O seu filho matando o seu pai, no momento em que, após tantos anos de separação e de luto, ia poder abraçá-los e viver a doçura da intimidade! O seu filho, um assassino! O seu filho semeando a morte! O seu filho apontando a arma implacável e matando com toda a alegria perversa e todas as forças do seu ser!

Os motivos que podiam explicar aqueles atos não lhe interessavam. Por que é que o filho fizera aquilo? Por que é que o seu professor, Stéphane Maroux – sem dúvida cúmplice e talvez instigador – fugira antes do drama? Eram interrogações a que não tentava responder. Não pensava senão na terrível cena, na carnificina, na morte. E perguntava a si mesma se a morte não seria para ela o único refúgio e o único desenlace possível.

– Senhora Véronique – murmurou a bretã.

– O que foi? – disse a jovem mulher, despertando da sua estupefação.

– Não ouve?

– O quê?

– Estão tocando a campainha no térreo. Deve ser alguém com as suas malas.

Véronique levantou-se impetuosamente.

– Mas o que eu vou dizer? Como explicar?… Se eu acusar o rapaz…

– Nem uma palavra, peço-lhe. Deixe-me falar.

– Mas está tão fraca, minha pobre Honorine.

– Não, não… estou melhor.

Véronique desceu e, ao fundo das escadas, em um grande vestíbulo com ladrilhos brancos e negros, abriu os ferrolhos de uma enorme porta. Era, de fato, um dos marujos.

– Bati à porta da cozinha – disse o homem. – Então, Marie Le Goff não está? E a senhora Honorine?

– Honorine está lá em cima e quer falar com o senhor.

O marujo olhou para ela, parecendo impressionado com aquela jovem mulher tão pálida e tão grave, e seguiu-a em silêncio.

Honorine, no primeiro andar, esperava de pé diante da porta aberta.

– Ah, é você, Corréjou?… Ouça-me com muita atenção… e nada de histórias, sim?

– O que está havendo, senhora Honorine? Mas está ferida? O que aconteceu?

Ela afastou-se do vão da porta e, mostrando os dois cadáveres sob as mortalhas, disse simplesmente:

– O senhor Antoine e Marie Le Goff… os dois foram assassinados.

O rosto do homem desfigurou-se. Balbuciou:

– Assassinados… será possível?… Por quem?

– Não sei, só chegamos depois.

– Mas… e o menino François?… O senhor Stéphane?…

– Desapareceram… devem estar mortos também.

– Mas… mas… e Maguennoc?

– Maguennoc?… Por que é que você fala nele, Corréjou?

– Falo nele… falo nele… porque, se Maguennoc estiver vivo… tudo isso é outra história. Maguennoc sempre disse que ele seria o primeiro. E Maguennoc tem sempre a certeza daquilo que diz. Maguennoc conhece o próprio fundo das coisas.

Honorine refletiu e depois declarou:

– Maguennoc está morto.

Desta vez Corréjou perdeu todo o sangue-frio e o seu rosto exprimiu aquele terror louco que Véronique já notara várias vezes em Honorine. Ele benzeu-se e disse em voz muito baixa:

– Então… então… chegou a hora, senhora Honorine? Maguennoc bem avisou… Ainda no outro dia, no meu barco, nos disse: "Já não falta muito tempo… Devíamos todos ir embora".

E, bruscamente, o marinheiro deu meia volta e escapou para a escada.

– Fique aqui, Corréjou! – ordenou Honorine.

– Mas devíamos ir embora, foi Maguennoc quem disse. Devíamos todos ir embora.

– Fique aqui – repetiu Honorine.

O marinheiro parou, indeciso, e ela continuou:

– Está bem. É preciso ir embora. Partiremos amanhã ao fim do dia. Mas antes, devemos tratar do senhor Antoine e de Marie Le Goff. Olhe, vá chamar as irmãs Archignat para velar os mortos. São más mulheres, mas já estão habituadas a fazer vigílias. Das três, que venham duas. Cada uma receberá o dobro do preço normal.

– E depois, senhora Honorine?

– Trate dos caixões com a ajuda dos velhos, e logo de madrugada enterramos os mortos no cemitério da capela.

– E depois, senhora Honorine?

– Depois, você está livre, e os outros também. Podem fazer as trouxas e desaparecer.

– E você, senhora Honorine?

– Eu, eu tenho o meu barco. Chega de conversa. Estamos combinados?

– Estamos combinados. É só mais uma noite. Mas, e se de hoje até amanhã acontecer mais alguma coisa?…

– Não… não há de acontecer nada… Vá, Corréjou… vá depressa. E não diga aos outros que Maguennoc morreu. Senão ninguém os segura.

– Está bem, senhora Honorine.

O marinheiro partiu apressadamente.

Uma hora mais tarde apareciam duas das irmãs Archignat, velhas criaturas, ossudas e secas, com ar de feiticeiras, ambas usando uma touca suja e repelente com abas de veludo negro. Honorine foi levada para o quarto que ocupava na ala esquerda do mesmo andar.

Essa noite, Véronique passou-a primeiro junto do pai, depois à cabeceira de Honorine, que parecia piorar. Acabou por adormecer, e foi acordada pela bretã, que lhe disse em um desses acessos de febre em que a consciência não perde por completo a lucidez:

– François deve estar escondido… e o senhor Stéphane também… Há esconderijos seguros na ilha, Maguennoc me disse. Por isso, não vamos conseguir encontrá-los e nada saberemos sobre eles.

– Tem certeza?

– Tenho… Então, ouça… Amanhã, quando todos tiverem deixado Sarek e ficarmos as duas sozinhas, eu faço o sinal com a concha e ele aparece.

Véronique revoltou-se.

– Mas eu não quero vê-lo!… Tenho-lhe horror!… Eu o amaldiçoo, como o meu pai… Veja bem, ele matou o meu pai na minha frente! Matou Marie Le Goff…! Tentou matar a senhora! Não, não é ódio, é repulsa o que sinto por esse monstro!…

A bretã apertou-lhe a mão, em um gesto que lhe era habitual, e murmurou:

– Não o condene ainda… ele não sabia o que estava fazendo.

– O que diz? Não sabia? Mas eu vi os olhos dele, os olhos de Vorski!…

– Ele não sabia… estava louco.

– Louco? Como é possível?

– Sim, senhora Véronique. Conheço o rapaz. Ele tem sentimentos bons. Se fez tudo aquilo, foi um ataque de loucura que deu nele… assim como o senhor Stéphane. Devem estar agora chorando de desespero.

– É impossível… não posso acreditar…

– Não pode acreditar porque não sabe nada do que se passa… e do que se vai passar… Mas se soubesse… Ah! São coisas… coisas…

A sua voz já não era perceptível. Calou-se, mas os olhos mantinham-se muito abertos e os lábios moviam-se sem som.

Não houve incidentes até o amanhecer. Pelas cinco horas, Véronique ouviu pregar os caixões, e quase imediatamente abriu-se a porta do quarto em que se encontrava, e as irmãs Archignat entraram de repente, as duas muito agitadas.

Corréjou contara-lhes tudo. Para se animar, ele tinha bebido um pouco além da conta falava a torto e a direito.

– Maguennoc morreu! – gritaram elas. – Maguennoc morreu e não disseram nada! Vamos embora! Depressa, o nosso dinheiro!

Assim que receberam, fugiram a toda a velocidade e, uma hora mais tarde, outras mulheres, prevenidas por elas, apareceram e quiseram arrastar consigo os seus homens, que estavam ali para trabalhar. Todas proferiam as mesmas palavras.

– Temos que ir embora! É preciso preparar tudo… Depois, será tarde demais… As duas barcas podem levar todo mundo.

Honorine precisou intervir com toda a sua autoridade. Véronique distribuiu o dinheiro necessário para o enterro, que foi feito às pressas. Havia, não longe dali, uma velha capela, restaurada pelo senhor d'Hergemont, e onde todos os meses um padre de Pont-Abbé vinha rezar uma missa. Ao lado, o velho cemitério dos monges de Sarek. Os dois corpos foram enterrados, e um velho, que normalmente exercia as funções de sacristão, balbuciou as bênçãos.

Todas aquelas pessoas pareciam atingidas pela loucura. As vozes e os gestos eram bruscos. Obcecava-os a ideia fixa da partida, nem fizeram caso de Véronique, que rezava e chorava a um canto.

Antes das oito horas tudo estava acabado. Homens e mulheres desciam pela ilha. Véronique, que tinha a impressão de viver em um mundo de pesadelos em que os acontecimentos se sucediam sem qualquer lógica ou qualquer relação uns com os outros, voltou para junto de Honorine, cujo estado de fraqueza a impedira de assistir ao enterro do patrão.

– Estou melhor – disse a bretã. – Vamos embora hoje, ou amanhã, e levamos François.

E vendo que Véronique se indignava, ela repetiu:

– Sim, vamos com François e com o senhor Stéphane. E o mais cedo possível. Eu, eu também quero ir embora… e levá-la, a senhora e o François… A morte está na Ilha… a morte é quem manda aqui… ela que fique com Sarek… Vamos todos embora.

Véronique não quis contrariá-la. Pelas nove horas, ouviram-se novamente passos precipitados. Era Corréjou, que vinha da aldeia, e que, da entrada, gritou:

– Roubaram a sua lancha, senhora Honorine! A lancha desapareceu!

– Não pode ser! – protestou a bretã.

E o marinheiro, quase sem fôlego, afirmou:

– Desapareceu. Esta manhã, eu já estava desconfiado.... Mas, como tinha bebido um copo a mais... não pensei mais nisso. Depois, os outros também viram. As amarras foram cortadas... Foi durante a noite. E depois fugiram. Ninguém viu nada.

As duas mulheres entreolharam-se, e o mesmo pensamento as assaltou. François e Stéphane Maroux tinham fugido. Honorine balbuciou por entre os dentes:

– Sim... sim... é isso... ele sabe guiar o barco.

Véronique, ao perceber que o rapaz partira e que não o veria mais, sentiu-se talvez aliviada. Mas Honorine, de novo cheia de medo, exclamava:

– Então... então... o que vamos fazer?...

– Temos que partir imediatamente, senhora Honorine. As barcas estão prontas... cada um arranje as suas coisas... Às onze horas, estaremos todos fora da ilha.

Véronique se opôs:

– Honorine não está em condições de partir.

– Não... eu estou melhor... – declarou a bretã.

– Mas isso seria absurdo. Esperemos um ou dois dias... Volte depois de amanhã, Corréjou.

Ela conduziu até a porta o marinheiro, que aliás só pensava em ir-se embora.

– Pois sim. Está bem. Depois de amanhã voltarei... Em último caso, não podemos levar tudo de uma vez... Será preciso voltar várias vezes para buscar coisas... tome cuidado, senhora Honorine.

E saiu precipitadamente.

– Corréjou. Corréjou!

Honorine erguera-se na cama e chamava desesperadamente.

– Não... Não... Não vá embora... Corréjou... Espere por mim. Leve-me no seu barco.

Esperou pela resposta, mas como o marinheiro não voltava, Honorine quis levantar-se.

– Estou com medo... Não quero ficar sozinha...

Véronique a reteve.

– Mas não vai ficar sozinha, Honorine. Eu estou com você.

Entre as duas mulheres houve uma verdadeira luta. E Honorine, atirada à força para a cama, impotente, gemia:

– Estou com medo... Estou com medo... A ilha está amaldiçoada... Ficar aqui é desafiar a Deus... A morte de Maguennoc foi um aviso... Estou com medo...

Ela delirava, mas mantinha uma certa lucidez, o que lhe permitia misturar palavras claras e razoáveis a palavras incoerentes, que revelavam a alma supersticiosa da bretã.

Agarrou Véronique pelos ombros e continuou:

– Estou lhe dizendo... A ilha está amaldiçoada... Um dia Maguennoc me confessou: *"Sarek é uma das portas do inferno, a porta agora está fechada. Mas no dia em que se abrir, todas as desgraças virão como uma tempestade"*.

Cedendo às argumentações de Véronique, ela acalmou-se um pouco e foi com uma voz mais doce, que ia se extinguindo, que continuou:

– E ele gostava muito da ilha... como todos nós. Falava dela de uma maneira que eu não compreendia: *"A porta é dupla. Honorine. E ela também se abre para o Paraíso"*. Sim... Sim... Era bom viver na ilha... Gostávamos dela... Maguennoc cultivava flores... Oh. Essas flores... são enormes... três vezes mais altas... e mais belas...

Decorreram pesados minutos. O quarto ocupava na extremidade da casa uma ala saliente, cujas janelas tinham vista para a esquerda e para a direita da ilha, por sobre os rochedos que dominavam o mar.

Véronique sentou-se, com os olhos fixos sobre as ondas brancas que a brisa forte tornava mais agitadas. O sol erguia-se na bruma espessa que ocultava as costas da Bretanha, mas, a ocidente, o olhar podia estender-se, para além da coroa de espuma que as pontas negras dos escolhos perfuravam, pelas desertas planuras do oceano. Quase adormecida, a bretã murmurava:

– Dizem que a porta é uma pedra, e que veio de muito longe, de um país estrangeiro... é a pedra-deus. Dizem também que é uma pedra preciosa... de ouro e prata misturados... A pedra-deus... a pedra que dá vida ou morte... Maguennoc a viu. Abriu a porta e enfiou o braço... e a mão... a mão ficou em cinzas.

Véronique sentia-se oprimida. O medo, pouco a pouco, também a invadia, como água insalubre que escorre e penetra. Os acontecimentos horríveis a que vinha assistindo aterrorizada, nos últimos dias, pareciam provocar outros ainda mais terríveis. Ela os esperava como um furacão, que tudo anuncia e tudo arrasta no seu vertiginoso percurso.

Véronique esperava esses acontecimentos. Não duvidava que viessem, desencadeados pelo poder fatal que contra ela multiplicava os seus terríveis ataques.

– Não vê os barcos? – perguntou Honorine.

Véronique objetou:

– Não se podem ver daqui.

– Sim... Sim... é por esse caminho que irão com certeza, os barcos são pesados e há uma passagem mais larga junto à ponta da ilha.

De fato, passado um instante, Véronique viu surgir de trás do promontório a proa de um barco.

Mergulhava na água profundamente, muito grande, atulhado de caixas e trouxas, sobre as quais se sentavam mulheres e crianças. Quatro homens remavam vigorosamente.

– É o Corréjou – disse Honorine, que saltara da cama, meio despida. – E ali vai o outro, veja.

O segundo barco surgia, tão pesado como o anterior. Remavam apenas três homens e uma mulher.

Elas estavam demasiado longe – a setecentos ou oitocentos metros – para que pudessem discernir rostos. Mas nenhum som de vozes se desprendia daqueles pesados cascos, carregados de miséria, que fugiam diante da morte.

– Meu Deus! Meu Deus! – gemeu Honorine. – Tomara que consigam sair do inferno!

– De que é que tem medo, Honorine? Nada os ameaça.

– Enquanto não saírem da ilha, há perigo.

– Mas eles já saíram.

– Ao redor de toda ilha, ainda é a ilha. É aí que espreitam os caixões.

– Mas o mar não está bravo.

– Há outra coisa além do mar... não é o mar que é o inimigo.

– Então o que é?

– Não sei... não sei.

Os dois barcos dirigiam-se para a ponta do lado norte. Deparavam-se diante deles duas passagens, que a bretã designava pelo nome de dois escolhos: a Rocha do Diabo e o Dente de Sarek.

Corréjou escolheu a passagem do Diabo.

– Estão chegando lá – notava a bretã. – Lá estão eles... mais cem metros e estão a salvo...

Quase deu uma gargalhada e continuou:

– Ah! Todas as maquinações do diabo vão se desfazer, senhora Véronique, creio que seremos salvas, a senhora e eu, e todos de Sarek.

Véronique ficou silenciosa. A sua tensão continuava, ainda mais opressiva porque apenas podia atribui-la a esses vagos pressentimentos que é impossível combater. Fixara um limite aquém do qual o perigo persistia, e Corréjou ainda não alcançara essa linha.

Honorine tiritava de febre e resmungava:

– Estou com medo... Estou com medo...

– Não há razão para isso – teimou Véronique. – É absurdo. De onde pode vir o perigo?

– Ah! – gritou a bretã. – O que é aquilo? O que está havendo?

– O quê? O que é?

Ambas tinham colado a testa nos vidros da janela e olhavam fixamente. Lá ao fundo, alguma coisa surgira de trás do Dente de Sarek. E logo reconheceram o barco a motor em que tinham vindo na véspera, e cujo desaparecimento fora anunciado por Corréjou.

– François!… François!… – articulou Honorine com estupefação. – François e o senhor Stéphane!…

Véronique reconheceu o rapaz. Ele ia de pé na proa da lancha e fazia sinais às pessoas dos outros dois barcos. Os homens respondiam agitando os remos, enquanto as mulheres gesticulavam. Apesar da oposição de Véronique, Honorine abriu os batentes da janela, e ouviram o som de vozes por entre o crepitar do motor, mas não conseguiram distinguir uma única palavra.

– O que está havendo?… – repetiu a bretã. – François e o senhor Stéphane… Por que é que não seguiram para a costa?

– Talvez por medo de serem descobertos e interrogados ao atracar… – explicou Véronique.

– Não, eles são conhecidos, sobretudo François, que me acompanhava muitas vezes. Além disso, os papéis de identificação estão no barco. Não, não, estavam ali à espera, escondidos atrás da rocha.

– Mas, Honorine, se estavam escondidos, por que é que resolveram aparecer agora?

– Ah! Olhe… olhe… não entendo… que estranho… O que estão fazendo, Corréjou e os outros?

Os dois barcos, que seguiam agora um atrás do outro, tinham quase parado. Todos os passageiros pareciam olhar para a lancha, que avançava rapidamente na direção deles, e que reduziu ao seu aproximar do segundo barco, continuando a deslizar paralelamente à linha dos dois barcos, a uma distância de quinze ou vinte metros.

– Não entendo… não entendo… – murmurou a bretã.

O motor estava desligado e a lancha alcançava assim, muito lentamente, o intervalo que separava os dois barcos.

Subitamente, as duas mulheres viram que François se abaixava, levantando-se em seguida, e erguendo o braço direito como se fosse fazer um lançamento.

Simultaneamente, Stéphane Maroux agia da mesma forma. E tudo aconteceu de uma forma brusca e terrível.

– Ah! – gritou Véronique.

Escondeu os olhos por um segundo, mas logo reergueu a cabeça, e viu, em todo o seu horror, o espetáculo abominável.

Através do pequeno espaço que separava os barcos, dois objetos tinham sido projetados, um deles partindo da frente, lançado por François, e outro de trás, lançado por Stéphane Maroux.

E imediatamente duas girândolas de foguetes jorraram dos dois barcos, seguidas por turbilhões de fumaça.

Ressoaram as detonações. Por um instante não se distinguiu nada do que se passava no meio daquela nuvem negra. Depois, a cortina de fumaça afastou-se, levada pelo vento, e Véronique e a bretã viram os dois barcos que afundavam rapidamente, enquanto as pessoas saltavam para o mar.

A visão – e que visão infernal! – não durou muito tempo. Elas avistaram, de pé sobre o barco, uma mulher com uma criança nos braços e que não se mexia, depois corpos imóveis, atingidos sem dúvida pela explosão, e também dois homens que lutavam, loucos talvez. E tudo desapareceu com os barcos.

Alguns borbotões de água e pontos escuros na superfície, era tudo o que restava.

Honorine e Véronique não tinham dito uma palavra sequer, mudas de terror. O que acontecera ultrapassava tudo o que, na sua angústia, poderiam imaginar.

Por fim, Honorine levou as mãos à cabeça e, com uma entoação que Véronique conhecia, disse em surdina:

– Minha cabeça... Ah! Pobre gente de Sarek!... Eram meus amigos... amigos de infância... e não voltaremos a vê-los... O mar nunca devolve os seus mortos a Sarek. Fica com eles... Já tem os caixões prontos... milhares e milhares de caixões escondidos... Ah! Minha cabeça está estourando... Estou ficando louca... louca como François... meu pobre François!

Véronique não respondeu. Estava lívida. Com os dedos crispados, agarrava-se às grades da varanda e olhava como se olha para o fundo de um abismo para onde se vai saltar. O que poderia fazer? Salvar aquelas pessoas de quem se ouviam os gritos de aflição? Como salvá-las? Pode-se ter acessos de loucura, mas as crises acalmam-se perante certos espetáculos.

A lancha recuara, depois da abordagem, para não ser arrastada pela agitação das águas. François e Stéphane, cujos gorros – vermelho e branco – continuavam visíveis, estavam de pé, nos mesmos locais, à frente e atrás, e tinham nas mãos… As duas mulheres dificilmente conseguiam discernir, por causa da distância, o que eles tinham nas mãos… Pareciam ser compridos paus…

– São varas para socorrê-los… – murmurou Véronique.

– Ou espingardas… – respondeu Honorine.

Os pontos escuros flutuavam. Eram nove, as nove cabeças dos sobreviventes de quem se entreviam por vezes os braços gesticulando, e de quem se ouviam os apelos.

Alguns afastaram-se apressadamente da lancha, mas quatro deles aproximaram-se, e destes quatro havia dois que estavam quase a alcançá-la.

Subitamente, François e Stéphane fizeram o mesmo movimento, um movimento de atiradores e apontaram as armas.

Dois clarões cintilaram, enquanto se propagava o estrondo de uma única detonação.

As cabeças de dois nadadores desapareceram.

– Ah! Que monstros! – balbuciou Véronique, caindo de joelhos, totalmente sem forças.

Ao seu lado, Honorine pôs-se a vociferar:

– François!… François!…

A sua voz não se fazia ouvir, demasiado fraca e contrariada pelo vento. Mas a bretã continuava:

– François!… Stéphane…

E começou a correr pelo quarto fora, depois pelos corredores, à procura de qualquer coisa, e voltou para a janela, proferindo sempre:

– François! François!... Ouça...

Tinha acabado de encontrar a concha que lhe servia de sinal. Mas, levando-a aos lábios, não conseguiu extrair senão sons fracos e indistintos.

– Ah! Maldição! – balbuciou, pondo a concha de lado. – Já não tenho forças... François!... François!...

Era assustador olhar para ela, com os cabelos em desordem e o rosto a suar de febre. Véronique suplicou-lhe:

– Honorine, por favor...

– Mas olhe para eles! Olhe para eles!

Ao fundo, a lancha avançava, com os atiradores a postos, e com as armas prontas para o crime.

Os sobreviventes fugiam, mas dois deles ficaram para trás. Esses dois também foram atingidos. As cabeças desapareceram.

– Mas olhe para eles... – articulava a bretã roucamente. – Estão caçando!... Como se abatem os animais... Ah! Pobre gente de Sarek!...

Mais um tiro. Mais um ponto escuro mergulhou.

Véronique contorcia-se de desespero. Sacudia o gradeamento da varanda como se fosse uma jaula que a mantivesse aprisionada.

– Vorski!... Vorski!... – gemia ela, assaltada pela recordação do marido. – É o filho de Vorski.

Bruscamente sentiu-se agarrada pela garganta, e viu, encostado ao seu, o rosto irreconhecível da bretã.

– É o teu próprio filho! – balbuciava Honorine. – Maldita... é a mãe daquele monstro e será castigada...

E desatou a rir, batendo com os pés, em um acesso de histeria que a convulsionava.

– A cruz! Sim, a cruz... Vai subir à cruz... Pregos nas mãos!... Que castigo!... Pregos nas mãos!

Estava louca.

Véronique soltou-se, e quis obrigá-la a ficar quieta, mas Honorine, com uma raiva maldosa, empurrou-a, fê-la perder o equilíbrio e, rapidamente, subiu para a varanda.

Ficou de pé, na janela, levantando os braços e vociferando de novo:

– François!... François!...

Naquele lado da casa, por causa da diferença de nível do terreno, o andar não era tão alto. A bretã saltou para a trilha do jardim, atravessou-a, transpôs os maciços de vegetação que a ladeavam e correu para a crista das rochas que formavam a falésia e pendiam sobre o mar.

Deteve-se um instante, gritou três vezes o nome do rapaz que ela criara e, de cabeça, atirou-se para o abismo.

Ao longe, a caçada terminava.

Uma a uma, as cabeças afundaram. O massacre terminara.

Então, o barco tripulado por François e Stéphane dirigiu-se para a costa da Bretanha, em direção às praias de Beg-Meil e de Concarneau.

Véronique estava sozinha na Ilha dos Trinta Caixões.

QUATRO MULHERES
CRUCIFICADAS

Véronique estava sozinha na Ilha dos Trinta Caixões. Até ao momento em que o sol se pôs por entre as nuvens, que pareciam deitadas sobre o mar, no horizonte, não se mexeu, caída contra a janela, com a cabeça enfiada nos braços que se apoiavam no parapeito.

A realidade passava pelas trevas do seu espírito como quadros que se esforçava por não ver, mas que, por momentos, se tornavam tão nítidos que ela se imaginava revivendo as atrozes cenas.

Continuava a não procurar explicações para tudo aquilo, e a não tecer hipótese alguma sobre as razões que poderiam esclarecer o drama. Admitia a loucura de François e de Stéphane Maroux, não podendo vislumbrar outros motivos para tais atos. E, acreditando que os dois assassinos estavam loucos, não tentava atribuir-lhes projeto algum nem desígnios definidos.

Ela vira desencadear-se a loucura de Honorine, e isso também a incitava a considerar todos os acontecimentos como provocados por uma espécie de desequilíbrio mental coletivo, de que todos os habitantes de Sarek teriam sido vítimas. Ela própria, em certas alturas, sentia o cérebro vacilar, as ideias se desvanecerem e invisíveis fantasmas vagando à sua volta.

Adormeceu, mas o seu sono era assombrado por tais imagens. Sentia-se tão infeliz, que começou a soluçar. Contudo, parecia ouvir um ligeiro ruído que, no seu espírito entorpecido, adquiria um significado hostil. Aproximavam-se inimigos. Abriu os olhos.

Estava diante dela, a três passos, sentado sobre as patas traseiras, um animal bizarro, coberto por um comprido pelo cor de café com leite, e cujas patas da frente se cruzavam como se fossem braços.

Era um cão, e ela lembrou-se imediatamente do cão de François, de que Honorine lhe falara como sendo um corajoso animal, devotado e cômico. Lembrou-se até do seu nome: Tout-Va-Bien.

Ao pronunciar este nome, em voz baixa, teve um movimento de cólera e esteve quase para enxotar o animal que ridiculamente possuía tal alcunha irônica: Tout-Va-Bien! Ela pensava em todas as vítimas da horrível tormenta, todos os mortos de Sarek, o seu pai assassinado, Honorine cometendo suicídio, François que ficara louco. Tout-Va-Bien!

No entanto, o cão continuava ali. Exibia-se ostensivamente daquela maneira que Honorine descrevera, a cabeça um pouco inclinada, um olho fechado, os cantos da boca puxados para trás até às orelhas, as patas da frente cruzadas, e, realmente, uma espécie de sorriso emanava do seu focinho.

Agora Véronique lembrava-se: era a maneira de Tout-Va-Bien manifestar simpatia por aqueles que sofriam. Tout-Va-Bien não suportava ver lágrimas. Quando alguém chorava, fazia graça para provocar um sorriso e para que lhe fizessem festas.

Véronique não sorriu, mas puxou-o para si e disse-lhe:

– Não, meu pobre bicho, nem tudo vai bem. Pelo contrário, tudo vai mal. Mas não importa, é preciso viver, não é? E eu mesma também não ficar louca como os outros.

As necessidades da existência obrigavam-na a agir. Desceu à cozinha, onde encontrou alguns alimentos, dos quais uma boa parte deu ao cão. Depois voltou a subir.

A noite chegara. Ela abriu, no primeiro andar, a porta de um quarto que normalmente devia estar desocupado. Sentia-se abatida por uma enorme lassidão, cansada de tantos esforços e de emoções tão violentas. Adormeceu quase imediatamente. Tout-Va-Bien vigiava junto da cama.

No dia seguinte acordou tarde, com uma singular impressão de paz e de segurança. Parecia-lhe que a sua vida atual se ligava à vida doce e calma de Besançon. Aqueles dias de horror por que passara distanciavam-se como se fossem acontecimentos longínquos e cujo retorno não podia inquietá-la. Os seres que tinham desaparecido naquela grande tempestade continuavam a ser para ela um pouco como estranhos que se encontraram e que nunca mais se verão. O seu coração não sangrava. A dor do luto não mais atingia o fundo da sua alma.

Era um repouso imprevisto e sem limites, uma solidão reconfortante. E isso parecia-lhe tão bom que, tendo um vapor ancorado no cais, ela não fez sinal algum. Certamente, na véspera, vira-se da costa o clarão das explosões e ouvira-se o estrondo das detonações. Véronique nem sequer se mexeu.

Viu uma lancha partir do vapor, e pensou que iam desembarcar e explorar a ilha. Mas, além de recear uma investigação em que o seu filho pudesse ser envolvido, a última coisa que ela queria era que a encontrassem, que a interrogassem, que descobrissem o seu nome, a sua identidade, a sua história, e que a fizessem regressar ao círculo infernal de onde saíra. Preferia esperar uma ou duas semanas, esperar que um acaso fizesse passar perto da ilha algum barco de pesca que a recolhesse. Mas ninguém subiu até ao Priorado. O vapor distanciou-se, e nada perturbou o isolamento da jovem mulher.

E assim ficou durante três dias. O destino parecia ter renunciado a trazer-lhe novos sobressaltos. Estava só e senhora de si mesma. Tout-Va-Bien, cuja presença lhe dera um grande reconforto, havia desaparecido.

O domínio do Priorado ocupava toda a extremidade da ilhota, no local onde existia uma abadia de beneditinos, abandonada no século XV e pouco a pouco arruinada e destruída.

A casa, construída no século XVIII por um rico armador bretão com os materiais da antiga habitação abacial e com as pedras da igreja, não oferecia nada de curioso, nem na arquitetura, nem no mobiliário. Véronique, aliás, não ousou entrar em nenhum dos quartos. A recordação do seu pai e do seu filho detinha-a perante as portas fechadas.

Mas no outro dia, sob um claro sol de primavera, desceu ao parque. Este estendia-se até à extremidade da ilha e, como o relvado que precedia a casa, estava semeado de ruinas e vestido de hera. Ela notou que todas as áleas se dirigiam para um promontório escarpado e encimado por um grupo de enormes carvalhos. Quando aí chegou, viu que esses carvalhos envolviam uma clareira em forma de meia-lua, que se abria para o mar.

No centro dessa clareira encontrava-se um dólmen, cuja laje oval e bastante curta se apoiava sobre duas pedras quase quadradas. O local ora grandioso e de uma majestade impressionante. A vista que aí se descobria era infinita.

"O Dólmen das Fadas, de que Honorine falava", pensou ela. "Não devo estar longe do Calvário Florido e das flores de Maguennoc."

Deu uma volta no monumento megalítico. A face interna das duas pedras inferiores apresentava alguns sinais gravados e indecifráveis. Mas, sobre as duas faces exteriores viradas para o mar, que se alinhavam como duas placas unidas e preparadas para uma inscrição, havia coisas que lhe provocaram novamente uma sensação de angústia.

À direita, profundamente incrustado, o desenho desajeitado e primitivo de quatro cruzes, sobre as quais se contorciam quatro silhuetas de mulheres. À esquerda, uma série de linhas escritas, mas cujos caracteres, insuficiente-mente escavados na rocha, tinham sido quase apagados pelas intempéries, ou talvez mesmo raspados voluntariamente por mãos humanas. No entanto, conservavam-se algumas palavras, as mesmas palavras que Véronique lera no desenho encontrado junto do cadáver de Maguennoc: *"Quatro mulheres crucificadas... Trinta caixões... A pedra-deus que dá morte ou vida".*

Véronique afastou-se vacilante. O mistério estava novamente perante ela, assim como por toda a ilha, e ela estava resolvida a fugir até ao momento em que pudesse ir embora de Sarek.

Um caminho partia da clareira e passava junto ao último carvalho do lado direito, um carvalho sem dúvida destruído por uma faísca e de que só restavam o tronco e alguns ramos mortos.

Mais adiante, desceu alguns degraus de pedra, atravessou um pequeno prado onde se alinhavam quatro filas de menires e parou bruscamente, dando um grito abafado, um grito de admiração e de espanto perante o espetáculo que se lhe oferecia.

"As flores de Maguennoc", murmurou.

Os dois últimos menires da álea central por onde seguia erguiam-se como batentes de uma porta aberta sobre a mais magnífica das visões, um terreno plano e retangular, com aproximadamente cinquenta metros de comprimento, para o qual se descia por alguns degraus, e que era ladeado, como colunas de um templo, por duas fileiras de menires da mesma altura, situados a intervalos estritamente iguais. A nave central e as naves laterais deste templo estavam pavimentadas com grandes lajes de granito, irregulares, quebradas, onde a erva que crescia nas suas fendas formava desenhos como o chumbo que enquadra os fragmentos de um vitral.

No meio, um quadrado de pequenas dimensões, e, no interior desse quadrado, comprimiam-se muitas flores, à volta de um velho Cristo em pedra que emergia do centro. Mas que flores! Flores inimagináveis, fantásticas, flores de sonho, flores de milagre, flores incomparavelmente maiores do que as flores habituais.

Véronique reconhecia-as todas, e, no entanto, continuava perplexa com o seu tamanho e esplendor. Havia flores de muitas espécies, mas poucas de cada espécie. Pareciam ser ramos compostos de maneira a reunir todas as cores, todos os perfumes, toda a beleza.

E o que havia de mais estranho era que essas flores, que habitualmente não floriam ao mesmo tempo e cujas eclosões se sucediam mês após mês, cresciam e floriam aqui simultaneamente! Era no mesmo dia que essas flores, todas elas vivazes cuja florescência não se prolonga habitualmente para além de duas ou três semanas, se desenvolviam e multiplicavam, pesadas, resplandecentes, suntuosas, orgulhosamente sustentadas pelas suas hastes possantes.

Eram ranúnculos, lírios purpúreos, ancólias, potentilhas vermelhas como sangue, íris de um violeta mais luminoso que a túnica de um bispo! Também se podiam ver fúcsias, brincos-de-princesa, acônitos.

E, por cima de tudo isso – oh, que perturbação se apoderou da jovem mulher –, por cima do canteiro cintilante, mais elevadas em um estreito espaço de terra que circundava o pedestal do Cristo, com todos os cachos azuis, brancos, violetas, parecendo alçar-se para tocar o próprio corpo do Salvador, havia verônicas...

Ela quase desfaleceu com a emoção. Ao aproximar-se, lera em um pequeno cartão preso no pedestal estas simples palavras: *"A flor da mamãe"*.

Véronique não acreditava em milagres. Que as flores eram prodigiosas, sem relação alguma com as flores daquela região, ela tinha de o admitir, mas recusava-se a acreditar que essa anomalia só pudesse ser explicada por razões sobrenaturais ou pelas fórmulas secretas de que Maguennoc possuía o segredo. Não, havia ali uma causa qualquer, talvez muito simples, que os acontecimentos certamente iriam esclarecer.

No entanto, no meio desta bela cena pagã, em pleno coração do milagre que a sua presença parecia ter suscitado, o Cristo surgia do maciço de flores, que lhe faziam a oferenda das suas cores e dos seus perfumes. Véronique ajoelhou-se...

Nos dois dias que se seguiram, ela voltou ao Calvário Florido. Destas vezes, o mistério que a rodeava por todos os lados manifestava-se da maneira mais encantadora, e o seu filho tinha aí um papel que permitia pensar nele, frente às verônicas, sem ódio nem desespero.

Mas no outro dia, ela viu que as suas provisões estavam acabando, e, mais ou menos no meio da tarde, desceu à vila.

Aí verificou que a maior parte das casas tinham ficado abertas, pois os seus donos, ao partir, estavam certos de que voltariam e que levariam, em uma segunda viagem, as coisas necessárias.

Com o coração apertado, não ousou transpor a soleira de nenhuma porta. Havia gerânios nos parapeitos das janelas. Os grandes relógios de pêndulo de cobre continuavam a marcar o tempo nas salas vazias. Ela afastou-se.

Mas, sob um hangar, não longe do cais, viu os sacos e as caixas que Honorine trouxera no barco.

"Bem", disse para si mesma, "não vou morrer de fome. Há o suficiente para algumas semanas, e daqui até lá…"

Pôs dentro de um cesto chocolate, biscoitos, algumas latas de conserva, arroz, fósforos, estava prestes a voltar ao Priorado, quando teve a ideia de continuar o seu passeio até o outro extremo da ilha. Na volta, levaria o cesto.

Um caminho sombrio subia até ao planalto. A paisagem não lhe pareceu diferente. As mesmas planuras, as mesmas charnecas sem culturas nem pastagens, os mesmos bosquezinhos de velhos carvalhos. Também ali a ilha se estreitava, sem qualquer obstáculo que a impedisse de ver o mar de ambos os lados e distinguir ao longe a costa bretã.

Havia também uma sebe que ia de uma falésia à outra e que servia de vedação a uma propriedade de aspecto pobre, com um comprido casebre em mau estado e anexos com os telhados remendados, com um pátio sujo, mal arranjado, obstruído por ferro-velho e por molhos de lenha. Véronique já voltava quando parou, confusa. Parecera-lhe ouvir um gemido. Pôs-se à escuta, espiando o grande silêncio e, novamente, chegou-lhe o mesmo som, no entanto, mais distinto, e outros se seguiram, eram gritos de dor e de socorro, gritos de mulheres. Então, nem todos os habitantes tinham conseguido fugir? Ficou contente, e ao mesmo tempo um pouco triste, ao saber que não estava sozinha em Sarek, e também pelo receio de que lhe provocava a ideia de que os acontecimentos talvez a fossem arrastar no-vamente para o mesmo ciclo de morte e horror.

Tanto quanto Véronique podia perceber, os sons não provinham da casa, mas dos anexos, situados do lado direito do pátio. Este pátio era fe-chado por uma simples cancela, que ela só teve de empurrar e que se abriu com um rangido do atrito da madeira.

Imediatamente, no interior dos anexos, os gritos redobraram. Tinham-na ouvido, sem dúvida. Véronique caminhou mais depressa.

O telhado dos anexos estava arrancado em certos locais, mas as paredes eram espessas e sólidas, com velhas portas, em arco, reforçadas com barras de ferro. Numa dessas portas, alguém deu algumas pancadas do lado de dentro, enquanto os apelos se tornaram mais insistentes.

– Socorro!... Socorro!...

Mas houve uma discussão, e outra voz, menos estridente, gritava:

– Cale-se, Clémence, devem ser eles...

– Não, não Gertrude, não são eles! Não os ouço!... Abra a porta, a chave deve estar aí...

Véronique, que tentava encontrar uma maneira de entrar, viu então uma grande chave na fechadura. Bastou girá-la e a porta se abriu.

Logo reconheceu as irmãs Archignat, seminuas, descarnadas, com o seu ar de bruxas más, que estavam em uma espécie de lavanderia atravancada de utensílios domésticos, e Véronique viu, ao fundo, deitada sobre a palha, uma outra mulher, que se lamentava com uma voz quase inaudível e que devia ser a terceira irmã.

Nesse momento, uma das outras duas caía, esgotada, e a outra, cujos olhos brilhavam de febre, pegou no braço de Véronique e pôs-se a falar, ofegante:

– Você os viu, não é?... Eles estão aí?... Como é que não a mataram?... Desde que os outros fugiram, eles são os donos de Sarek... E agora é a nossa vez... Já há seis dias que estamos aqui fechadas... olhe, foi na manhã da partida... Estávamos arrumando as coisas para embarcar... Viemos as três aqui, à esta lavanderia, buscar a roupa que estava secando. E eles aparece-ram... não os ouvimos... E depois, de repente, alguém fechou a porta... a porta bateu, a chave rodou na fechadura, e já estava... Tínhamos maçãs, pão, e sobretudo aguardente... Não passamos muito mal... Mas eles iriam voltar e matar-nos? Teria chegado a nossa vez? Ah, minha boa senhora, como nos pusemos à escuta! E como tremíamos de medo! A mais velha ficou louca... Ouça-a... está divagando... A outra, Clémence, não pode mais... E eu... eu... Gertrude...

Ela ainda tinha forças, pois agarrou violentamente o braço de Véronique.

– E Corréjou? Ele voltou, não foi? E tornou a partir? Por que é que não nos procuraram?... Não era difícil... Sabiam bem onde estávamos e, se ouvíssemos algum barulho, nós chamávamos... Então?... Então?...

Véronique hesitava em responder. No entanto, por que razão havia ela de esconder a verdade? Declarou:

– Os dois barcos afundaram.

– O quê?

– Os dois barcos afundaram ao largo de Sarek. Todos estão mortos... Foi em frente do Priorado... na saída da passagem do Diabo.

Véronique não disse mais nada, evitando pronunciar os nomes e explicar o papel de François e do seu professor. Mas Clémence levantara-se o rosto alterado. Também ela, apoiada contra a porta, se erguia sobre os joelhos.

Gertrude murmurou:

– E Honorine?

– Honorine está morta.

– Morta!

As duas irmãs gritaram esta palavra ao mesmo tempo. Depois calaram-se e entreolharam-se. O mesmo pensamento assaltava-as. Pareciam refletir.

Gertrude começou a contar os dedos. E, sobre os dois rostos, crescia o horror.

Muito baixo, como se estivesse estrangulada pelo medo, Gertrude, com os olhos fixos nos de Véronique, articulou:

– Então... então... é a nossa vez... Você sabe quantos estavam nas barcas, sem contar comigo e com as minhas irmãs? Sabe? Vinte... Então, conte... Vinte, e depois Maguennoc, que foi o primeiro a morrer... e o senhor Antoine, que morreu a seguir... e depois o pequeno François e o senhor Stéphane, que desapareceram, mas que também morreram, e depois Honorine e Marie Le Goff, que morreram... Agora, conte... vinte e seis... vinte e seis... a conta está certa, não é? Trinta menos vinte e seis... Compreende, não é verdade? Os trinta caixões se destinam a alguém... então trinta menos vinte e seis... ficam quatro... não é?

Ela já não conseguia falar mais, a sua língua se embaraçava. No entanto, terríveis sílabas saíram da sua boca e Véronique ouvia-a balbuciar:

– Hein? Compreende?… Ficam quatro… nós quatro… as três irmãs Archignat, que ficaram aqui fechadas… e depois você… Então, não é? As quatro cruzes… com certeza já sabe… Quatro mulheres crucificadas… a conta está certa… somos nós, as quatro… não há mais ninguém na ilha além de nós… quatro mulheres…

Véronique ouvia em silêncio. Um ligeiro suor umedecia-lhe a pele.

Encolheu os ombros.

– Está bem, e daí? Se não há ninguém na ilha além de nós, de quem é que tem medo?

– Deles, ora! Deles!

Ela impacientou-se:

– Mas se todos partiram!

Gertrude assustou-se:

– Fale baixo. Se eles a ouvirem!

– Mas, quem?

– Eles… os de antigamente.

– Os de antigamente?

– Sim, os que faziam sacrifícios… os que matavam homens e mulheres… para agradar aos seus deuses…

– Mas tudo isso acabou! Os Druidas, quer você dizer? Mas veja, já não existem mais Druidas.

– Fale baixo! Fale baixo! Ainda há… há gênios malignos…

– Então são espíritos? – disse Véronique, horrorizada com aquelas superstições.

– Espíritos, sim, mas espíritos em carne e osso… com mãos que fecham as portas e nos aprisionam… seres que afundam os barcos, os mesmos que mataram o senhor Antoine, Marie Le Goff e os outros… os que mataram os vinte e seis…

Véronique não respondeu. Não havia o que responder. Ela própria sabia quem matara o senhor d'Hergemont, Marie Le Goff e os outros, e quem afundara as duas barcas. Perguntou:

– A que horas fecharam vocês aqui?

– Às dez e meia... nós tínhamos marcado um encontro com Corréjou na vila, às onze.

Véronique refletiu. Era impossível que François e Stéphane tivessem tido tempo para estar ali às dez e meia, e uma hora mais tarde atrás da rocha de onde se tinham lançado contra as duas barcas. Deveria supor que um ou mais dos seus cúmplices permanecera na ilha?

Ela disse:

– De qualquer maneira, é preciso tomar uma decisão. Não podem ficar nesse estado. Precisam descansar, recuperar forças...

A segunda irmã ficou de pé. Com a mesma entoação surda e veemente de sua irmã, disse:

– Antes de tudo, precisamos de nos esconder e preparar para nos defendermos deles.

– Como? – disse Véronique, que, contra a sua própria vontade, sentia também a necessidade de um abrigo contra um possível inimigo.

– Como? Olhe, são coisas de que se falava muito na ilha, sobretudo durante este ano, e Maguennoc decidira que aos primeiros ataques toda a gente se refugiaria no Priorado.

– No Priorado? E por quê?

– Porque lá podemos nos defender. As falésias são a pique. Estamos protegidas por todos os lados.

– E a ponte?

– Maguennoc e Honorine previram tudo. Há uma pequena cabana, vinte passos à esquerda da ponte. É o local que eles escolheram para guardar as reservas de gasolina. Com três ou quatro galões entornados sobre a ponte e um fósforo, o assunto está resolvido. Ficamos em casa. Sem a ponte, é impossível qualquer ataque.

– Então por que é que os outros não foram para o Priorado, em vez de fugirem nas barcas?

– As barcas, a fuga, era mais prudente. Porém, agora já não podemos escolher.

– Então vamos?

– Vamos agora mesmo! Ainda é dia, e é melhor irmos agora do que de noite.

– Mas e a sua irmã, a que está deitada?

– Temos um carrinho de mão. Podemos transportá-la. Há um caminho direto para o Priorado, sem passar pela vila.

Ainda que Véronique admitisse com repugnância a perspectiva de viver em intimidade com as irmãs Archignat, ela cedeu, tomada por um medo que não conseguia dominar.

– Está bem – disse. – Vamos. Irei com vocês até o Priorado e volto depois à vila para buscar provisões.

– Oh, não para muito tempo – objetou uma das irmãs. – Quando a ponte for cortada, acendemos fogueiras no alto do Dólmen das Fadas para que enviem um vapor da costa. Hoje haverá nevoeiro, mas amanhã…

Véronique não replicou. Aceitava agora a ideia de sair de Sarek, mesmo que fosse pelo preço de uma investigação que revelasse o seu nome.

Partiram depois de as duas irmãs terem bebido um copo de aguardente. Acocorada no carrinho de mão, a louca ria baixinho e pronunciava pequenas frases dirigidas a Véronique, como se quisesse fazê-la rir também.

– Não os encontramos… eles estão se preparando…

– Cale-se, velha maluca – ordenou Gertrude. – Vai nos trazer alguma desgraça.

– Sim. Sim, vamos nos divertir… vai ser engraçado… Eu trago uma cruz de ouro à volta do pescoço… e outra na mão, gravada na pele com uma tesoura… Olhem… Cruzes por todo o lado… Deve-se ficar bem em uma cruz… Deve-se dormir bem.

– Cale a boca, velha maluca – repetiu Gertrude, dando-lhe uma bofetada.

– Está bem… está bem… mas eles também vão te bater, vejo-os nas sombras…

O caminho, a princípio bastante irregular, atingia o planalto formado pelas falésias ocidentais, mais altas, mas menos recortadas e com menos ravinas. Os bosques eram mais raros, os carvalhos curvados pelo vento vindo do mar.

– Já estamos perto das charnecas, a que chamam as Charnecas Negras – declarou Clémence Archignat. – Eles moram lá.

Véronique encolheu novamente os ombros.

– Como é que sabe?

– Sabemos mais coisas que os outros… – disse Gertrude. – Chamam-nos de bruxas, e há alguma verdade nisso… Até Maguennoc, que sabia muito, nos pedia conselhos sobre tudo o que é remédio, sobre as pedras que dão felicidade, sobre as ervas de São João…

– A artemísia, a verbena… – escarneceu a louca – apanham-se ao pôr do sol…

– Sobre as tradições também – continuou Gertrude. – Sabemos o que se conta na ilha há centenas de anos, e sempre ouvimos dizer que havia uma cidade subterrânea onde eles moravam nos tempos passados. E ainda lá vivem… Eu já os vi, com esses próprios olhos.

Véronique não respondeu.

– Eu e as minhas irmãs, sim, nós vimos um… Por duas vezes, no sexto dia depois da lua de junho. Estava vestido de branco… e subia ao Grande Carvalho para colher o visco sagrado… com uma foice de ouro… o ouro brilhava ao luar… Eu o vi, estou lhe dizendo… e também outros o viram… E ele não está só. Há vários que ficaram desde os tempos passados para guardar o tesouro… sim, sim, digo bem, o tesouro… Diz-se que é uma pedra que faz milagres, que pode matar se for tocada, e que dá vida a quem se deitar sobre ela… Tudo isto é verdade, Maguennoc contou-nos, é verdade… Os de antigamente guardam a pedra… a pedra-deus… e eles precisam sacrificar a todos nós este ano… sim, a todos… trinta mortos para os trinta caixões…

– Quatro mulheres crucificadas… – cantarolou a louca.

– E não deve faltar muito tempo… O sexto dia depois da lua não tarda. Temos que partir, antes que subam ao Grande Carvalho para a colheita do visco. Olhe, o Grande Carvalho pode ser visto daqui. Fica no bosque antes da ponte… É maior do que os outros.

– Eles estão escondidos lá atrás – disse a louca, que se voltara sobre o carrinho de mão. – Eles estão à nossa espera.

– Sente-se e fique quieta... Então, vê o Grande Carvalho, não vê?... Ali... acima da última charneca? Ele é mais... é mais...

Deixou cair o carro de mão, sem acabar a frase. Clémence disse-lhe:

– Então, o que é? O que é que foi?

– Vi qualquer coisa... – balbuciou Gertrude. – Uma coisa branca se mexendo...

– Uma coisa? Como é possível? Agora eles aparecem em pleno dia? Está vendo coisas.

Olharam as duas por um momento, depois recomeçaram a andar. O Grande Carvalho logo deixou de ser visto.

A charneca que atravessavam era sombria e enrugada, eriçada de pedras deitadas como túmulos, que se alinhavam todas na mesma direção.

– É o cemitério deles – segredou Gertrude.

Não disseram mais nada. Gertrude teve de descansar várias vezes. Clémence não tinha mais forças para empurrar o carro de mão. As pernas de ambas vacilavam, e elas perscrutavam o espaço com olhos inquietos.

Havia uma depressão no terreno. Desceram e voltaram a subir. O caminho juntava-se àquele que Véronique seguira no primeiro dia com Honorine, e elas entraram no bosque que precedia a ponte.

Passado um instante, a crescente emoção das irmãs Archignat fez Véronique perceber que se aproximavam do Grande Carvalho, e ela viu-o efetivamente, maior do que os outros, elevando-se sobre um monte de terra e raízes, e separado deles por um maior intervalo. Foi impossível não pensar que vários homens podiam esconder-se atrás daquele tronco maciço, e que talvez estivessem mesmo lá escondidos.

Apesar do seu pavor, as irmãs aceleraram o passo e não olharam para a árvore fatal.

Afastaram-se. Véronique respirou mais à vontade. O perigo passara, e ela preparava-se para ridicularizar as irmãs Archignat quando uma delas, Clémence, rodopiou e caiu com um gemido.

Ao mesmo tempo, tombava sobre a terra alguma coisa que lhe batera nas costas. Era um machado de pedra.

– Ah! A pedra do raio! A pedra do raio! – gritou Gertrude.

Por um momento, ergueu a cabeça, como se, segundo as suas crenças populares ainda arraigadas, o machado viesse do céu e fosse uma emanação do trovão.

Mas, nesse momento, a louca, que saíra do carro de mão, deu um salto e caiu com a cabeça para a frente. Outra coisa zunira no espaço. A louca torcia-se de dor. Gertrude e Véronique viram uma flecha cravada no seu ombro, que ainda vibrava.

Então Gertrude fugiu, aos gritos.

Véronique, incrédula, hesitou. Clémence e a louca rolavam no chão. A louca troçava:

– Atrás do carvalho. Eles estão escondidos... posso vê-los...

Clémence balbuciava:

– Socorro! Ajude-me... leve-me... estou com medo.

Mas outra flecha zuniu e perdeu-se ao longe.

Véronique também fugiu, chegou às últimas árvores e precipitou-se para a ladeira que descia para a ponte.

Corria desvairadamente, empurrada não tanto pelo terror, aliás legítimo, mas pela vontade ardente de encontrar uma arma e se defender. Lembrava-se que, no escritório do pai, havia uma vitrine cheia de espingardas e revólveres, todos com a indicação "carregados", inscrita certamente por causa de François, e ela queria munir-se de uma dessas armas para fazer frente ao inimigo. Nem sequer olhava para trás. Não sentia necessidade de saber se estava sendo perseguida. Correu em direção ao único local que lhe podia ser útil.

Mais rápida e corajosa, ela acabou por alcançar Gertrude. Esta, ofegante, disse:

– A ponte... é preciso atear fogo... a gasolina está ali...

Véronique não respondeu. A destruição da ponte não era importante, seria até um obstáculo ao seu desejo de pegar uma espingarda e de atacar o inimigo.

Mas quando chegara à ponte, Gertrude deu uma pirueta que quase a lançou para o abismo. Uma flecha atingira-a nos rins.

– Ajude-me! Ajude-me!… – gritou. – Não me abandone…

– Eu volto… – replicou Véronique que, não tendo visto a flecha, pensou que Gertrude tropeçara. – Eu volto, vou buscar duas espingardas… depois eu venho buscá-la…

Em seu espírito, ela imaginava que, uma vez armadas, as duas voltariam ao bosque e libertariam as outras irmãs. Por isso, redobrando o esforço, atravessou a ponte, chegou ao muro da propriedade, passou pelo gramado e subiu ao escritório do pai. Aí, teve que parar, sem fôlego, e depois de empunhar as duas espingardas, foi obrigada, de tão acelerado que o seu coração batia, a caminhar mais devagar.

Ficou admirada por não encontrar Gertrude. Chamou-a. Nenhuma resposta.

E somente então pensou que talvez a bretã tivesse sido ferida, como as irmãs.

Recomeçou a caminhar. Mas quando avistou a ponte, ouviu queixumes estridentes, e, aproximando-se da encosta íngreme que subia até ao bosque do Grande Carvalho, ela viu…

O que viu deixou-a completamente pregada à entrada da ponte. Do outro lado, Gertrude, jogada no chão, debatia-se, agarrando-se às raízes, enfiando os dedos crispados na terra e na erva, e subindo ao longo da encosta, lentamente, em um movimento imperceptível e ininterrupto.

Véronique viu que a infeliz estava amarrada, por baixo dos braços e em volta do tronco, por uma corda que a içava como se fosse uma presa impotente, e que era puxada, lá em cima, por mãos invisíveis.

Véronique levou a espingarda ao ombro. Mas que inimigo devia visar? Que inimigo devia combater? Quem se escondia atrás dos troncos de árvores e das pedras que encimavam a colina como uma muralha?

Gertrude deslizou entre essas pedras e esses troncos de árvores. Já não gritava, sem dúvida exausta, desmaiada. E acabou por desaparecer.

Véronique não se mexera. Estava ciente de que qualquer tentativa seria em vão. Ao entregar-se a uma luta em que antecipadamente estava vencida, não podia libertar as irmãs Archignat, e oferecia-se ela própria ao vencedor, como nova e última vítima.

E além disso tinha medo. Tudo se passava segundo a lógica implacável de fatos de que não compreendia o significado, mas que, na verdade, pareciam ligados uns aos outros como elos de uma cadeia. Tinha medo, medo desses seres, medo desses fantasmas, medo instintivo e inconsciente, tal como as irmãs Archignat, como Honorine, como todas as vítimas do terrível flagelo.

Abaixou-se para que não pudessem vê-la do bosque do Grande Carvalho e, meio curvada, aproveitando a proteção que lhe davam algumas moitas de silvas, alcançou, à esquerda, a pequena cabana de que lhe tinham falado as irmãs Archignat, uma espécie de quiosque com telhado pontiagudo e vidraças coloridas. Metade do quiosque era ocupado por recipientes com gasolina.

Daí ela podia vigiar a ponte, e ninguém passaria sem ser visto. Mas ninguém desceu do bosque.

Veio a noite, uma noite de espesso nevoeiro que a lua tornava prateado, e que apenas permitia a Véronique distinguir o lado oposto.

Passada uma hora, tendo ficado mais tranquila, fez uma primeira viagem com duas latas de gasolina, que espalhou sobre as traves exteriores da ponte.

Repetiu o mesmo trajeto dez vezes, de ouvido atento, espingarda a ti-racolo e sempre pronta para se defender. Espalhava a gasolina um pouco por acaso, às apalpadelas, escolhendo, tanto quanto possível, os locais onde lhe parecia pelo tato que a madeira estava mais apodrecida.

Tinha uma caixa de fósforos, a única que encontrara na casa. Tirou um fósforo, hesitou por um momento, receosa perante a ideia da grande claridade que se iria produzir.

"Ainda que o fogo pudesse ser visto da costa…", pensava ela, "mas com este nevoeiro…"

De repente riscou o fósforo e, imediatamente, acendeu uma tocha de papel que preparara e que embebera em gasolina.

Saltou uma grande chama que lhe queimou os dedos. Jogou então o papel para uma poça de gasolina que se formara em uma cavidade, e fugiu para o quiosque.

O incêndio foi imediato e propagou-se logo a todas as partes que ela regara. As falésias das duas ilhas, a ligação de granito que as reunia, as grandes árvores ao redor, a colina, o bosque do Grande Carvalho, o mar no fundo do precipício, tudo ficou iluminado.

"Sabem onde eu estou… Eles estão observando o quiosque onde estou escondida…", pensava Véronique, não desviando os olhos do Grande Carvalho.

Mas nenhuma sombra passou no bosque. Nenhum murmúrio de vozes lhe chegou. Quem se escondia lá em cima não saiu do seu refúgio impenetrável.

Ao fim de alguns minutos, metade da ponte caiu, com um grande estrondo e uma chuva de fagulhas. Mas a outra metade continuou a arder e, a todo o instante, caíam no precipício pedaços de madeira que iluminavam a profundeza das trevas.

Véronique começava a sentir-se mais aliviada. Os seus nervos exasperados aquietavam-se. Um sentimento de segurança invadia-a, cada vez mais justificado, tanto quanto o abismo se tornava maior entre ela e os seus inimigos. No entanto, permaneceu no quiosque e resolveu esperar o amanhecer, para se certificar de que daí em diante nenhuma comunicação seria possível.

A bruma adensou-se. A escuridão envolveu todas as coisas. Por volta da meia-noite, ela ouviu barulho do outro lado, parecendo-lhe que vinha do alto da colina. Era o barulho que fazem os lenhadores cortando árvores. O machado batia regularmente nos troncos que depois acabavam por partir.

Véronique teve a ideia, aliás absurda, ela sabia, de que estavam talvez construindo uma ponte, e agarrou com força na espingarda.

Ao fim de uma hora, pareceu-lhe ouvir gemidos e até um grito abafado, depois, durante bastante tempo, o pisar de folhas, idas e vindas. Mas isso cessou. De novo voltou o grande silêncio em que se confunde tudo o que se move, tudo o que se inquieta, tudo o que estremece, tudo o que vive no ar.

O entorpecimento provocado pela fadiga e pela fome, que começava a apertar, não permitia a Véronique pensar muito. Lembrava-se sobretudo que não trouxera da vila nenhuma provisão e que não teria o que comer. Mas não se preocupou, pois decidira que acenderia grandes fogueiras com gasolina, quando a bruma se desfizesse, o que não devia tardar. Pensara até que o melhor local seria a extremidade da ilha, no local onde se erguia o dólmen.

Mas, de repente, assaltou-a uma temível ideia: não se esquecera da caixa de fósforos na ponte? Procurou nos bolsos e não encontrou. Todas as buscas foram inúteis.

Porém, isso não a inquietou muito. De repente, a impressão de ter escapado aos ataques do inimigo enchia-a de tanta alegria que lhe parecia que todas as dificuldades se resolveriam por si mesmas.

Assim as horas foram passando, horas infinitamente longas que a bruma penetrante e o frio tornavam mais penosas à medida que a manhã se aproximava.

Depois uma vaga luminosidade espalhou-se pelo céu. As coisas saíram da sombra e readquiriram as suas formas reais. Véronique pôde então ver que a ponte se desmoronara completamente. Um intervalo de cinquenta metros separava as duas ilhas, que ficavam ligadas apenas embaixo pela crista aguçada, cortante e inacessível da falésia.

Estava salva.

Mas, ao levantar os olhos para a colina do lado oposto, viu, mesmo no cimo da encosta, um espetáculo que lhe fez soltar um grito de horror. Três das árvores mais próximas, entre aquelas que encimavam a colina e que pertenciam ao bosque do Grande Carvalho, tinham sido despojadas dos ramos inferiores. E, sobre os três troncos desnudados, estavam as irmãs Archignat, com os braços erguidos e presos atrás, as pernas amarradas sob as saias esfarrapadas, cordas prendiam as cabeças lívidas e meio ocultas pelas asas negras das toucas.

Elas tinham sido crucificadas.

TOUT-VA-BIEN

Muito empertigada, sem se voltar para aquela deprimente visão, sem se importar com o que podia acontecer se fosse vista, caminhando com uma passada automática e rápida, Véronique voltou ao Priorado.

Um só objetivo e uma só esperança a sustinham: deixar a ilha de Sarek. Estava saturada de horror. Mesmo se tivesse visto três cadáveres, três mulheres degoladas ou fuziladas, ou mesmo enforcadas, não teria tido aquela sensação de todo o seu ser que se revoltava. Aquilo, aquele suplício era demais. Havia ali um excesso de degradação, um ato sacrílego, um ato demoníaco, que ultrapassava os limites do mal.

E, além disso, pensava em si própria, a quarta e última vítima. O destino parecia encaminhá-la para esse desfecho como a um condenado à morte que se empurra para o cadafalso. Como era possível não tremer de medo? Como não ver um aviso na escolha da colina do Grande Carvalho para o suplício das três irmãs Archignat?

Tentava reconfortar-se com palavras:

"Tudo tem uma explicação… No fundo destes mistérios atrozes há causas muito simples, atos aparentemente fantásticos, mas na verdade realizados por seres da mesma natureza que eu e que agem por razões criminosas, segundo um determinado plano. Certamente que isso só é possível em consequência da guerra, que cria um estado de coisas especial, em que acontecimentos deste gênero podem desenrolar-se. Mas, contudo, não há aí nada de miraculoso e que escape às regras da vida cotidiana."

Palavras inúteis. Tentativas de raciocínio que o seu espírito tinha dificuldade em acompanhar! No fundo, perturbada por abalos nervosos demasiado violentos, ela acabava por pensar e sentir como os habitantes de Sarek que vira morrer, enfraquecida como eles, sacudida pelos mesmos terrores, assaltada pelos mesmos pesadelos, desequilibrada por tudo o que nela restava dos instintos do passado e das superstições sempre prestes a vir à superfície.

Quem eram aqueles seres invisíveis que a perseguiam? Quem estava encarregado de preencher os trinta caixões de Sarek? Quem aniquilava todos os habitantes da desgraçada ilha? Quem morava nas cavernas e colhia, nas horas fatídicas, o visco sagrado e a erva de São João, e utilizava machados e flechas, e crucificava as mulheres? E com que terrível objetivo? Em vista de que monstruoso empreendimento? Segundo que desígnios inimagináveis? Espíritos das trevas, gênios do mal, sacerdotes de uma religião morta, oferecendo em sacrifício, a deuses sanguinários, homens, mulheres, crianças...

– Basta! Basta! Estou ficando louca! – disse ela em voz alta. – Vou embora!... Não quero pensar em mais nada senão em ir-me embora deste inferno!...

Mas poderíamos dizer que o destino teimava em martirizá-la. Tendo começado a procurar qualquer coisa para comer, viu de repente no escritório do pai, no fundo de um armário, uma folha de papel pregada na parede, e na qual era representada a mesma cena do papel encontrado na cabana abandonada, junto ao cadáver de Maguennoc.

Sobre uma das prateleiras do armário, estava uma pasta de desenhos. Ela abriu-a. Continha vários esboços da cena, igualmente desenhados a sanguínea. Todos eles apresentavam, por cima da primeira cabeça de mulher, a inscrição "V. d'H". Um deles tinha a assinatura de Antoine d'Hergemont.

Fora pois o pai quem fizera o desenho no papel de Maguennoc! Fora o pai quem tentara, em todos os esboços, dar à mulher torturada uma semelhança cada vez mais perfeita com a sua filha!

– Basta! Basta! – repetiu Véronique. – Não quero pensar... Não quero pensar.

Muito enfraquecida, continuou à procura, mas não conseguiu encontrar qualquer coisa que enganasse a sua fome.

Também não encontrou nada que lhe permitisse acender uma fogueira na ponta da ilha. Entretanto a bruma se dissipara, e os sinais seriam certamente notados!

Tentou esfregar duas pedras de sílex uma contra a outra. Mas não deu certo, e não obteve qualquer resultado.

Durante três dias, subsistiu à custa de água e de morangos silvestres colhidos entre as ruinas. Febril, quase sem forças, tinha crises de choro que, quase sempre, determinavam a aparição súbita de Tout-Va-Bien, e o seu esgotamento físico era tanto, que ela maldizia o pobre animal por ter aquele nome absurdo e o enxotava. Tout-Va-Bien, espantado, ia sentar-se mais longe e recomeçava a fazer os seus trejeitos engraçados. Véronique o perseguia, como se ele fosse culpado por ser o cão de François.

O mínimo ruído sacudia-a dos pés à cabeça e cobria-a de suor. Que estavam fazendo os seres do bosque do Grande Carvalho? De que modo se preparavam para a atacar? Apertava os braços à volta do seu próprio corpo, estremecendo com a ideia de cair nas mãos daqueles monstros, e não conseguia deixar de pensar que era bela, e que talvez eles fossem tentados pela sua beleza e juventude...

Mas, no outro dia, uma grande esperança animou-a. Encontrara em uma gaveta uma lupa bastante forte. E como havia sol, concentrou os raios luminosos sobre uma folha de papel, que acabou por se queimar, e assim conseguiu acender uma vela.

Julgou estar salva. Descobrira uma grande reserva de velas, o que lhe permitiu conservar até à noite a chama preciosa. Por volta das onze horas, munida de uma lanterna, dirigiu-se para o quiosque com a intenção de atear fogo nele. O tempo estava bom, e o sinal seria visto da costa.

Receando que a vissem com a lanterna, e receando sobretudo a aparição trágica das irmãs Archignat, pois a claridade da lua inundava o calvário, seguiu, à saída do Priorado, por outro caminho mais à esquerda e ladeado de mato. Caminhava pouco segura, evitando roçar pelas folhas ou tropeçar nas raízes. Quando chegou a um terreno descoberto, não longe do quiosque, estava tão cansada que teve de se sentar. Sua cabeça zumbia. Parecia-lhe que o coração se recusava a bater.

Dali também não podia ver o local do suplício. Mas tendo, contra sua vontade, voltado os olhos para a colina, teve a impressão de que qualquer coisa como uma silhueta branca se mexera. Era mesmo no meio do bosque, no extremo de um caminho que cortava o maciço de árvores naquela direção.

A silhueta passou novamente, sob a claridade, e Véronique notou, ainda que a distância fosse bastante grande, que era a silhueta de um ser vestido com uma túnica, e que estava no meio dos ramos de uma árvore isolada e mais alta do que as outras.

Lembrou-se das palavras da irmã Archignat: *"O sexto dia da lua se aproxima. Eles vão subir ao Grande Carvalho para colher o visco sagrado"*.

E logo se lembrou de certas descrições que lera em livros, ou que lhe tinham sido feitas pelo pai, e parecia-lhe que estava prestes a assistir a uma daquelas cerimónias druídicas que haviam impressionado a sua imaginação quando criança. Mas, ao mesmo tempo, sentia-se tão fraca que não tinha a certeza de estar acordada e de que esse estranho espetáculo fosse real. Outras quatro silhuetas brancas juntaram-se ao pé da árvore e levantaram os braços como se estivessem à espera de receber as folhas prestes a cair. Lá em cima, de repente, um reflexo luminoso. A foice de ouro do grande sacerdote cortara o ramo de visco.

Depois o grande sacerdote desceu do carvalho, e as cinco silhuetas deslizaram ao longo do caminho, contornaram o bosque e atingiram o cume da colina.

Véronique, que não conseguia desviar desses seres os olhos esgazeados, virou a cabeça e viu os três cadáveres suspensos nas árvores da tortura. Ao longe, as asas negras das toucas pareciam corvos. Diante das vítimas, as silhuetas pararam como se fossem realizar qualquer rito incompreensível. Por fim, o grande sacerdote destacou-se do grupo e, levando a mão ao ramo de visco, desceu a encosta da colina, dirigindo-se para o local onde ainda estava preso o primeiro arco da ponte.

Véronique quase desfaleceu. O seu olhar vacilante, diante do qual as coisas pareciam dançar, prendia-se ao reflexo cintilante da foice que balançava sobre o peito do sacerdote, por baixo da sua longa barba branca. O que ele ia fazer? Embora a ponte já não existisse, Véronique sentia-se convulsionada pela angústia. As pernas já não a sustinham de pé. Deitou-se, sem tirar os olhos daquela assustadora visão.

À beira do abismo, o sacerdote parou novamente durante alguns segundos. Depois estendeu a mão em que levava o visco e, precedido pela planta sagrada como por um talismã que transformava as leis da natureza, deu um passo à frente, sobre o abismo.

E caminhou assim no vazio, todo de branco sob o luar.

O que se passou depois, Véronique não soube, e também não podia saber o que de fato se passara, se fora vítima de uma alucinação, e em que altura da estranha cerimônia essa alucinação começara no seu cérebro enfraquecido.

De olhos fechados, esperou acontecimentos que não chegaram a produzir-se e que ela aliás não tentava prever. Mas outros, mais reais, preocupavam-na. A vela da lanterna estava a se extinguir, ela tinha consciência disso, e, no entanto, era-lhe impossível reagir e voltar ao Priorado. E dizia para si mesma que, se não fizesse sol nos próximos dias, não poderia voltar a acender a chama, e que estaria perdida.

Resignou-se, cansada de lutar, e sabendo-se antecipadamente vencida nessa luta desigual. O único desenlace intolerável era ser capturada. Mas por que não se abandonar à morte que se oferecia? Quando se sofre, deve haver um momento em que o sofrimento se atenua e em que se passa, quase sem o saber, da vida excessivamente cruel a esse aniquilamento que ela desejava cada vez mais.

– É isso, é isso… – murmurou. – Ir embora de Sarek ou morrer, pouco importa! O que é preciso é sair daqui.

Um ruído de folhas a fez abrir os olhos. A chama da vela se apagou. Mas, atrás da lanterna, estava sentado Tout-Va-Bien, erguendo no ar as duas patas da frente.

E Véronique viu que ele trazia ao pescoço, preso por um fio, um pacote de biscoitos.

– Conte-me a tua história, meu pobre Tout-Va-Bien – dizia Véronique, na manhã seguinte, depois de um bom sono em seu quarto no Priorado. – Não acredito que tenha me procurado e que tenha me trazido comida por vontade própria. Foi um acaso, não foi? Você estava vadeando por aqueles lados, me ouviu chorar e veio. Mas quem é que atou o pacote de biscoitos no teu pescoço? Temos então um amigo em Sarek, um amigo que se interessa por nós? Por que é que ele não aparece? Fale, Tout-Va-Bien.

Abraçou o simpático animal e disse:

– E os biscoitos para quem eram? Para o teu dono, para François? Ou para Honorine? Não? Então? Talvez para o senhor Stéphane?

O cão abanou a cauda e dirigiu-se para a porta. Realmente ele parecia compreender. Véronique seguiu-o até ao quarto de Stéphane Maroux. Tout-Va-Bien enfiou-se debaixo da cama do professor.

Havia lá mais três pacotes de biscoitos, duas embalagens de chocolate e duas caixas de conservas. E todas estas coisas amarradas por um fio, terminado por um laço que Tout-Va-Bien certamente conseguira desembaraçar.

– O que significa isto? – disse Véronique, estupefata. – Foi você quem os colocou aí embaixo? Mas quem deu a você? Temos então realmente na ilha um amigo que nos conhece, que conhece Stéphane Maroux? Você é capaz de me levar até esse amigo? Ele mora deste lado da ilha, já que não há comunicação com o outro lado, e você não podia ir até lá.

Véronique refletia. Mas, ao lado das provisões trazidas por Tout-Va-Bien, ela vira sob a cama uma pequena mala de pano e perguntava a si mesma a razão pela qual Stéphane Maroux escondera aquela mala. Julgou-se no direito de abri-la e procurar indícios sobre o papel desempenhado pelo professor, sobre o seu caráter, talvez sobre o seu passado, sobre as suas relações com o senhor d'Hergemont e com François.

– Sim – disse ela –, tenho esse direito, e até o dever.

Sem hesitar, com a ajuda de uma tesoura de pontas finas, fez saltar a frágil fechadura.

A mala continha apenas um diário, com um elástico à sua volta. Mas logo que abriu a capa do diário, Véronique ficou confusa.

Na primeira página estava o seu próprio retrato, uma fotografia de moça, com a sua assinatura completa e uma dedicatória: *"Para o meu amigo Stéphane"*.

– Não compreendo… não compreendo… – murmurava ela. – Lembro-me bem desta fotografia… devia ter dezesseis anos… Mas como podia eu tê-la oferecido? Será que eu o conhecia?

Ávida por saber mais, leu a página seguinte, uma espécie de prefácio assim formulado:

Véronique, quero viver sob o seu olhar. Se aceitar educar o seu filho, esse filho que eu devia detestar, pois é o filho de outro, e de quem gosto, pois é seu filho, é para que a minha vida esteja em pleno acordo com o sentimento secreto que a domina desde há tanto tempo. Um dia, não tenho a menor dúvida, voltará a desempenhar o seu papel de mãe. Nesse dia terá orgulho de François. Terei então expulsado dele tudo o que poderia sobreviver do pai, e terei exaltado todas as qualidades de nobreza e dignidade que herdou de você. É um objetivo suficientemente importante para que eu me devote a ele, de corpo e alma. Faço-o com alegria. O seu sorriso será a minha recompensa.

Uma singular emoção invadiu a alma de Véronique. A sua vida era iluminada por uma luz mais tranquila, e este novo mistério, que ela não conseguia compreender melhor do que os outros, era pelo menos, como o das flores de Maguennoc, doce e reconfortante.

Daí para a frente, voltando as páginas, ela podia seguir o dia a dia da educação do seu filho. Soube dos progressos do aluno e dos métodos do professor. O aluno era dócil, inteligente, aplicado, cheio de boa vontade, terno e sensível, simultaneamente espontâneo e sensato. O professor era afetuoso, paciente, animado por qualquer coisa de profundo que transparecia em cada linha.

Pouco a pouco o seu entusiasmo crescia, no decorrer das confissões cotidianas, e exprimia-se com uma liberdade cada vez menos vigiada.

François, meu filho amado – porque posso chamá-lo assim, não é verdade! –, François, é a tua mãe que revive em você. Os teus olhos puros têm a limpidez dos olhos dela. A tua alma é grave e ingênua como a alma dela. Ignoras o mal, e quase que se poderia dizer que ignoras o bem, de tal maneira ele se confunde com a tua graciosa natureza...

Alguns trabalhos do aluno eram transcritos no diário, trabalhos em que ele falava da mãe com ternura apaixonada e com a esperança tenaz de que não tardaria a reencontrá-la.

Vamos encontrá-la, François, e então compreenderás melhor o que é a beleza, a luminosidade, o encanto de viver, a alegria de ver e admirar.

Depois eram pequenas histórias a respeito de Véronique, detalhes de que ela própria já não se lembrava, ou que julgava ser a única a conhecer.

... Um dia, nas Tulherias – tinha ela dezesseis anos –, formou-se à volta dela um círculo de pessoas que a olhavam, espantadas com a sua beleza. As amigas riam, felizes porque a admiravam...

... Se abrir a mão direita dela, François, verás no meio da palma uma longa cicatriz branca. Era ela uma mocinha quando feriu a mão na ponta de ferro de uma grade...

Mas as últimas páginas não tinham sido escritas para o filho, nem certamente lidas por ele. O amor já não se disfarçava aí sob frases de admiração, mostrava-se sem reserva, ardente, exaltado, doloroso, estremecendo de esperança, ainda que sempre respeitoso.

Véronique fechou o diário. Já não conseguia ler.

– Sim, sim, confesso, Tout-Va-Bien – murmurou ela, vendo o cão na sua pose engraçada –, sim, os meus olhos estão úmidos de lágrimas. Ainda que eu possa ser muito pouco mulher, digo a você o que a ninguém diria, fiquei completamente perturbada. Sim, queria evocar o rosto desconhecido daquele que assim me ama… Algum amigo de infância de quem não adivinhei o discreto amor, e cujo próprio nome não deixou vestígio na minha memória…

Puxou o cão para si.

– Dois bons corações, não acha, Tout-Va-Bien? Tanto o professor como o aluno não são culpados dos crimes monstruosos que os vi cometer. Se são cúmplices dos nossos inimigos, é contra a vontade deles e sem o saber. Não posso acreditar em filtros, em encantamentos, nem em plantas que fazem perder a razão. Mas, apesar de tudo, deve haver qualquer coisa, não acha, meu bom cão? A criança que cultivava as verônicas no Calvário Florido e escrevia "a flor da mamãe" não é culpada, não acha? E Honorine tinha razão quando falava em acesso de loucura? E ele voltará para me procurar, não é? Stéphane e ele voltarão?…

Duas horas de tranquilidade se passaram. Véronique já não estava só. O presente deixara de assustá-la, e tinha fé no futuro.

Na manhã do dia seguinte, disse a Tout-Va-Bien, que ficara preso ao pé da cama para não fugir outra vez:

– Agora, meu amigo, você vai me conduzir. Para onde? Até o amigo desconhecido que envia alimentos para Stéphane Maroux. Vamos.

Tout-Va-Bien só estava à espera da permissão de Véronique. Lançou-se em direção ao relvado que subia até ao dólmen e, a meio caminho, parou. Véronique alcançou-o. Ela virou à direita e enveredou por um caminho que o levou a um caos de ruinas situadas perto da borda da falésia.

Nova parada.

– É ali? – perguntou Véronique.

O cão se abaixou. À sua frente, na base de dois blocos de pedra apoiados um contra o outro e revestidos por um mesmo manto de hera, havia uma moita de silvas sob a qual se abria uma pequena passagem semelhante à entrada de uma toca de coelho. Tout-Va-Bien deslizou por ali, desapareceu, depois voltou à procura de Véronique, que teve de regressar ao Priorado para trazer uma podadeira para cortar as silvas.

Passada uma meia hora, ela conseguiu enfim cortar as silvas e viu o primeiro degrau de uma escada que desceu às apalpadelas, precedida por Tout-Va-Bien, e que a conduziu a um longo túnel escavado na rocha e que era iluminado através de pequenos orifícios do lado direito. Espreitou e viu que esses orifícios davam para o mar.

Caminhou durante dez minutos e desceu mais degraus. O túnel estreitou-se. Os orifícios, dirigidos para o céu, sem dúvida para que não pudessem ser vistos de baixo, deixavam ali entrar luz tanto pela direita como pela esquerda. Véronique compreendeu então como é que Tout-Va-Bien conseguia comunicar com a outra parte da ilha. O túnel seguia pela estreita faixa de falésia que ligava o domínio do Priorado a Sarek. De cada um dos lados, as vagas embatiam nos rochedos.

Depois subia-se por degraus, sob a colina do Grande Carvalho. Em cima, uma bifurcação. Tout-Va-Bien escolheu o túnel da direita, que continuava pela margem do oceano.

Surgiram ainda, à esquerda, dois outros caminhos, ambos obscuros. A ilha devia estar assim rasgada por galerias invisíveis, e Véronique pensou, com o coração apertado, que se dirigia para a parte que as irmãs Archignat tinham designado como sendo o domínio dos inimigos, sob as Charnecas Negras.

Tout-Va-Bien ia diante dela, voltando-se de vez em quando para trás. Ela dizia-lhe em voz baixa:

– Sim, sim, meu amigo, eu vou, e pode ter certeza de que não tenho medo, você está me levando até um amigo... um amigo que encontrou um refúgio aqui... Mas por que ele não saiu do seu refúgio? Por que é que você não o guiou até mim?

A galeria era sempre igual, talhada a pequenas lascas, com uma abóbada arredondada e um solo de granito bem seco, que os orifícios ventilavam suficientemente. Nas paredes, nenhuma marca, nenhum vestígio. Por vezes surgia a ponta de um sílex negro.

– É ali? – perguntou Véronique a Tout-Va-Bien, que parara.

O túnel não prosseguia, alargando-se em uma sala em que a luz, menos abundante, era filtrada por uma janela mais estreita.

Tout-Va-Bien parecia indeciso. Escutava, as orelhas levantadas, em pé, com as patas apoiadas contra a parede do fim do túnel.

Véronique notou que a parede, naquele local, não era constituída, em toda a sua largura, pelo próprio granito, mas por uma acumulação de pedras desiguais e envolvidas de cimento. Era um trabalho que datava evidentemente de uma outra época, sem dúvida mais recente. Fora construído um muro que fechava o subterrâneo, que devia continuar do outro lado.

Ela repetiu:

– É ali, não é?

Mas nada mais disse. Ouvira o som abafado de uma voz.

Aproximou-se do muro e, passado um instante, estremeceu. A voz elevara-se. Os sons tornaram-se mais distintos. Alguém cantava, uma criança, e ela ouviu estas palavras:

E dizia a mamãe
Embalando o menino:
Não chores.
Quando choras, Nossa Senhora também chora...

Véronique murmurou:

– A canção... a canção...

Era exatamente a mesma que Honorine cantarolara em Beg-Meil. Quem será que a cantava agora? Uma criança presa na ilha? Um amigo de François?

E a voz continuava:

Que o menino cante e ria
Para que a Virgem sorria.
Junta as mãos e reza à boa Virgem Maria...

Aos últimos versos seguiu-se um silêncio que durou alguns minutos. Tout-Va-Bien tinha ares de quem escutava com atenção crescente, como se como se soubesse o que estava por vir.

De fato, exatamente no local em que ele estava, houve um ligeiro ruído de pedras sendo removidas com precaução. Tout-Va-Bien abanou a cauda freneticamente e ladrou, por assim dizer, para si mesmo, como animal que compreende o perigo de quebrar um silêncio. E de repente, acima da sua cabeça, uma das pedras recuou, puxada para o interior e deixando aberto um buraco bastante largo.

Com um salto, Tout-Va-Bien lançou-se para o buraco, esticou-se e, ajudando com as patas traseiras, torcendo-se, rastejando, desapareceu no interior.

– Ah! Olhe, o senhor Tout-Va-Bien – disse a criança. – Como vai, senhor Tout-Va-Bien, e por que é que não veio ontem fazer uma visita ao seu dono? Ocupações importantes? Um passeio com Honorine? Ah, se pudesse falar, hein, meu velho, o que teria para me contar! Antes de mais nada, vejamos...

Muito emocionada, Véronique ajoelhara-se contra a parede. Era a voz do filho que ela ouvia? Teria François voltado, escondendo-se ali? Em vão tentava olhar. O muro era espesso e a abertura que o atravessava fazia uma curva em forma de cotovelo. Mas de que maneira cada sílaba pronunciada, cada entoação, chegava nitidamente aos seus ouvidos!

– Vejamos – repetiu o rapaz –, por que Honorine não vem libertar--me? Por que não a traz aqui? Você conseguiu vir me ver outra vez... E o vovô, ele não está preocupado com a minha ausência?... Mas, também, que aventura! E você, ainda não mudou de opinião, hein, meu velho? Tudo vai bem, não é? Tudo vai cada vez melhor?

Véronique não compreendia. O seu filho – pois não tinha dúvidas de que era François –, o seu filho falava como se ignorasse tudo o que havia acontecido.

Teria ele esquecido? Não conservara lembrança alguma dos atos realizados durante o seu acesso de loucura?

"Sim, um acesso de loucura", pensava Véronique obstinadamente. "Sim, ele estava louco. Honorine não se enganara... ele estava louco... E depois recuperou a razão. Ah! François... François..."

Ela escutava, com o corpo tenso e a alma emocionada, as palavras que lhe poderiam trazer uma imensa alegria ou um grande acréscimo de desespero.

As trevas desceriam outra vez sobre ela, mais espessas e pesadas, ou o dia nasceria novamente, dessa noite sem-fim em que ela se debatia há quinze anos?

– Está bem – continuava o rapaz –, estamos de acordo, tudo vai bem. Mas, olhe, eu ficaria muito contente se você pudesse me dar verdadeiras provas. Por um lado, não há notícias do vovô, nem de Honorine, apesar de todas as mensagens que o encarreguei de levar até eles, por outro, não há notícias de Stéphane, e é isso que me inquieta. Onde está ele? Onde o prenderam? Não estará morrendo de fome? Vá, Tout-Va-Bien, responda, para onde você levou os biscoitos anteontem?... Mas, o que você tem? Está preocupado? O que é que está procurando? Quer ir embora? Não? Então o que é?

O rapaz calou-se. Depois, passado um instante, disse em voz mais baixa:

– Veio com alguém?... Há alguém atrás do muro?

O cão ladrou surdamente. Depois houve um grande silêncio, durante o qual também François devia estar à escuta.

A emoção de Véronique era tão forte que François parecia ouvir as batidas do seu coração.

Ele segredou:

– É você, Honorine? – Um novo silêncio e continuou: – Sim, é você, tenho certeza... ouço você respirar... Por que não responde?

Véronique se encheu de esperança. Suas forças se redobraram desde que soube que Stéphane estava encarcerado, sem dúvida vítima do inimigo, como François, e passavam pelo seu espírito confusas suposições. E depois como resistir ao apelo daquela voz? O seu filho a interrogava... O seu filho!

Ela balbuciou:

– François... François...

– Oh!... – disse ele –, alguém respondeu... eu sabia... É você, Honorine?

– Não, François – respondeu ela.

– Então?

– Sou uma amiga de Honorine.

– Não a conheço?

– Não... mas sou sua amiga.

Ele hesitou. Desconfiava?

– Por que é que Honorine não veio com você?

Véronique não esperava esta pergunta, mas compreendeu imediatamente que, se as suas suposições involuntárias fossem corretas, então a verdade ainda não podia ser dita ao filho.

Por isso, declarou:

– Honorine chegou de viagem e voltou a partir.

– Foi à minha procura?

– É isso, é isso – disse ela. – Pensou que o tinham raptado de Sarek, assim como ao seu professor.

– E o vovô?

– Também partiu e, depois dele, todos os habitantes da ilha.

– Ah! Ainda aquela história dos caixões e das cruzes?

– Exatamente. Pensaram que o seu desaparecimento era o começo das catástrofes, e o medo os afugentou.

– E a senhora?

– Eu conheço Honorine há muito tempo. Vim de Paris com ela, para repousar em Sarek. Não vejo razão alguma para ir embora. Todas essas superstições não me assustam.

O rapaz calou-se. Devia perceber a incoerência e a insuficiência daquelas respostas, e a sua desconfiança aumentava. Confessou francamente:

– Ouça, minha senhora, quero dizer-lhe uma coisa. Há dez dias que estou fechado nesta cela. Nos primeiros dias, não vi nem ouvi ninguém. Mas, desde anteontem, todas as manhãs, um pequeno buraco na porta é aberto e surge a mão de uma mulher que renova a minha provisão de água. A mão de uma mulher… Então…

– Então, pergunta a si mesmo se essa mulher não sou eu?

– Sim, sou obrigado a perguntar isso.

– Reconheceria a mão dessa mulher?

– Oh, com certeza, é seca e magra, o braço é amarelo.

– Veja a minha – disse Véronique. – Vou enfiar o braço pelo mesmo local por onde Tout-Va-Bien passou.

Arregaçou a manga e, de fato, o seu braço nu, dobrando-se, passou facilmente.

– Oh! – disse logo François – Não foi esta mão que eu vi. – E, em voz baixa, acrescentou: – Que linda que é esta mão!

De repente, Véronique sentiu que ele lhe pegava na mão, em um gesto rápido, e ouviu-o exclamar:

– Oh! Não é possível! Não é possível!

Ele virara a mão e desdobrava os dedos para que a palma ficasse bem visível. Murmurou:

– A cicatriz… está aqui… muito branca…

Uma grande perturbação então invadiu Véronique. Lembrava-se do diário de Stéphane Maroux e de certos detalhes por ele referidos e que François devia ter lido. Um desses detalhes era aquela cicatriz, que evocava uma antiga ferida bastante profunda.

Sentiu os lábios do rapaz pousarem sobre a sua mão, primeiro docemente, depois com um ardor apaixonado e lágrimas abundantes, e ouviu-o balbuciar:

– Oh! Mamãe… querida mamãe… minha querida mamãe…

FRANÇOIS E STÉPHANE

Mãe e filho ficaram assim durante muito tempo, ajoelhados contra o muro que os separava, mas tão perto um do outro como se estivessem se olhando incessantemente, entre beijos e lágrimas.

Falavam ao mesmo tempo, faziam perguntas e respondiam sem pensar. Estavam ébrios de alegria. A vida de cada um deles transbordava e era absorvida pelo outro. Nenhum poder no mundo podia agora dissolver aquela união, nem destruir os laços de ternura e confiança que uniam mãe e filho.

– Ah! Sim, meu velho Tout-Va-Bien, pode fazer festas. Estamos realmente chorando, e você vai ficar cansado antes de nós, porque destas lágrimas não nos fartamos, não é, mamãe?

Para Véronique, nada mais subsistia no seu espírito das visões terríveis que a tinham chocado. O seu filho assassino, o seu filho matando e massacrando, não, ela já não podia admitir isso. Nem sequer admitia a desculpa da loucura. Devia haver outra explicação, que ela não tinha pressa em conhecer. Só pensava no filho. Ele estava bem. Os seus olhos viam-no através do muro. O seu coração batia contra o dele. Estava vivo e era realmente a criança doce, afetuosa, encantadora e pura com que sonhara a sua imaginação de mãe.

– Meu filho, meu filho… – repetia ela incessantemente, como se nunca fosse de mais dizer estas palavras miraculosas. – Meu filho, então é você. Achei que estava morto, mil vezes morto, mais morto do que é possível… E você está vivo. E está aqui. E posso tocar você. Ah, meu Deus. Será possível? Tenho um filho… o meu filho está vivo…

E com o mesmo fervor apaixonado, ele dizia:

– Mamãe… mamãe… esperei tanto tempo por você. Para mim, você não estava morta, mas era tão triste ser uma criança sem mãe… ver os anos passar, e perdê-los à tua espera.

Durante uma hora falaram ao acaso, do passado, do presente, de mil e uma coisas que primeiro lhes pareciam as mais interessantes do mundo e que logo a seguir abandonavam para fazer outras perguntas, para tentarem conhecer-se um pouco mais e penetrar no segredo da vida e na intimidade da alma de cada um.

François foi o primeiro a querer dar um pouco de ordem à conversa.

– Ouça, mamãe, temos tantas coisas para dizer que não vamos conseguir dizer tudo hoje, e mesmo por dias e dias. Por agora, falemos do que é indispensável, e depressa, pois talvez não tenhamos muito tempo.

– Como? – disse Véronique, já inquieta. – Mas eu não a abandono mais.

– Para que não me deixe, mamãe, é preciso primeiro que estejamos juntos. Mas há muitos obstáculos a ultrapassar, muito mais do que este muro que nos separa. Além disso, sou muito vigiado e, de um momento para o outro, você pode ser obrigada a se afastar, como acontece com Tout-Va--Bien, ao menor ruído de passos que se aproximam.

– Vigiado por quem?

– Por quem me atacou, a mim e a Stéphane, no dia em que descobrimos a entrada destas grutas, sob as charnecas do planalto, as Charnecas Negras.

– E você os viu?

– Não, estava escuro.

– Mas quem são esses seres? Quem são esses inimigos?

– Não sei.

– Desconfia que sejam…

– Os Druidas?… – disse ele, rindo. – Esses seres de outros tempos, de que falam as lendas? Meu Deus, não. Espíritos? Também não. Eram mesmo pessoas de carne e osso.

– Mas eles vivem aqui dentro?

– Provavelmente.

– E vocês foram apanhados de surpresa?…

– Não, pelo contrário. Parecia até que nos esperavam e espiavam. Tínhamos descido uma escada de pedra e seguido por um comprido corredor, ladeado talvez por oitenta grutas, ou melhor, oitenta celas, cujas portas de madeira estavam abertas e que deviam dar para o mar. À volta, quando subíamos a escada, no escuro, fomos agarrados, imobilizados, amarrados, vendados e amordaçados. Tudo isto em um instante. Percebi que nos tornavam a levar até ao fim do comprido corredor. Quando consegui soltar-me das cordas e da venda, estava fechado em uma das celas, sem dúvida a última do corredor, e aqui estou há dez dias.

– Meu querido, como você deve ter sofrido.

– Não sofri, mamãe, nem passei fome. Em um canto havia um monte de provisões e, no outro, palha para me deitar. Então, fiquei à espera tranquilamente.

– De quem?

– Não vai rir, mamãe?

– Rir de que, meu querido?

– Do que vou contar?…

– Como pode pensar isso?…

– Está bem… eu estava à espera de alguém que ouviu falar de todas essas histórias de Sarek, e que prometeu ao vovô que viria.

– Mas quem, meu querido?

O rapaz hesitou.

– Não, tenho certeza de que você zombaria de mim, mamãe… Eu digo depois. Aliás, ele não veio… ainda que durante um instante eu pensasse… Sim, imagine que eu tinha conseguido tirar duas pedras deste muro e tinha aberto este buraco, que os meus carcereiros evidentemente ignoram, quando ouvi um barulho... estavam arranhando a parede...

– Era Tout-Va-Bien?

– Era Tout-Va-Bien que estava do outro lado. Já viu como foi bem recebido. A única coisa que me surpreendeu foi que ninguém vinha com ele, nem Honorine nem o vovô. Eu não tinha lápis nem papel para escrever para eles mas, enfim, só tinham que seguir Tout-Va-Bien.

– Isso era impossível – disse Véronique –, pois supunham que você estivesse longe de Sarek, certamente raptado, e porque o teu avô partira.

– Mas por que essa suposição? O vovô sabia, segundo um documento recentemente descoberto, onde nós estávamos, já que foi ele quem nos indicou a entrada dos subterrâneos. Então, ele não lhe falou sobre isso?

Véronique escutara, muito contente, as palavras do filho. Pois, se o tinham raptado e prendido, não era então ele o monstro abominável que matara o senhor d'Hergemont, Marie Le Goff, Honorine, Corréjou e os seus companheiros? A verdade que ela já entrevira confusamente tornava-se mais precisa, ainda escondida sob bastantes véus, mas visível, pelo menos na sua parte essencial. François não era culpado. Alguém usara as suas roupas e fizera-se passar por ele, assim como alguém agira sob a aparência de Stéphane! Ah, que mais importava, as probabilidades e as contradições, as provas e as certezas. Véronique nem sequer pensava nisso. Só acreditava na inocência do seu filho querido.

Por isso, ela recusava-se ainda a revelar o que quer que pudesse ensombrar e estragar a alegria dele, e afirmou;

– Não, não vi o teu avô. Honorine queria prepará-lo para a minha visita, mas os acontecimentos se precipitaram...

– E você ficou sozinha na ilha, pobre mamãe? Queria me encontrar?

– Sim – disse ela, depois de uma hesitação.

– Estava sozinha, com Tout-Va-Bien?

– Sim. Nos primeiros dias quase que não lhe dei atenção. Só esta manhã pensei em segui-lo.

– E onde começa o caminho que a trouxe até aqui?

– É um subterrâneo com uma saída escondida entre duas pedras, perto do jardim de Maguennoc.

– Então as duas ilhas se comunicam?

– Sim, pela falésia, por baixo da ponte.

– É estranho! Disso nem Stéphane, nem eu, nem ninguém, de resto, tinha desconfiado… a não ser o bom Tout-Va-Bien, para encontrar o seu dono. Calou-se e depois murmurou:

– Ouça…

Mas, passado um instante, prosseguiu:

– Não, ainda não é hora. No entanto, temos de nos apressar.

– O que devo fazer?

– É fácil, mamãe. Ao abrir este buraco, percebi que posso alargá-lo suficientemente, se for possível, tirar mais três ou quatro pedras. Mas estão muito presas, e preciso de uma ferramenta qualquer.

– Está bem, eu vou…

– É isso, mamãe, volte ao Priorado. Há lá, à esquerda, no subsolo, uma espécie de oficina onde Maguennoc guardava os utensílios de jardinagem. Encontrará lá uma pequena picareta de cabo curto. Pode trazê-la ao fim do dia. Durante a noite vou trabalhar e, amanhã de manhã, poderemos nos abraçar.

– Oh, se isso for verdade!

– Asseguro que sim. Depois só teremos de libertar Stéphane.

– O teu professor? Sabe onde ele está preso?

– Mais ou menos. Segundo as indicações que nos deu o vovô, os subterrâneos têm dois andares e a última cela de cada andar serviria de prisão. Eu estou em uma. Stéphane deve estar na outra por baixo de mim. O que me inquieta…

– O que o inquieta?

– Bem, olha, é que, ainda segundo o vovô, estas duas celas eram antigamente câmaras de suplício… "câmaras de morte", como diz o vovô.

– O que está dizendo? É terrível!

– Não se assuste, mamãe. Veja que não têm a intenção de me torturar. Simplesmente, ao acaso e sem saber o que acontecera a Stéphane, enviei-lhe alimentos por intermédio de Tout-Va-Bien, que terá certamente encontrado uma passagem.

– Não – disse ela. – Tout-Va-Bien não compreendeu.

– Como é que você sabe, mamãe?

– Ele julgou que você o mandava ir ao quarto de Stéphane Maroux, e pôs tudo debaixo da cama.

– Ah! – fez o rapaz, inquieto. – Que terá acontecido a Stéphane? – E acrescentou logo a seguir: – Veja, mamãe, temos de nos apressar, se quisermos salvar Stéphane e salvar a nós mesmos.

– Do que você tem medo?

– De nada, se agirmos rapidamente.

– Mas, mesmo assim...

– Nada, eu asseguro. Tenho certeza que venceremos todos os obstáculos.

– E se surgirem outros... perigos que não podemos prever?

– Será então – disse François a rir – que aparecerá essa pessoa que está para chegar, e que nos protegerá.

– Veja, meu querido, você mesmo admite a necessidade de alguém que nos socorra.

– Não, mamãe, só quero tranquilizá-la, nada vai acontecer. Olhe, como um filho que reencontrou a mãe pode perdê-la de novo? Será isso admissível? Na vida real talvez, mas nós não estamos na vida real, estamos em pleno romance e, nos romances, tudo acaba sempre bem. Pergunta a Tout-Va-Bien. Não é verdade, meu velho, que acabaremos por alcançar a vitória e que ficaremos juntos e felizes? Não é essa a tua opinião, Tout-Va-Bien? Então, ponha-se a andar, meu velho, e conduza a mamãe. Eu vou tapar outra vez o buraco, pois pode vir alguém à minha cela. E, sobretudo, não tente entrar quando ele estiver tapado, hein, Tout-Va-Bien? É nessas alturas que há perigo. Vá, mamãe, e não faça barulho quando voltar.

A viagem não foi longa. Véronique encontrou a picareta. Quarenta minutos depois, ela a trouxe e conseguiu introduzi-la na cela.

– Ainda não veio ninguém – disse François –, mas devem estar chegando, e é preferível que não fique aqui. Tenho trabalho para toda a noite, talvez, ainda mais porque serei obrigado a parar, é provável que façam rondas. Portanto, espero você amanhã às sete horas. Ah! Estive pensando a respeito de Stéphane. Alguns ruídos que ouvi, ainda há pouco, confirmam a minha ideia de que ele está preso mais ou menos embaixo de mim. A abertura que ilumina a minha cela é demasiado estreita para que eu possa passar. No local onde está agora, há alguma janela suficientemente larga?

– Não, mas pode ser alargada se lhe tirarmos algumas pedras.

– Está bem. Encontrará na oficina de Maguennoc uma escada de corda terminada por ganchos de ferro. Pode trazê-la facilmente amanhã de manhã. Traga também algumas provisões e cobertores, e deixe debaixo de uma moita, à entrada do subterrâneo.

– Mas para quê, meu querido?

– Você verá depois. Tenho um plano. Adeus, mamãe, durma bem e arranje forças. Amanhã vamos ter talvez um dia bastante duro.

Véronique seguiu o conselho do filho. No dia seguinte, cheia de esperança, percorreu novamente o caminho até a cela. Desta vez, Tout-Va--Bien, mais uma vez invadido pelos seus instintos de independência, não a acompanhava.

– Não faça barulho, mamãe – disse François, tão baixo que ela mal o ouvia. – Estou sendo vigiado de muito perto, pois creio que alguém anda no corredor. Quase já terminei o meu trabalho, as pedras estão se soltando. Mais duas horas e acabarei. Trouxe a escada?

– Sim.

– Tire as pedras da janela... adiantamos o trabalho... estou realmente com medo por causa de Stéphane... Mas não faça barulho...

Véronique afastou-se.

A janela elevava-se a pouco mais de um metro do solo, e as pedras, tal como ela supunha, eram unicamente sustentadas pelo peso e disposição. A abertura, sem essas pedras, era bastante larga, e foi-lhe fácil lançar para o exterior a escada que trouxera e prendê-la pelos ganchos de ferro à borda inferior.

Via-se o mar lá embaixo, a trinta ou quarenta metros, o mar todo branco e guardado pelos mil escolhos de Sarek. Mas ela não conseguiu ver a base da falésia, pois havia por baixo da janela uma pequena saliência de granito, sobre a qual a escada caíra em vez de ficar suspensa completamente na vertical.

"Isto vai ajudar François", pensou ela.

Contudo, o perigo do empreendimento parecia-lhe grande e perguntava a si mesma se não deveria arriscar-se ela no lugar do seu filho.

Ainda mais porque François, afinal de contas, podia ter-se enganado, e a cela de Stéphane não fosse talvez ali, ou não se poderia entrar lá por uma abertura análoga. Nesse caso, quanto tempo perdido! Quantos perigos inúteis para a criança!

Ela sentia naquele momento uma tal necessidade de se dedicar, um enorme desejo de afirmar a sua ternura por meio de atos imediatos, que, sem refletir, tomou uma decisão, como quem aceita sem hesitar um dever que não pode deixar de ser cumprido. Nada a deteve, nem o fato de os ganchos da escada, insuficientemente abertos, não agarrarem em toda a sua espessura na borda da janela, nem a visão do precipício, que lhe dava a impressão de que tudo vacilava sob ela. Era preciso agir. E ela agiu.

Depois de prender a saia com um alfinete, saltou para a janela, voltou-se de costas, segurou-se na borda, tateou o abismo e encontrou um dos degraus. Ela tremia inteira. O coração batia com muita força dentro do seu peito, como se fosse o badalo de um sino. No entanto, ela teve a audácia de agarrar bravamente as duas cordas laterais da escada e descer.

Não demorou muito tempo. Havia vinte degraus, ela sabia. Contou-os. Quando chegou ao vigésimo, olhou para a esquerda e murmurou com indizível alegria:

– Oh! François... meu querido...

Avistara, a um metro dela, no máximo, uma cavidade, uma reentrância que parecia a entrada de uma gruta talhada no meio da falésia. Ela murmurou:

– Stéphane… Stéphane… – mas em voz tão baixa que Stéphane Maroux, se estivesse ali, não a poderia ouvir.

Ela hesitou durante alguns segundos, mas as suas pernas se dobravam, já não tinha forças para tornar a subir nem para ficar ali suspensa. Com a ajuda de algumas saliências na rocha e deslocando assim a escada, correndo o risco de a desprender, ela conseguiu, por uma espécie de milagre de que tinha consciência, agarrar um sílex saliente no granito e pôr um pé na gruta. Com uma energia selvagem, fez então um esforço supremo e, com um impulso que restabeleceu o seu equilíbrio, conseguiu entrar.

Viu imediatamente alguém deitado sobre palha e amarrado com cordas.

A gruta era pequena, pouco profunda, sobretudo na sua parte superior, voltada para o céu, mais do que para o mar, e devia parecer ao longe uma simples irregularidade da falésia. Na borda, nenhuma saliência a limitava. A luz entrava sem qualquer obstáculo.

Véronique aproximou-se. O homem não se mexeu. Dormia.

Inclinou-se sobre ele e, ainda que não o reconhecesse de forma segura, parecia-lhe que uma recordação se desprendia desse passado tenebroso em que pouco a pouco se desvanecem todas as imagens da nossa infância. E esta não lhe era de modo algum familiar – rosto doce, de traços regulares, cabelos loiros, puxados para trás, testa ampla e pálida, rosto um pouco feminino que lembrava a Véronique a cara encantadora de uma amiga do convento, morta antes da guerra.

Com as suas mãos hábeis, ela desfez os nós que apertavam os dois punhos. Sem estar ainda desperto, o homem estendeu os braços, como se se tivesse prestado a uma operação já anteriormente efetuada, habitual, e que não lhe interrompia necessariamente o sono. Deviam libertá-lo assim de tempos em tempos, talvez para comer, durante a noite, pois ele acabou por murmurar:

– Já… mas não tenho fome… e ainda é dia…

Ele próprio ficou admirado com esta reflexão. Entreabriu os olhos e, imediatamente, soergueu-se para ver quem estava ali, à sua frente, pela primeira vez sem dúvida em pleno dia.

Ele não ficou muito surpreendido, pois não tomou consciência imediatamente da realidade. Provavelmente pensou que estava sonhando ou alucinado, e disse em voz baixa:

– Véronique… Véronique…

Um pouco perturbada sob o olhar de Stéphane, ela acabou de desfazer os nós e, quando ele sentiu nitidamente sobre as suas mãos e à volta das suas pernas cativas as mãos da jovem mulher, compreendeu o maravilhoso acontecimento que era aquela presença e disse com a voz alterada:

– Você!… Você…. Será possível? Oh! Diga uma palavra… uma só… Será possível que seja você?…

Quase que para si próprio, ele prosseguiu:

– É ela… é ela… está aqui… – E logo a seguir, com ansiedade: – Você!… À noite… nas outras noites… não era você que vinha? Era outra, não é verdade, uma inimiga? Ah! Desculpe-me por perguntar isso… Mas é que não consigo entender… Por onde é que veio?

– Por ali – disse ela, apontando para o mar.

– Oh! – fez ele. – Que loucura!

Olhava-a com um olhar deslumbrado, como se fosse alguma visão descida do céu, e as circunstâncias eram tão estranhas que ele nem pensava em reprimir o ardor do seu olhar.

Ela repetiu, completamente confusa:

– Sim, por ali… foi François quem me indicou…

– Não estava pensando nele – disse ele. – Com você aqui, eu tinha certeza que ele estivesse livre.

– Ainda não – disse ela –, mas daqui a uma hora ele estará livre.

Iniciou-se um longo silêncio, que ela quebrou para disfarçar a sua perturbação:

– Ele estará livre… vai vê-lo… mas é preciso não assustá-lo… há coisas que ele não sabe…

Ela percebeu que ele escutava não as palavras pronunciadas, mas a voz que as pronunciava, e que essa voz devia mergulhá-lo em uma espécie de êxtase, pois ele calava-se e sorria. Então ela sorriu também, e interrogou-o, obrigando-o assim a responder.

– Você disse logo o meu nome. Conhecia-me, não é verdade? A mim também me parece que antes... Sim, você me lembra uma amiga minha que morreu...

– Madeleine Ferrand?

– Sim, Madeleine Ferrand.

– Talvez eu também lhe faça lembrar o irmão dessa sua amiga, um rapaz tímido que ia muitas vezes ao parlatório e que olhava você de longe...

– Sim, sim... – afirmou ela. – É verdade, estou me lembrando. Chegamos mesmo a nos falar várias vezes... Você corava... Sim, sim, é isso... chamava-se Stéphane... Mas esse nome, Maroux?...

– Madeleine e eu não éramos filhos do mesmo pai.

– Ah! – disse ela. – Foi isso que me enganou. Ela estendeu-lhe a mão.

– Bem, Stéphane, já que somos velhos amigos e que novamente nos encontramos, deixemos para mais tarde todas as nossas recordações. Por agora, o mais urgente é partirmos. Sente-se com forças?

– Forças, sim, não tenho passado muito mal... Mas como vamos sair daqui?

– Pelo mesmo caminho por onde vim... Uma escada que se comunica com o corredor superior das celas...

Ele tinha-se levantado.

– Mas teve a coragem?... A temeridade?... – disse ele, percebendo-se enfim do que ela ousara fazer.

– Oh! Não foi difícil – declarou ela. – François estava tão inquieto! Ele pensa que os dois estão nas antigas câmaras de tortura... câmaras de morte...

Estas palavras o despertaram violentamente de um sonho, e de repente ele reconheceu que era loucura falar em tais circunstâncias.

– Vá embora! François tem razão... Ah, se soubesse o perigo que corre. Peço-lhe... peço-lhe...

Ele estava fora de si, como que perturbado por um perigo eminente. Ela quis acalmá-lo, mas ele suplicou-lhe:

– Mais um segundo e talvez esteja perdida. Não fique aqui… Estou condenado à morte, e à morte mais terrível. Olhe para este chão… esta espécie de soalho… Não, é inútil… Ah, por favor… vá embora…

– Vamos os dois – disse ela.

– Está bem, vamos. Mas ponha-se você primeiro a salvo…

Ela resistiu e pronunciou com firmeza:

– Para que nos salvemos, Stéphane, precisamos, antes de tudo, ter calma. O que eu fiz há pouco, quando vim, só poderemos repetir se os nossos gestos forem comedidos e se dominarmos as nossas emoções. Está pronto?

– Sim – disse ele, convencido pela segurança dela.

– Então, siga-me.

Ela avançou até à beira do abismo e inclinou-se.

– Dê-me a mão – disse ela –, para que eu não me desequilibre.

Ela voltou-se de costas, encostou-se contra a falésia e tateou com a mão livre.

Não encontrando a escada, virou-se ligeiramente.

A escada se deslocara. Quando Véronique, com um impulso, talvez demasiado brusco, saltara para a gruta, certamente que o gancho do lado direito se desprendera, e a escada, sustentada apenas pelo outro gancho, oscilara como um pêndulo.

Os degraus inferiores encontravam-se agora fora de alcance.

ANGÚSTIA

Por mais intrépida que fosse, se Véronique estivesse sozinha, teria tido um desses momentos de fraqueza que a sua natureza, por mais intrépida que fosse, não conseguia fugir perante a adversidade do destino. Mas, diante de Stéphane, que ela pressentia mais fraco e certamente esgotado pelo cativeiro, teve forças para se conter e anunciou como se fosse um incidente sem importância.

– A escada se soltou... já não conseguiremos apanhá-la.

Stéphane olhou-a, estupefato.

– Então... então... você está perdida.

– Estamos perdidos por quê? – perguntou ela, sorrindo.

– Agora é impossível fugir.

– Como? Não é impossível. E François?

– François?

– Claro. Daqui a uma hora, no máximo, François já terá conseguido fugir e, ao ver a escada e o caminho por onde vim, chamará por nós. Facilmente o ouviremos. Basta ter um pouco de paciência.

– Paciência.... – disse ele, assustado. – Esperar uma hora. Mas durante todo esse tempo não tenho a menor dúvida de que alguém virá. A vigilância é contínua.

– Pois bem, ficaremos calados.

Ele apontou para a porta, onde se abria um postigo.

– E aquele postigo – disse –, eles abrem-no sempre. Eles vão nos ver através das grades.

– Há uma portinhola. Podemos fechá-la.

– Eles entrarão.

– Então não a fechamos e temos de ter confiança, Stéphane.

– É por você que tenho medo.

– Não vale a pena ter medo, nem por mim, nem por você... Se as coisas correrem mal, temos com que nos defender – acrescentou ela, mostrando um revólver que retirara da armadura do pai e que trazia sempre consigo.

– Ah – disse ele –, o que eu receio é que não tenhamos sequer como nos defender. Eles têm outros meios.

– Quais?

Ele não replicou. Lançara um olhar rápido para o chão, e Véronique, por um momento, observou a estrutura bizarra do solo.

Em toda a sua volta, formando um círculo ao longo das paredes, havia o próprio granito, desigual e rugoso. Mas, no granito, estava entalhado um grande quadrado e via-se, dos quatro lados, a fenda profunda que o isolava, sendo as traves que o compunham bastante desgastadas, sulcadas de rugas, gretadas, golpeadas, contudo maciças e fortes. O quarto lado estava quase sobre a beira do abismo, a uma distância de vinte centímetros, no máximo.

– Um alçapão? – disse ela, estremecendo.

– Não, não, é demasiado pesado – afirmou ele.

– Então?

– Não sei. Deve ser uma coisa antiga que já não funciona. No entanto...

– No entanto?...

– Esta noite... ou melhor, esta manhã, ouvi estalidos ali embaixo... Parecia que estavam fazendo ensaios, logo interrompidos, aliás, porque há tanto tempo que.... Não, isto já não funciona, e eles, eles não podem servir-se disto.

– Eles, quem?

Sem esperar pela resposta, ela prosseguiu:

– Ouça, Stéphane, ainda temos algum tempo, talvez menos do que julgamos. De um momento para o outro François se libertará e virá nos socorrer. Aproveitemos agora para dizer o que cada um de nós deve saber. Vamos falar com calma. Nenhum perigo imediato nos ameaça. Não será tempo perdido.

Véronique aparentava uma segurança que não sentia. Que François conseguiria fugir, ela não tinha a menor dúvida, mas quem podia garantir que o rapaz se aproximaria da janela e veria o gancho da escada suspensa? Não vendo a mãe, não teria ele, pelo contrário, a ideia de seguir pelo sub-terrâneo e correr até ao Priorado?

No entanto, ela dominou-se, sentindo a necessidade da explicação que solicitava e, sem demora, depois de se sentar sobre uma saliência de granito que formava uma espécie de banco, começou a colocar Stéphane a par dos acontecimentos de que fora testemunha, e nos quais participara, desde que as suas investigações a tinham conduzido à cabana abandonada onde jazia o cadáver de Maguennoc.

Relato assustador, que Stéphane ouviu sem uma interrupção, mas com um pavor que era manifestado pelos seus gestos de revolta e pela expressão desesperada do rosto. A morte do senhor d'Hergemont, sobretudo, e a de Honorine, deixaram-no completamente perturbado. Afeiçoara-se imen-samente tanto a um como ao outro.

– Aqui está, Stéphane – disse Véronique, depois de relatar as angústias por que passara a seguir ao suplício das irmãs Archignat, a descoberta do subterrâneo e a sua conversa com François –, aqui está o que é lícito que saiba. Tudo o que escondi de François, você deve sabê-lo, para que possa-mos lutar contra os nossos inimigos.

Ele abanou a cabeça.

– Quais inimigos? – disse ele. – Também eu, apesar das suas explicações, faço a mesma pergunta que me fez. Tenho a impressão de que estamos envolvidos em um grande drama, que se desenrola há anos, há séculos, e que nele participamos apenas do seu desenlace, no momento em que se produz o cataclismo que várias gerações de homens prepararam. Talvez esteja enganado. Talvez se trate apenas de uma série incoerente de acontecimentos sinistros e absurdos para o meio dos quais fomos lançados, sem que consigamos pensar em outra razão que não seja a fantasia do acaso. Na verdade, eu não sei mais que você. Envolvem-me as mesmas trevas. Perturbam-me as mesmas dores e os mesmos lutos. Tudo isto é uma loucura, convulsões desordenadas, sobressaltos insólitos, crimes de selvagens, fúria de tempos bárbaros.

Véronique concordou:

– Sim, tempos bárbaros, e é isso que mais me desconcerta e que tanto me impressiona! Que ligação há entre o passado e o presente, entre os que hoje nos perseguem e os homens que outrora habitavam estas cavernas e cuja ação se prolonga e nos atinge de maneira tão incompreensível? A que se referem todas essas lendas, que eu aliás só as conheci através do delírio de Honorine e da aflição das irmãs Archignat?

Falavam em voz baixa, de ouvido sempre atento. Stéphane escutava os ruídos no corredor. Véronique olhava para o lado da falésia na esperança de ouvir o sinal de François.

– Lendas muito complicadas – explicou Stéphane –, tradições obscuras, de que é impossível saber o que é superstição e o que pode ser verdade. De toda essa miscelânea é, quando muito, possível destacar duas ordens de ideias, as que se relacionam com a predição dos trinta caixões e as que se referem à existência de um tesouro, ou melhor, de uma pedra milagrosa.

– Considera então uma predição – disse Véronique – o que eu li no desenho de Maguennoc, aquelas palavras que depois tornei a encontrar no Dólmen das Fadas?

– Sim, uma predição que remonta a uma época indeterminada e que, desde há séculos, domina toda a história e toda a vida de Sarek. Desde sempre se acreditou que viria um dia em que, no espaço de doze meses, os trinta escolhos principais que rodeiam a ilha, e a que chamam os trinta caixões, teriam as suas trinta vítimas, mortos de forma violenta e, que entre essas trinta vítimas, haveria quatro mulheres que morreriam crucificadas.

É uma tradição estabelecida, indiscutível, que passa de pai para filho e em relação à qual não há incrédulos. É já é expressa neste verso e neste hemistíquio da inscrição do Dólmen das Fadas: *Para os trinta caixões, trinta vítimas – Quatro mulheres crucificadas.*

– Está bem, mas mesmo assim sempre viveram normalmente e em paz. Por que razão a explosão de medo se deu subitamente este ano?

– Isso deveu-se muito a Maguennoc. Maguennoc era um ser bizarro, bastante misterioso, ao mesmo tempo bruxo e algebrista, curandeiro e charlatão, conhecedor dos movimentos dos astros e das virtudes das plantas. Era muito consultado acerca das coisas do passado mais longínquo, assim como do futuro. Ora, Maguennoc começou a dizer que 1917 seria o ano fatídico.

– Por quê?

– Intuição, talvez, pressentimento, adivinhação, sua consciência, escolha a explicação que quiser. Maguennoc, que não desdenha dessas práticas da magia mais arcaica, falar-lhe-ia no voo do pássaro ou em entranhas de galinha. No entanto, a sua profecia apoiava-se em algo mais sério. Ele afirmava, e isso segundo testemunhos que ouvira durante a sua infância junto de anciões de Sarek, que, no princípio do século passado, a última linha da inscrição do Dólmen das Fadas ainda não fora apagada e que se podia ler o seguinte verso: *Na ilha Sarek, no ano catorze e três.* No ano catorze e três é o ano dezessete, e esta afirmação tornou-se, nos últimos tempos, cada vez mais impressionante para Maguennoc e para os seus amigos, pois o número resultante dividia-se em dois números, e precisamente em 1914 arrebentou a guerra. Desde então, Maguennoc tornou-se cada vez mais importante e, cada vez mais seguro das suas previsões e cada vez mais inquieto, aliás, ele chegou até a anunciar que a morte dele, seguida pela morte do senhor d'Hergemont, seria o sinal das catástrofes. E o ano de 1917 chegou, provocando em Sarek um verdadeiro terror. Os acontecimentos se aproximavam.

– No entanto... no entanto... – observou Véronique – tudo isso é extremamente absurdo.

– Absurdo, realmente, mas tudo adquiriu um significado singularmente perturbador no dia em que Maguennoc pôde confrontar os fragmentos da predição gravados no dólmen com a predição completa!

– Então ele conseguiu isso?

– Sim. Ele descobriu sob as ruínas da abadia, envolvido por um monte de pedras que pareciam formar uma câmara protetora, um velho missal, danificado, carcomido, usado, mas que tinha contudo algumas páginas em bom estado, uma delas, sobretudo, que é aquela que viu, ou melhor, da qual viu uma cópia na cabana abandonada.

– Uma cópia feita pelo meu pai?

– Pelo seu pai, como todas aquelas que estão no armário do escritório. Lembre-se que o senhor d'Hergemont gostava de desenhar, de pintar aquarelas. Ele copiou a página iluminada, mas reproduzindo da predição em verso que acompanhava o desenho apenas as palavras inseridas no Dólmen das Fadas.

– E como é que se explica a semelhança entre a mulher crucificada e eu?

– Nunca tive nas mãos o original que Maguennoc entregara ao senhor d'Hergemont e que este guardava cuidadosamente no seu quarto. Mas o senhor d'Hergemont afirmava que essa semelhança existia. Em todo o caso, ele acentuava-a nos seus desenhos, sem querer, ao lembrar-se de todo o sofrimento por que você passou por causa dele, segundo dizia.

– Talvez também – murmurou Véronique – ele tenha se lembrado daquela outra predição feita outrora a Vorski: *Tu perecerás pela mão de um amigo e a tua mulher morrerá crucificada*. Então, não é? Esta estranha coincidência deve tê-lo perturbado... ao ponto de chegar a inscrever no desenho as iniciais da minha assinatura de solteira, "V.d'H."?

E em voz mais baixa, acrescentou:

– E tudo se passou de acordo com a inscrição...

Calaram-se. Era impossível que eles próprios não pensassem também nas palavras escritas, desde há séculos, na página do missal e na pedra do dólmen. Se o destino ainda só oferecera vinte e sete vítimas aos trinta caixões de Sarek, não seriam eles as três últimas, ali prestes a completar o holocausto, presos, submetidos ao poder dos sacrificadores? E se no alto da encosta, perto do Grande Carvalho, ainda só se erguiam três cruzes, não iria em breve surgir a quarta para uma última condenada?

– François está demorando muito – disse Véronique, passado alguns instante.

Depois aproximou-se do abismo. A escada não se deslocara e continuava inacessível.

Então Stéphane disse:

– Os outros devem estar chegando... Estou admirado por não terem vindo ainda.

Mas eles não queriam confessar a sua ansiedade, e Véronique prosseguiu, com uma voz calma:

– E o tesouro? A pedra-deus?

– É um enigma não menos obscuro – disse Stéphane – e que igualmente se baseia apenas em um verso da inscrição, o último: A pedra-deus que dá morte ou vida. O que é esta pedra-deus? A tradição diz-nos que trata-se de uma pedra milagrosa e, segundo o senhor d'Hergemont, essa crença remonta às mais longínquas épocas. Em Sarek, sempre se acreditou em uma pedra capaz de realizar prodígios. Na Idade Média, traziam crianças fracas e disformes, deitavam-nas durante dias e noites sobre essa pedra e elas levantavam-se depois com corpos sãos e robustos. Também as mulheres estéreis recorriam utilmente ao mesmo remédio, assim como os velhos, os feridos e todos os degenerados. Mas aconteceu que o lugar de peregrinação sofreu modificações e, segundo a tradição, a pedra foi transportada para outro local, e até havia quem dissesse que desaparecera. No século XVIII, era o Dólmen das Fadas que era venerado e, por vezes, ainda aí expunham as crianças escrofulosas.

– Mas – disse Véronique –, a pedra não tinha também propriedades maléficas, pois tanto levava à morte como dava a vida?

– Sim, se ela fosse tocada sem a permissão dos que tinham a missão de guardá-la e venerá-la. Mas, quanto a isso, o mistério ainda se complica mais, pois também se falava que é uma pedra preciosa, uma espécie de joia fantástica que liberta chamas, queima os que a tocam e impingem o suplício infernal.

– Foi isso que aconteceu a Maguennoc, segundo Honorine… – observou Véronique.

– Sim – respondeu Stéphane –, mas aí já entramos no presente. Até agora falei-lhe do passado fabuloso, das duas lendas, da predição e da pedra-deus. A aventura de Maguennoc sobre o período atual, que aliás não é menos tenebroso que o passado. O que aconteceu a Maguennoc? sem dúvida que nunca o saberemos. Já há oito dias que ele se mantinha afastado, sombrio e sem trabalhar, até que uma manhã irrompeu pelo escritório do senhor d'Hergemont, aos gritos: *"Toquei nela!… Estou perdido!… Toquei nela!… Agarrei-a com a mão… Ela queimava-me como fogo, mas eu quis guardá-la… Ah! Já há alguns dias que ela me corrói os ossos. É um inferno! Um inferno!"*. E ele mostrou-nos a palma da mão, toda queimada, como se tivesse sido devorada por um câncer. Quiseram tratá-lo. Mas ele parecia completamente louco e balbuciava: *"Eu sou a primeira vítima… O fogo vai subir até o meu coração… E, depois de mim, serão os outros"*. Nessa mesma noite, com uma machadada, decepou a mão. Uma semana mais tarde, depois de ter lançado o pavor na ilha de Sarek, ele foi embora.

– Para onde é que ele foi?

– Em uma peregrinação à capela de Faouët, junto do local onde você o encontrou morto.

– Mas quem o teria matado?

– Certamente uma dessas pessoas que se comunicavam entre si através dos sinais inscritos ao longo da estrada, uma dessas pessoas que vivem escondidas nas celas e que pretendem atingir qualquer objetivo, que ignoro qual seja.

– Aqueles que atacaram a você e a François?

– Sim, e que, logo a seguir, servindo-se das roupas que nos tiraram, se fizeram passar por mim e por François.

– Com que finalidade?

– Para entrar mais facilmente no Priorado e também, em caso de insucesso, para dificultar as investigações.

– Mas, desde que o têm aqui preso, ainda não os viu?

– Apenas vi, ou melhor, apenas vislumbrei uma mulher. Vem de noite. Traz-me o que comer e beber, desprende-me as mãos, desaperta um pouco as amarras das pernas e volta duas horas depois.

– Ela falou com você?

– Só uma vez, na primeira noite, em voz baixa e para me dizer que se eu chamasse, se gritasse ou tentasse fugir, François pagaria por mim.

– E quando foram atacados, não conseguiu vê-los?…

– Sobre isso sei tanto quanto François.

– E nada fazia prever essa agressão?

– Nada. Nessa manhã, o senhor d'Hergemont recebeu duas importantes cartas relacionadas com as investigações que ele estava fazendo sobre todos estes fatos. Uma delas, escrita por um velho nobre da Bretanha, conhecido pelas suas ideias monárquicas, era acompanhada de um documento curioso por ele encontrado entre os papéis do seu bisavô: o mapa das celas subterrâneas que os Chouans outrora ocuparam em Sarek. Evidentemente que eram as mesmas moradas Druídicas de que falam as lendas. O mapa indicava a entrada sob as Charnecas Negras e mostrava dois andares, que terminavam cada um deles por uma câmara de suplício. François e eu partimos então para uma exploração e foi quando regressávamos que nos atacaram.

– E depois, não fizeram nenhuma descoberta?

– Nenhuma.

– Mas François falou-me de que estava à espera de um socorro… alguém que prometera ajudar…

– Oh! Uma criancice, uma ideia de François, que se relaciona precisamente com a segunda carta recebida na mesma manhã pelo senhor d'Hergemont.

– E tratava-se de…?

Stéphane não respondeu imediatamente. Algo lhe fazia supor que estavam sendo espionados através da porta. Mas, ao aproximar-se do ralo, não viu ninguém do outro lado, no corredor.

– Ah – disse ele –, se alguém vem nos socorrer, que se apresse! De um momento para o outro eles vão chegar.

– Há então realmente uma possibilidade de ajuda?

– Oh, não devemos dar muita importância a isso – disse ele –, mas mesmo assim é bastante bizarro. Você sabe que Sarek foi várias vezes visitada por oficiais e comissários encarregados de explorar os acessos da ilha onde se podia dissimular alguma base de submarinos. Da última vez, o delegado especial, vindo de Paris, o capitão Patrice Belval, um mutilado de guerra, travou conhecimento com o senhor d'Hergemont, que lhe contou a lenda de Sarek e as apreensões que, apesar de tudo, começávamos a sentir. (Era o dia seguinte à partida de Maguennoc.) Esse relato interessou tanto ao capitão Belval que ele prometeu falar do assunto com um amigo seu de Paris, um nobre espanhol ou português, dom Luís Perenna, um ser fora do comum, segundo parece, capaz de desvendar os enigmas mais complicados e de solucionar os empreendimentos mais audaciosos. Alguns dias depois da partida do capitão Belval, o senhor d'Hergemont recebia desse tal dom Luís Perenna a carta de que lhe falei e da qual, infelizmente, só nos leu o princípio:

Caro senhor, considero o incidente de Maguennoc bastante grave e peço-lhe que, se houver novo sinal de alarme, telegrafe a Patrice Belval. Certos indícios fazem-me crer que você está à beira do abismo. Mas ainda que estivesse no fundo desse abismo, nada teria a recear, desde que eu fosse avisado a tempo. A partir desse momento, eu responderei por tudo o que quer que aconteça, mesmo quando tudo possa parecer perdido e até quando tudo esteja mesmo perdido.

Quanto ao enigma da pedra-deus, é uma coisa infantil e admira-me realmente que, apesar dos dados bastante suficientes que forneceu a Belval, se possa considerá-lo por um instante como inexplicável. Eis em breves palavras o que intrigou tantas gerações de homens...

– E então? – disse Véronique, ávida de saber o resto.

– Como lhe disse, o senhor d'Hergemont não nos revelou o fim da carta. Ele leu-o diante de nós, ao mesmo tempo que ia murmurando com um ar espantado: *"Será possível?... Sim, sim, é isso... Que coisa prodigiosa!"*. E como o interrogávamos, ele respondeu: *"Contarei a vocês esta noite, meus filhos, quando voltarem das Charnecas Negras. Mas fiquem sabendo que este homem verdadeiramente extraordinário, não há outra palavra, me revelou sem mais nem menos o segredo da pedra-deus e o lugar exato onde ela se encontra, e de uma maneira tão lógica que não é possível qualquer dúvida"*.

– E nessa noite?

– Nessa noite, François e eu fomos raptados, e o senhor d'Hergemont assassinado.

Véronique refletiu.

– Quem sabe – disse ela – se não queriam roubar-lhe essa carta importante? Porque, enfim, o roubo da pedra-deus parece-me ser o único motivo que pode explicar todas as maquinações de que estamos sendo vítimas.

– Também penso isso, mas o senhor d'Hergemont, por recomendação de dom Luís Perenna, rasgou a carta na nossa frente.

– Mas, afinal, esse dom Luís Perenna não foi avisado.

– Não.

– No entanto, François...

– François ignora a morte do avô, e por isso não duvida que o senhor d'Hergemont, ao constatar o seu e o meu desaparecimento, não tenha prevenido dom Luís Perenna que, nesse caso, não poderia tardar. Além disso, François tem um outro motivo para esperar...

– Um motivo sério?

– Não, François é ainda uma criança. Leu muitos livros de aventuras que puseram a sua imaginação a funcionar. Ora, o capitão Belval contou--lhe coisas tão fantásticas sobre o seu amigo Perenna, descreveu-o sob uma aparência tão estranha, que François está persuadido de que dom Luís Perenna é, afinal, Arsène Lupin. Daí a sua confiança absoluta, e a certeza de que em caso de perigo a intervenção miraculosa se dará exatamente na hora em que for necessária.

Véronique não pôde deixar de sorrir.

– É uma criança, de fato, mas as crianças têm intuições que não se devem desprezar... E depois, isso dá-lhe coragem e boa disposição. Na sua idade, como ele teria suportado esta provação se não tivesse essa esperança?

A angústia apoderava-se dela novamente. Muito baixo, disse:

– Não importa de onde venha a salvação, desde que venha a tempo, e o meu filho não seja vítima desses terríveis seres.

Conservaram-se em silêncio durante bastante tempo. Sentiam sobre eles todo o aterrorizante peso do inimigo invisível e presente. Ele estava em todo o lado, dono e senhor da ilha, das habitações subterrâneas, das charnecas e dos bosques, do mar em volta, dos dólmens e dos caixões. Ele era o elo de ligação entre as épocas monstruosas do passado e as horas atuais, também monstruosas. Ele continuava a história segundo os ritos de outrora e desferia os golpes mil vezes anunciados.

– Mas por quê? Com que finalidade? O que é que tudo isto significa? – perguntava Véronique desencorajada. – Que relação pode se estabelecer entre estas pessoas de hoje e as do passado? Como explicar que tudo recomece segundo os mesmos métodos bárbaros?

Depois de um novo silêncio e porque, no fundo, para além das palavras trocadas e dos problemas insolúveis, não cessava de a perseguir esse pensamento obsessivo, ela pronunciou:

– Ah, se François estivesse aqui. Ah, se fôssemos os três para o combate. O que é que aconteceu com ele? O que é que o retém na cela? Um obstáculo imprevisto?...

Era a vez de Stéphane a reconfortar:

– Um obstáculo? Por que essa suposição? Não há obstáculo... Simplesmente é um trabalho demorado...

– Sim, sim, tem razão... o trabalho é demorado e difícil... Ah, tenho certeza de que ele não perdeu a coragem. Que boa disposição a dele. Que confiança. *"Uma mãe e um filho que se reencontram já não podem ser separados um do outro"*, dizia-me ele. *"Ainda podem perseguir-nos, mas separar-nos, nunca. Por último, seremos nós os vencedores."* Ele falava a verdade, não acha, Stéphane? Eu não reencontrei o meu filho para voltar a perdê-lo, não é?... Não, não, isso seria demasiado injusto, e não é admissível...

Stéphane olhou-a, surpreendido por ela se ter calado. Véronique pusera-se à escuta.

– O que é? – perguntou Stéphane.

– Ruídos... – disse ela.

Também ele se pôs à escuta.

– Sim... sim... é verdade...

– Talvez seja François... – disse ela. – Talvez seja lá em cima.

Ela ia levantar-se. Stéphane a deteve.

– Não, é um ruído de passos no corredor...

– Então?... Então?... – disse Véronique.

Eles olhavam um para o outro, desvairados, sem tomar decisão alguma, sem saber o que fazer...

O ruído tornava-se cada vez mais próximo. O inimigo não devia suspeitar de nada, pois eram passos de alguém que não pretendia esconder a sua aproximação.

Stéphane, em voz baixa, disse:

– É preciso que não me vejam de pé... Vou voltar para o meu lugar... Tente me amarrar outra vez...

Ficaram hesitantes, como se tivessem a esperança absurda de que o perigo se afastasse por si mesmo. E depois, de repente, arrancando-se àquela espécie de entorpecimento que a paralisava, Véronique se resolveu.

– Depressa... aí estão eles... está ouvindo?...

Ele obedeceu. Em alguns segundos, ela tornou a colocar as cordas em volta dele, como as encontrara, mas sem se dar ao trabalho de refazer os nós.

– Vire-se para o lado da rocha – disse ela –, esconda as mãos… podem denunciá-lo.

– E você?

– Não tenha medo.

Ela abaixou-se e encostou-se contra a porta, cujo ralo, com lâminas de ferro, fazia uma reentrância, de tal maneira que não podiam vê-la.

Nesse mesmo momento, no exterior, o inimigo detinha-se. Apesar da espessura da porta, Véronique ouviu o roçar de um vestido.

E, por cima dela, alguém olhava.

Um instante assustador. O mínimo indício e seria o alarme.

"Ah, por que fica ali?", pensou Véronique. "Haverá algum vestígio da minha presença?… O meu vestido?…"

Imaginou que talvez fosse por causa de Stéphane, cuja atitude não parecia natural, ou porque as amarras não tivessem o seu aspeto habitual.

E, de repente, houve um movimento no exterior e ouviu-se por duas vezes um ligeiro assobio.

Então, da parte mais longínqua do corredor, chegou um outro ruído de passos, que ia aumentando no silêncio solene e que só parou, como o anterior, atrás da porta. Algumas palavras foram trocadas. Combinavam qualquer coisa.

Com gestos cuidadosos, Véronique levou a mão ao bolso. Tirou o revólver e pôs o dedo no gatilho. Caso entrassem, ela se levantaria e atiraria sem hesitar. A mínima hesitação não significaria o fim de François?

A CÂMARA DA MORTE

O cálculo de Véronique apenas se justificaria se a porta abrisse para o exterior e os inimigos ficassem logo a descoberto. Ela rapidamente examinou o batente e constatou que havia embaixo, contrariamente a toda a lógica, um grande ferrolho sólido e maciço. Iria servir-se dele?

Não teve tempo para refletir nas vantagens e nos inconvenientes desse projeto. Ouvira um tilintar de chaves e, quase ao mesmo tempo, o ruído de uma chave entrando na fechadura.

A visão muito nítida do que podia acontecer chocou Véronique. Perante a chegada dos agressores, desamparada, com movimentos perturbados, ela faria mal a pontaria e os tiros não atingiriam o alvo. Nesse caso, eles fechariam outra vez a porta e, sem demora, correriam até à cela de François.

Esta ideia a colocou fora de si, e o ato que realizou foi instintivo e imediato. Com um gesto, fechou o ferrolho de baixo. Com outro gesto, depois de ter se erguido um pouco, empurrou a portinhola de ferro do postigo. O trinco fechou-se. Já não podiam entrar nem olhar.

Ela compreendeu imediatamente o absurdo deste ato, que não levantaria obstáculo algum às ameaças do inimigo. Stéphane, que se aproximara, disse-lhe:

– Meu Deus, o que é que você fez? Eles viram que eu não me mexi, e saberão que não estou só.

– Exatamente – disse ela, tentando defender-se. – Eles vão querer arrombar a porta, o que nos dará todo o tempo necessário.

– O tempo necessário para quê?

– Para fugirmos.

– Como?

– François vai nos chamar... François...

Ela não terminou. Ouviam agora o ruído dos passos que se distanciavam rapidamente nas profundezas do corredor. Não havia dúvida: o inimigo, sem se importar com Stéphane, cuja evasão parecia impossível, dirigia-se para o andar superior. Não poderia ele supor que os dois amigos estavam combinados, e que era o rapaz que se encontrava na cela de François e que fechara a porta?

Véronique precipitara assim os acontecimentos da maneira que, por tantos motivos, ela mais receava: lá em cima, François seria surpreendido exatamente no momento em que se dispunha a fugir.

Ficou aterrorizada.

– Por que vim eu aqui? – murmurou ela. – Era tão simples esperar por ele. Nós dois conseguiríamos com toda a certeza salvá-lo...

Na confusão do seu espírito surgiu uma ideia: não quisera apressar a libertação de Stéphane porque sabia que ele a amava? E não fora uma curiosidade indigna que a lançara naquele empreendimento? Detestável ideia, que imediatamente afastou, dizendo:

– Não, era preciso vir. É o destino que nos persegue.

– Não pense assim – disse Stéphane –, vai tudo acabar bem.

– É tarde demais! – disse ela, abanando a cabeça.

– Por quê? Que prova temos de que François não fugiu da cela? Ainda há pouco você pensava que sim...

Ela não respondeu. O seu rosto contraía-se, completamente pálido. À custa de sofrimento, adquirira uma espécie de intuição do mal que a ameaçava. E o mal estava em todo o lado. As provações recomeçavam, ainda mais terríveis que as anteriores.

– A morte nos espreita – disse ela.

Ele tentou sorrir.

– Está falando como falava a gente de Sarek. Tinha os mesmos medos…

– Eles tinham razão para ter medo. E até você deve sentir o horror de tudo isto.

Lançou-se para a porta, puxou o ferrolho, tentou abrir, mas que podia ela contra aquele batente maciço e reforçado com placas de ferro? Stéphane pegou-lhe no braço.

– Espere… Ouça… Parece…

– Sim – disse ela –, estão batendo lá em cima… por cima de nós… na cela de François…

– Não, não, ouça…

Depois de um longo silêncio, as pancadas ressoaram na espessa falésia. Era por baixo deles.

– As mesmas pancadas que ouvi hoje de manhã… – disse Stéphane, assustado. – O mesmo trabalho de que lhe falei… Ah, compreendo…

– O quê? Que quer dizer?…

As pancadas repetiam-se com intervalos regulares e então ouviu-se um ruído surdo, ininterrupto e rangidos mais agudos e estalidos súbitos. Parecia uma máquina a ser posta em movimento, um desses cabrestantes que à beira-mar servem para puxar os barcos.

Véronique escutava, em uma desvairada expectativa do que ia suceder, procurando adivinhar, atenta a qualquer indício nos olhos de Stéphane, que permanecia diante dela e que a olhava como se olha em um momento de perigo a mulher que se ama.

E de repente ela se desequilibrou, e teve de se apoiar com a mão na parede. Dir-se-ia que a gruta, que toda a falésia, se movimentava no espaço.

– Oh! Sou eu que estou tremendo?… – murmurou ela. – Ou é o medo que me sacode dos pés à cabeça?

Agarrou violentamente as mãos de Stéphane e pediu-lhe:

– Responda… quero saber…

Ele não respondeu. Não havia medo algum nos seus olhos úmidos de lágrimas de Stéphane, apenas um imenso amor, um desespero sem limites. Só pensava nela.

Era necessário, aliás, explicar-lhe o que se passava? A realidade não surgia por si mesma, à medida que os segundos passavam? Estranha realidade, sem relação com os acontecimentos habituais, extrapola tudo o que a imaginação pode inventar no domínio do mal; estranha realidade que Véronique, começando a perceber-lhe os sinais, se recusava ainda a considerar.

Como se fosse um alçapão, mas um alçapão que funcionava ao contrário, o quadrado de traves enormes, situado no meio da gruta, levantava-se, girando à volta do eixo imóvel que formava a sua charneira ao longo do abismo. O movimento, quase imperceptível, era o de uma enorme tampa se abrindo, e parecia um trampolim que subia desde a entrada até ao fundo da gruta, trampolim ainda de fraca inclinação, e sobre o qual era fácil manter o equilíbrio…

A princípio, Véronique julgou que a finalidade do inimigo era esmagá-los entre o implacável soalho e o granito da abóbada. Mas, logo a seguir, compreendeu que a abominável máquina, ao elevar-se como uma ponte levadiça que se fecha, serviria para precipitá-los no abismo. E isso aconteceria, invariavelmente. O desenlace era fatal, inevitável. O que quer que tentassem, quaisquer que fossem os seus esforços para se agarrarem, chegaria uma altura em que a ponte levadiça se ergueria completamente, ficando em posição vertical, como se fosse parte integrante da abrupta falésia.

– É terrível… é terrível… – murmurou ela.

Continuavam de mãos dadas. Stéphane chorava silenciosamente. Ela disse:

– Não há nada a fazer, não é?

– Nada – respondeu ele.

– No entanto, há algum espaço ao redor deste chão. A gruta é redonda. Podíamos…

– O espaço é muito pequeno. Se tentássemos nos colocar entre os três lados do quadrado e as paredes, seríamos esmagados. Tudo isto foi calculado. Pensei nisso muitas vezes.

– E então?

– Temos que esperar.

– Por quem? Por quem?

– Por François.

– Oh! François – disse ela, suspirando –, talvez ele também esteja condenado... Ou talvez esteja à nossa procura e caia em alguma armadilha. De qualquer maneira, eu não chegarei a vê-lo... E ele nada saberá... Nem sequer verá a mãe antes de morrer...

Véronique apertou-lhe as mãos com mais força e disse;

– Stéphane, se um de nós escapar da morte... e espero que seja você...

– Será você – disse ele com convicção. – Espanta-me que o inimigo inflija a você o meu suplício. Mas, certamente, ignoram que você esteja aqui...

– Também isso me espanta... – retorquiu Véronique. – É outro suplício que está reservado para mim... Mas que me importa, se não volto a ver o meu filho! Stéphane, eu deixo-o aos seus cuidados, está bem? Sei tudo o que já fez por ele...

O soalho continuava a subir muito devagar, com uma trepidação irregular e bruscos sobressaltos. A inclinação acentuava-se. Mais alguns minutos e já não conseguiriam falar à vontade e com calma.

Stéphane respondeu;

– Se eu sobreviver, juro que levo a minha tarefa até ao fim. Juro pela memória...

– Pela minha memória – disse ela com firmeza –, pela memória da Véronique que conheceu... e amou.

Ele olhou-a apaixonadamente;

– Então sabe?...

– Sim, digo-lhe com franqueza. Li o seu diário... Sei do seu amor... e aceito-o...

Ela sorriu tristemente.

– Infeliz amor que você oferecia àquela que estava ausente... e que agora oferece àquela que vai morrer...

– Não, não – disse ele ansiosamente –, não acredite nisso... A salvação talvez não tarde... eu sinto-o, o meu amor não faz parte do passado, mas sim do presente.

Ele quis beijar-lhe as mãos.

– Dê-me um beijo – disse ela, oferecendo-lhe a fronte.

Ambos tiveram de pôr um pé na beira do abismo, sobre a estreita faixa de granito ao longo do quarto lado do trampolim.

Beijaram-se com voracidade.

– Segure-me bem – disse Véronique.

Inclinou-se o máximo possível, levantando a cabeça, e chamou com uma voz abafada:

– François... François...

Mas não havia ninguém na abertura superior. A escada continuava suspensa em um dos ganchos, fora de alcance.

Véronique debruçou-se sobre o mar. Naquele local a falésia era menos saliente e ela viu, entre os recifes rodeados de espuma, um pequeno lago de águas paradas, completamente tranquilas, e tão profundas que não se conseguia ver o fundo. Pensou que a morte seria ali mais doce que sobre os recifes pontiagudos e disse a Stéphane, com um súbito desejo de morrer e de escapar àquela lenta agonia:

– Por que esperar pelo desenlace? Mais vale morrer do que viver esta tortura...

– Não, não diga isso – exclamou ele, revoltado contra a ideia da morte de Véronique.

– Então vai esperar?

– Até o último segundo por sua causa.

– Eu não vou esperar mais.

Também ele já não tinha esperança alguma, mas desejava tanto poder acabar com a dor de Véronique e ficar ele com todo o peso da provação suprema!

O soalho continuava a subir. A trepidação cessara e a inclinação acentuava-se, atingindo já a parte inferior do postigo, a meia altura da porta. Mas houve um movimento brusco, um choque violento, e todo o postigo ficou coberto. Tornava-se impossível ficar de pé.

Eles deitaram-se no soalho inclinado, apoiando os pés sobre a faixa de granito.

Houve duas sacudidelas, provocando cada vez um impulso mais forte da extremidade superior. O cimo da parede do fundo foi atingido e a enorme máquina movia-se pouco a pouco, sob a abóbada, em direção à abertura da gruta. Era óbvio que ela se ajustaria perfeitamente a essa abertura e que a fecharia hermeticamente, como se fosse uma ponte levadiça. A rocha fora talhada para que o sinistro trabalho fosse feito sem deixar lugar ao acaso.

Eles não pronunciavam sequer uma palavra. De mãos dadas, estavam resignados. A morte tornava-se como que um acontecimento decretado pelo destino. A máquina fora construída há muitos séculos, depois reconstruída, certamente reparada, aperfeiçoada e, ao longo dos séculos, movida por invisíveis carrascos, levara à morte condenados, criminosos, inocentes, gente da Armórica, da Gália, da França ou de raça estrangeira. Prisioneiros de guerra, monges sacrílegos, camponeses perseguidos, *chouans*, recrutas, soldados da Revolução – um a um – o monstro os lançara no abismo.

Agora era a vez deles.

Mas nem sequer tinham esse amargo alívio que se encontra no ódio e no furor. Odiar a quem? Iam morrer no meio das mais espessas trevas, sem que um rosto inimigo surgisse dessa noite implacável. Morreriam por motivos que ignoravam, para completar a conta, poder-se-ia dizer, e para que se cumprissem absurdas profecias, vontades imbecis, como se fossem ordens dadas por deuses bárbaros e formuladas por sacerdotes fanáticos. Eles eram, coisa inaudita, as vítimas de um qualquer sacrifício expiatório, de um qualquer holocausto oferecido às divindades de uma religião sanguinária!

A parede levantava-se por trás deles. Mais alguns minutos e ficaria na vertical. O desenlace se aproximava.

Várias vezes Stéphane teve que deter Véronique. Um crescente terror perturbava o espírito da jovem mulher. Ela queria atirar-se.

– Por favor – balbuciava ela –, deixe-me… estou sofrendo tanto…

Se não tivesse encontrado o filho, teria mantido até ao fim o seu domínio próprio. Mas a imagem de François a perturbava. Também o rapaz devia estar preso… iriam torturá-lo e imolá-lo tal como à mãe, sobre o altar dos execráveis deuses.

– Não, não, ele vem… – afirmava Stéphane. – Será salva… eu quero que seja… tenho a certeza…

Desorientada, ela respondia:

– Ele está preso como nós… estão queimando-o com tochas… atravessando-o com flechas… dilaceram-lhe a carne… Ah, meu pobre filho!…

– Ele vem… Ele disse, nada pode separar uma mãe e um filho que se reencontraram…

– Foi na morte que nos reencontramos… será a morte que nos reunirá… E que seja já!… Não quero que ele sofra…

A dor era demasiado intensa. Ela fez um esforço para desprender as mãos das de Stéphane e ia atirar-se. Mas logo a seguir voltou a encostar-se à ponte levadiça e, ao mesmo tempo que Stéphane, deu um grito de espanto.

Qualquer coisa passara diante dos seus olhos e depois desaparecera.

Vinha do lado esquerdo.

– A escada… é a escada… não é? – murmurou Stéphane.

– Sim, sim é François… – disse Véronique, ofegante de alegria e de esperança.

– Ele está salvo… Vem socorrer-nos…

Nesse momento, a parede do suplício estava quase na vertical. Estremecia sob os ombros deles, implacável. Já não existia nenhuma gruta por trás. Eles pertenciam agora ao abismo, apenas apoiados sobre a estreita faixa de granito. Véronique inclinou-se novamente. A escada voltou, depois imobilizou-se, presa pelos seus dois ganchos.

Em cima, na concavidade da abertura, estava o rosto de um rapaz, que sorria e gesticulava.

– Mamãe, mamãe... depressa...

O chamado era apressado e apaixonado. Ele estendia os dois braços para eles. Véronique disse:

– Ah! É você... é você, meu querido...

– Depressa, mamãe, eu seguro a escada... Depressa... não há perigo nenhum...

– Está bem, meu querido... eu vou...

Ela agarrara a escada. Desta vez, ajudada por Stéphane, não lhe custou a subir o último degrau. E disse-lhe:

– E você, Stéphane? Vem atrás de mim, não vem?

– Tenho tempo – respondeu ele –, suba depressa...

– Não, prometa-me...

– Eu juro, suba depressa...

Ela subiu quatro degraus e parou para dizer:

– Então não vem, Stéphane?

Ele já se virara contra a falésia e pusera a mão esquerda em uma estreita fissura entre a ponte levadiça e a rocha. Com a mão direita agarrou a escada e conseguiu pôr um pé sobre o degrau inferior. Também ele estava salvo.

Com que alegria Véronique atravessou o espaço. Mesmo que o vazio se abrisse por baixo dela, o que importava, se o filho estava ali à sua espera e ela enfim poderia abraçá-lo?

– Aqui estou... aqui estou – dizia ela –, aqui estou, meu querido!

Passou rapidamente a cabeça e os ombros para dentro da janela. O rapaz puxou-a. Ela saltou. Estava enfim junto do filho. Lançaram-se nos braços um do outro.

– Ah... Mamãe... Será possível, mamãe?...

Mas mal ela o tinha abraçado e logo se afastou um pouco para trás.

Por quê? Não sabia. Um mal-estar inexplicável detinha o seu entusiasmo.

– Anda, venha aqui – disse ela, levando-o até à janela para vê-lo à luz do dia. – Venha, quero olhar para você.

O rapaz deixou-se levar. Ela olhou-o durante dois ou três segundos, não mais, e de repente, com um sobressalto de pavor, exclamou:

– Então é você? É você o assassino?

Que horror. Ela reconhecia o mesmo rosto do monstro que matara diante dela o senhor d'Hergemont e Honorine.

– Então me reconhece? – troçou ele.

Pelo tom de voz do rapaz, Véronique compreendeu o seu engano. Aquele não era François, mas o outro, aquele que desempenhara o seu papel infernal com as roupas habituais de François.

Ele troçou de novo:

– Ah, começa a perceber, minha senhora. Reconhece-me, não é?

O rosto execrável contraía-se, tornava-se maldoso, cruel, animado pela mais vil expressão.

– Vorski… Vorski!… – balbuciou Véronique. – É Vorski quem eu vejo em você…

Ele desatou a rir.

– Por que não?… Julga que vou renegar o meu pai, como você fez?

– O filho de Vorski?… O filho dele… – repetia Véronique.

– Meu Deus. Sim, o filho dele… o que você queria? Ele tinha o direito de ter dois filhos, o bom homem. Primeiro eu, e depois o dócil François.

– O filho de Vorski. – disse Véronique outra vez.

– É um bravo rapaz, minha senhora, juro a você, digno do pai, educado nos bons princípios. Já demonstrei isso, hein? Mas ainda não acabou… ainda nem sequer começamos… Olha, quer que dê outra prova? Veja então esse tolo do professor… Veja só como é, quando eu me meto…

Em um segundo aproximou-se da janela. A cabeça de Stéphane apareceu. O rapaz agarrou uma pedra e bateu com toda a força, repelindo o fugitivo.

Véronique, que hesitara no primeiro momento, não percebendo a ameaça, lançou-se e agarrou o braço do rapaz. Demasiado tarde. A cabeça desapareceu. Os ganchos da escada desprenderam-se. Ouviu-se um grande barulho e depois, embaixo, o ruído de uma queda na água.

Véronique correu imediatamente para a janela. A escada flutuava sobre a parte visível do pequeno lago, imóvel no meio dos recifes. Nada indicava o local onde Stéphane caíra. Nenhum refluxo das águas. Nem sequer uma ondulação.

Ela chamou:

– Stéphane…. Stéphane….

Nenhuma resposta. Só o grande silêncio do espaço, em que a brisa se cala e o mar adormece.

– Ah, miserável, o que você fez? – disse Véronique.

– Não chore, senhora… – retorquiu ele. – O senhor Stéphane educava muito mal o seu filho. Vá, é preciso rir. E se nos abraçássemos? Quer filhinha do papai? Ora, mas que cara! Então me detesta mesmo?

Ele aproximava-se, de braços estendidos. Impetuosamente, ela apontou-lhe o revólver.

– Vá embora… vá embora ou eu mato você, como a um animal sarnento. Vá embora…

O rosto do rapaz tornou-se ainda mais selvagem. Ele recuou passo a passo, resmungando:

– Ah, vai pagar por isto, minha linda. Então. Quero abraçar você, cheio de bons sentimentos, e você quer disparar? Vai me pagar com sangue… com sangue bem vermelho a correr… com sangue… com sangue…

Ele exultava ao pronunciar esta palavra. Repetiu-a várias vezes e depois, novamente, lançou uma gargalhada maldosa e fugiu pelo túnel que conduzia ao Priorado, gritando:

– Com o sangue do seu filho, mamãe Véronique… o sangue do seu querido François.

A FUGA

Tremendo, indecisa, Véronique ficou à escuta até que o último passo ressoou. Que fazer? O assassinato de Stéphane desviara por um instante o seu pensamento de François, e agora ela sentia-se novamente angustiada. Que acontecera ao seu filho? Deveria ir procurá-lo no Priorado e defendê-lo dos perigos que o ameaçavam?

– Vejamos, vejamos – disse ela –, estou perdendo a cabeça… Bem, tenho de pensar… Há algumas horas François falava-me através das paredes da sua cela… era mesmo ele… era mesmo François quem, ontem, me pegava na mão e a acariciava com os seus beijos… Uma mãe não se engana, e eu me estremecia de ternura e amor… Mas depois… depois dessa manhã, ele não saiu da prisão?

Ficou pensativa e depois pronunciou lentamente:

– Foi isso… foi isso que se passou… Embaixo, no andar inferior, Stéphane e eu fomos surpreendidos. O monstro, o filho de Vorski, subiu precisamente para vigiar François. Encontrou a cela vazia e, vendo a abertura que fora feita, rastejou até aqui. Sim, foi isso… Senão, por que caminho podia ele ter vindo?… Chegado aqui, lembrou-se de ir até à janela, pensando que ela dava para o mar e que fora por aí que François se evadira… Viu logo os ganchos da escada. Depois, debruçando-se, viu-me, reconheceu-me e chamou-me... E agora... agora dirige-se para o Priorado onde, inevitavelmente, encontrará François...

Contudo, Véronique não se mexia. Tinha a intuição de que o perigo não estava no Priorado, mas ali mesmo, junto das celas. Perguntava a si própria se François conseguira realmente fugir e se, antes que a sua tarefa tivesse terminado, não teria sido surpreendido pelo outro e sido agredido.

Terrível dúvida! Baixou-se, decidida, e constatando que a abertura fora alargada, quis passar por ali. Mas a passagem, quando muito suficiente para uma criança, era demasiado estreita para ela e os seus ombros não cabiam. Mas não desistiu, rasgou o vestido, feriu-se na rocha e, finalmente, à custa de muita paciência, conseguiu passar.

A cela estava vazia. Mas a porta que dava para os corredores estava aberta e Véronique teve a impressão – apenas a impressão, pois pouca luz entrava pela janela – de que alguém saía da cela por essa porta aberta. E dessa visão tão confusa de uma silhueta que quase não vira, ela ficara com a certeza de que era uma mulher que estava ali escondida, no corredor, uma mulher surpreendida pelo seu inesperado aparecimento.

"É cúmplice deles", pensou Véronique. "Ela subiu com o rapaz que matou Stéphane e certamente levou François... Talvez François ainda esteja ali, mesmo perto de mim, enquanto ela me espia..."

Entretanto, os olhos de Véronique acostumaram-se à penumbra e viu distintamente que, sobre o batente da porta, que se abria para o interior, estava a mão de uma mulher puxando-a devagar.

"Por que ela não fecha a porta logo?", perguntou Véronique a si mesma. "Por que, já que é evidente que ela quer interpor essa barreira entre nós?"

A resposta, Véronique conheceu-a ao ouvir, sob o batente, o rangido sobre uma pedra que dificultava o movimento da porta. Uma vez removido esse obstáculo, a porta se fecharia. Sem hesitar, Véronique avançou, agarrou a enorme maçaneta de ferro e puxou para si. A mão desapareceu, mas a força contrária continuou. Devia haver também uma maçaneta do outro lado.

Imediatamente se ouviu um assobio. A mulher pedia socorro. E, quase ao mesmo tempo, no corredor, a alguma distância da mulher, um grito:

– Mamãe! Mamãe!

Ah, aquele grito, com que profunda emoção o ouviu Véronique! O seu filho, o seu verdadeiro filho chamava-a, o seu filho ainda prisioneiro, mas vivo! Que alegria mais que humana!

– Estou aqui, meu filho.

– Depressa, mamãe, eles me amarraram, e o assobio é o sinal deles... eles vêm aí.

– Estou aqui... antes disso eu vou salvar você!...

Ela não duvidava desse desfecho. Parecia-lhe que as suas forças não tinham limites, e que nada poderia resistir à tensão exasperada de todo o seu ser. De fato, o adversário enfraquecia e pouco a pouco cedia terreno.

A abertura da porta tornava-se maior, e subitamente a luta terminou.

Véronique passou.

A mulher fugira já pelo corredor e puxava o rapaz por uma corda, para obrigá-lo a andar, apesar das amarras que o prendiam. Vã tentativa! E ela logo desistiu. Véronique aproximava-se com o revólver na mão.

A mulher largou o rapaz e ficou sob a claridade que vinha das celas abertas. Estava vestida de lã branca, com um cordão ao redor da cintura, os braços seminus, o rosto ainda jovem, mas sem vida, magro e enrugado. Os cabelos eram louros, com algumas madeixas brancas. Os olhos brilhavam de ódio.

As duas mulheres olharam-se, sem uma palavra, como duas inimigas que se confrontavam, e entre as quais a luta iria recomeçar. Triunfante, Véronique quase sorria, com um sorriso de desafio. Por fim, disse:

– Se tocar com um dedo no meu filho, eu te mato. Vá embora.

A mulher não estava com medo. Parecia refletir e escutava, esperando por socorro. Ninguém vinha. Então, baixou os olhos para François e fez um movimento como se fosse agarrar novamente a sua presa.

– Não toque! nele – disse Véronique com violência. – Não toque nele, ou eu atiro!

A mulher encolheu os ombros e retorquiu;

– Não é preciso ameaçar. Se eu quisesse matar o teu filho, já o teria feito. Mas ainda não chegou a hora dele, e não sou eu quem vai matá-lo.

Contra sua vontade, Véronique murmurou, estremecendo:

– E quem vai matá-lo?

– O meu filho. Sabe... aquele que você viu ainda agora.

– É o seu filho, o assassino... o monstro....

– É o filho de...

– Cale-se! Cale-se... – ordenou Véronique, compreendendo que aquela mulher fora amante de Vorski, e receando que ela fizesse alguma revelação diante de François. – Cale-se, esse nome não deve ser pronunciado.

– Será, quando for preciso – disse a mulher. – Ah, como eu sofri por tua causa, Véronique, agora é a sua vez, e isto ainda é só o começo...

– Vá embora – gritou Véronique, com a arma ainda apontada.

– Não é preciso ameaçar outra vez.

– Vá embora ou disparo. Pela vida do meu filho, juro que o faço.

A mulher recuou, já inquieta. Mas um novo acesso de raiva agitou-a. Impotente, ergueu os punhos e articulou, com uma voz rouca e brusca.

– Vou me vingar... vai ver, Véronique... A cruz... compreende? A cruz já está lá... Você é a quarta... Que vingança!

Os seus punhos secos e nodosos agitavam-se. Disse ainda;

– Ah, como eu odeio você! Quinze anos de ódio! Mas a cruz vai me vingar... Serei eu, serei eu que vou pendurá-la lá em cima... a cruz já está lá... você vai ver... a cruz já está lá...

Ela afastou-se muito lentamente, muito enfurecida, sob a ameaça do revólver.

– Mamãe, não vai matá-la, não é? – murmurou François, adivinhando a luta que se desenrolava na alma da mãe.

Véronique pareceu despertar e respondeu;

– Não, não tenha medo... No entanto, talvez eu devesse...

– Oh! Por favor, deixe-a, mamãe, e vamos embora.

Ela pegou-o nos seus braços, assim que a mulher desapareceu, apertou-o contra si e levou-o até à cela, como se não pesasse mais que uma criancinha.

– Mamãe… mamãe… – dizia ele.

– Sim, meu querido, é a tua mamãe, e ninguém nos separará outra vez, eu juro.

Sem se importar com os ferimentos que a pedra lhe provocava, deslizou, desta vez facilmente, pela fenda que François fizera na parede, depois puxou o menino e, sem demora, desfez-lhe as amarras.

– Aqui já não há perigo – disse ela –, pelo menos por agora, pois não nos podem atacar a não ser por aquela cela, e eu vigiarei a entrada.

Ah, que abraço, apertados um contra o outro! Nenhum obstáculo separava agora os seus lábios e os seus braços. Podiam ver-se, beijar-se, olhar-se nos olhos.

– Meu Deus! Como é lindo, meu François – dizia Véronique.

Ela não lhe encontrava nenhuma semelhança com o rapaz assassino, e espantava-se que Honorine pudesse tê-los confundido um com o outro. Não se cansava de admirar a nobreza, a franqueza e a doçura do seu filho.

– E você, minha mamãe – dizia ele –, eu não imaginava ter uma mãe tão bonita como você! Não, nem sequer nos meus sonhos, quando me aparecia como uma fada. E no entanto Stéphane disse-me muitas vezes…

Ela interrompeu-o;

– Temos de nos apressar, meu querido, eles vão perseguir-nos. Vamos embora.

– Sim – disse ele –, vamos embora de Sarek. Tenho um plano para fugirmos, que vai dar certo. Mas, primeiro, Stéphane… que lhe aconteceu? Ouvi por cima da minha cela o ruído do qual lhe falei e receio…

Sem responder à pergunta, ela levou-o pela mão.

– Tenho muitas coisas para contar a você, meu querido, coisas dolorosas que não pode continuar a ignorar. Mas, daqui a pouco… Agora temos de nos refugiar no Priorado. Aquela mulher vai procurar socorro e seguir-nos.

– Mas ela não estava só, mamãe, quando entrou de repente na minha cela e me surpreendeu fazendo o buraco na parede. Vinha alguém com ela…

– Um rapaz, não era? Um menino da tua idade?

– Quase não o vi. Atiraram-se sobre mim, a mulher e ele, amarraram-me e levaram-me para o corredor, depois a mulher desapareceu por um instante, e ele voltou para a cela. Agora ele conhece este túnel e a saída que dá para o Priorado.

– Sim, eu sei, mas nós podemos enfrentá-lo e esconderemos essa saída.

– Mas ainda há a ponte que liga as duas ilhas! – objetou François.

– Não – disse ela – eu a incendiei. O Priorado ficou completamente isolado.

Caminhavam rapidamente, Véronique acelerando o passo, François um pouco inquieto com as palavras que a mãe pronunciava.

– Sim, sim… – dizia ele –, percebo realmente que há muitas coisas que ignoro, e que você esconde para não me assustar, mamãe. Como a ponte que incendiou… Com a gasolina armazenada, não foi? E como fora combinado com Maguennoc, em caso de perigo?… Então também a ameaçavam, e a luta começou contra você, mamãe? E depois, tantas palavras que aquela mulher disse, com tanto ódio!… E depois… e depois, sobretudo, o que aconteceu a Stéphane? Na minha cela, ainda há pouco, falaram dele, em voz baixa… Tudo isso me atormenta… Também já não vejo a escada que você trouxe…

– Por favor, meu querido, não podemos perder nem um instante. A mulher deve ter encontrado ajuda… Devem vir atrás de nós.

O rapaz parou.

– Mamãe…

– O que é? Está ouvindo alguma coisa?

– Ouço passos.

– Tem certeza?

– Vem alguém na nossa direção…

– Ah! É o assassino que volta do Priorado… – disse ela cautelosamente.

Agarrou o revólver pronta para tudo. Mas de repente empurrou François para um canto escuro, que se abria à direita, e que era formado pelo entroncamento dos túneis, provavelmente obstruídos, e que ela já notara durante a vinda.

– Ali… – disse ela – ficaremos bem… ele não nos verá.

O ruído tornava-se cada vez mais próximo.

– Esconda-se bem – disse ela – e não se mexa…

O rapaz murmurou:

– O que tem na mão?… O seu revólver… Ah, mamãe, não vai disparar…

– Devia fazê-lo… devia… – disse Véronique. – Ele é um monstro!… É como a mãe… eu devia… ainda vamos nos arrepender…

E quase sem ter consciência do que dizia, ela acrescentou:

– Ele matou o teu avô.

– Ah! Mamãe… mamãe…

Ela segurou-o para que ele não caísse e, no silêncio, ouviu o choro do rapaz, que soluçava encostado a ela e balbuciava:

– Não importa… não atire… mamãe…

– Aí está ele… meu querido… silêncio… aí está ele… olha…

O outro passou. Caminhava devagar, um pouco curvado, de ouvido à escuta. Pareceu a Véronique exatamente do mesmo tamanho do filho e, desta vez, olhando-o com mais atenção, não se admirou muito que Honorine e o senhor d'Hergemont tivessem se enganado, pois havia realmente alguma semelhança, que fora acentuada pelo gorro vermelho roubado a François.

Ele afastou-se.

– Conhece-o? – perguntou Véronique.

– Não, mamãe.

– Tem certeza de que nunca o viu antes?

– Nunca.

– E foi realmente ele que se atirou sobre você, na cela, com aquela mulher?

– Não duvido disso, mamãe. Ele até me bateu na cara, sem razão, cheio de ódio.

– Ah! Tudo isto é incompreensível – disse ela. – Quando é que nos livraremos deste pesadelo?

– Depressa, mamãe, o caminho está livre. Vamos aproveitar.

À luz, ela viu que ele estava completamente pálido e sentiu a sua mão gelada. Contudo, ele sorriu-lhe com um ar feliz.

Recomeçaram a andar e, passado pouco tempo, depois de terem atravessado a falésia que ligava as duas ilhas e subido as escadas, saíram para o ar livre, à direita do jardim de Maguennoc. O dia começava a escurecer.

– Estamos salvos – disse Véronique.

– Sim – retorquiu o rapaz –, mas só se não puderem nos seguir pelo mesmo caminho. Temos que escondê-lo.

– Como?

– Espera por mim, vou buscar ferramentas no Priorado.

– Oh! Não, não vamos nos separar, François.

– Então vamos juntos, mamãe.

– E se o inimigo chegar? Não, é preciso vigiar esta saída.

– Então, ajude-me, mamãe...

Em um rápido exame verificaram que uma das duas pedras que formavam a parte superior da entrada não estava segura com muita solidez. Não lhes custou muito, de fato, abaná-la primeiro e depois fazê-la cair. A pedra ficou atravessada na escada e foi logo coberta por um monte de terra e de pedregulhos que tornavam a passagem, se não impraticável, pelo menos difícil.

– Vamos ficar aqui – disse François – até podermos pôr o meu plano em execução. E fique tranquila, mamãe, a ideia é boa e não estamos muito longe do fim.

Mas, antes de tudo, eles reconheceram que precisavam descansar. Tanto um como o outro estavam esgotados.

– Deite-se, mamãe... olha, aqui... há um tapete de musgo, sob este rochedo que forma uma espécie de nicho. Ficará aqui como uma rainha, abrigada do frio.

– Ah, meu querido, meu querido – murmurou Véronique, muito feliz.

Tinha chegado a hora de se explicarem, e Véronique não hesitou em fazê-lo. O desgosto do rapaz ao saber da morte de todos aqueles que amava e de todos aqueles que conhecera seria suavizado por toda a alegria que ele sentia por ter encontrado a mãe. Por isso ela falou sem reticências, embalando-o nos seus braços, enxugando-lhe as lágrimas, sentindo que realmente ela bastava para substituir todos os afetos e amizades perdidas. Impressionou-o sobretudo a morte de Stéphane.

– Mas podemos ter certeza? – dizia ele. – Porque nada nos prova que ele tenha se afogado. Stéphane sabe nadar muito bem… e então… Sim, sim, mamãe, não há razão para perdermos a esperança… pelo contrário… Olha, aqui está um amigo que aparece sempre nas horas mais tristes para dizer que nada está perdido.

Era realmente Tout-Va-Bien que chegava. Ao ver o seu dono não pareceu ficar surpreendido. Nada surpreendia excessivamente Tout-Va-Bien.

– Mãos à obra, mamãe – disse ele, logo que abriu os olhos e depois de tê-la beijado. – Ninguém no subterrâneo? Não. Então temos bastante tempo para embarcar.

Levaram os cobertores e as provisões e dirigiram-se alegremente para a descida da Poterna, na ponta da ilha. Aí as rochas amontoavam-se em um formidável caos, e o mar, ainda que calmo, agitava-se ruidosamente.

– Tomara que o barco ainda esteja lá – disse Véronique.

– Debruce-se um pouco, mamãe. Está vendo, bem ali embaixo, suspenso naquela saliência? Bastará movimentar as roldanas e colocá-lo para flutuar. Ah! Foi tudo bem planejado, querida mamãe… Não há nada a temer… Mas… Mas…

Ele calara-se e refletia.

– O que é?… O que está havendo?… – perguntou Véronique.

– Oh, nada, um pequeno contratempo…

– Mas o que foi?…

Ele pôs-se a rir.

– Bem, para um chefe de expedição, confesso que é um pouco humilhante. Imagine que eu me esqueci de uma coisa: dos remos. Ficaram no Priorado.

– Mas isso é terrível – exclamou Véronique.

– Por quê? Vou correndo até o Priorado. Daqui a dez minutos estou de volta.

Todas as apreensões de Véronique reapareciam.

– E se enquanto isso eles saírem do túnel?

– Ora, mamãe – disse ele sorrindo –, você me prometeu que teria confiança. Para saírem do túnel é preciso uma hora, e nós ouviríamos. E depois, vamos deixar de explicações inúteis, querida mamãe. Até já.

Ele desatou a correr.

– François? François?

Ele não respondeu.

"Ah, eu jurei a mim mesma que não o deixaria nem por um segundo", pensou ela, de novo cheia de pressentimentos.

Seguiu-o de longe e parou sobre uma pequena elevação situada entre o Dólmen das Fadas e o Calvário Florido. Daí ela conseguia avistar a saída do túnel e também via o filho, que corria pelo relvado.

Ele entrou primeiro na cave do Priorado. Mas com certeza os remos não estavam lá, pois saiu quase imediatamente e dirigiu-se para a porta principal, abriu-a e desapareceu.

"Um minuto é mais que suficiente", disse Véronique para si mesma. "Os remos devem estar no vestíbulo... estão com certeza no térreo... No máximo dois minutos..."

Contou os segundos, continuando a olhar para a saída do túnel. Mas passaram-se três minutos, quatro minutos, e a porta principal não voltou a se abrir.

Toda a confiança de Véronique desapareceu. Pensou que fora uma loucura não acompanhar o filho, e que nunca devia ter se submetido à vontade de uma criança. Sem se importar com o túnel e com as ameaças que de lá podiam surgir, começou a andar em direção ao Priorado. Mas tinha aquela terrível sensação de que se experimenta em alguns sonhos, quando as pernas parecem paralisadas e não é possível andar, enquanto o inimigo avança e se prepara para atacar.

E de repente, ao chegar ao dólmen, ela viu um estranho espetáculo –, cujo significado não compreendeu imediatamente. Ao pé dos carvalhos que rodeavam o hemiciclo do lado direito, o solo estava coberto de ramos, recentemente cortados e ainda com folhas verdes.

Levantou os olhos e ficou estupefata, aterrorizada.

Um único carvalho tinha sido desbastado. E sobre o enorme tronco, sem ramos até quatro ou cinco metros de altura, estava um letreiro preso por uma flecha e com a seguinte inscrição: "V. d'H".

– A quarta cruz... – balbuciou Véronique – a cruz com o meu nome!...

Ela pensou que, estando o pai morto, as iniciais da sua assinatura de solteira deviam ter sido traçadas por um dos inimigos, o principal, certamente, e pela primeira vez, sob a influência dos acontecimentos recentes, pensando na mulher e no rapaz que a perseguiam, ela atribuiu involuntariamente a esse inimigo um rosto indefinido.

Rápida impressão, hipótese inverossímil de que ela nem sequer teve consciência. Algo de mais terrível a perturbava. Compreendia subitamente que os monstros das charnecas e das celas, os cúmplices da mulher e do rapaz, deviam ter vindo, pois a cruz fora preparada. Certamente tinham construído e colocado outra ponte no lugar da que incendiara. Tinham-se apoderado do Priorado. E François encontrava-se de novo nas suas mãos.

Então ela lançou-se como uma flecha, com toda a energia. Por sua vez correu pelo relvado semeado de ruínas que descia até à parte da frente da casa.

– François!... François!... François!...

Ela chamava com uma voz dilacerante. Anunciava a sua aproximação com grandes gritos. Até que chegou ao Priorado.

Um dos batentes da porta estava entreaberto. Empurrou-o e entrou para o vestíbulo, aos gritos:

– François! François!

O apelo ressoou de alto a baixo, através de toda a casa, mas ficou sem resposta.

– François! François!

Ela subiu as escadas, abriu as portas ao acaso, correu até o quarto do filho, até o de Stéphane, até o de Honorine. Ninguém.

– François! François!… Não me ouve? Eles estão fazendo mal a você?… Oh! François, por favor.

Voltou ao patamar.

À sua frente estava o escritório do senhor d'Hergemont.

Lançou-se para a porta e logo recuou, como se tivesse tido uma visão surgida do próprio inferno.

Estava ali um homem, de pé, os braços cruzados, e que parecia esperar. Era realmente o homem que ela imaginara por um instante, ao pensar na mulher e no rapaz. Era o terceiro monstro.

Ela disse simplesmente, com inexprimível horror:

– Vorski…. Vorski!…

SEGUNDA PARTE

A PEDRA MIRACULOSA

O FLAGELO DE DEUS

Vorski! Vorski! O ser miserável, cuja lembrança a enchia de horror e vergonha, o monstruoso Vorski não morrera! O assassínio do espião por um dos seus companheiros, o seu enterro no cemitério de Fontainebleau, tudo isso não passava de uma invenção, de uma mentira! A realidade era só uma, Vorski estava vivo!

De todas as visões que já tinham ensombrado o espírito de Véronique, nenhuma fora tão abominável como aquele espetáculo: Vorski de pé, os braços cruzados, muito rígido sobre as pernas firmes, a cabeça levantada e vivo, vivo!

Ela teria aceito qualquer outra coisa com a sua habitual valentia, mas aquilo não. Tinha forças para enfrentar e desafiar qualquer inimigo, mas não aquele. Vorski era o opróbrio, a maldade nunca saciada, a selvageria sem limites, o método e a demência no crime.

E aquele homem a amava.

De repente ela corou. Vorski fixava os olhos ávidos sobre a carne nua dos seus ombros e dos seus braços, que apareciam sob o vestido esfarrapado, e olhava essa carne como se fosse uma presa que ninguém lhe poderia tirar. Contudo, Véronique não se mexeu. Nada havia ali com que se pudesse cobrir. Resistiu à afronta daquele desejo e desafiou Vorski com um tal olhar que ele ficou perturbado e desviou os olhos por um instante.

E logo, impulsivamente, ela exclamou:

– O meu filho! Onde está François? Quero vê-lo.

Ele retorquiu:

– O nosso filho é sagrado para mim, minha senhora. Ele nada tem a temer do seu pai.

– Quero vê-lo.

Ele levantou a mão em sinal de juramento.

– Você o verá, eu juro.

– Morto, talvez! – disse ela com uma voz surda.

– Tão vivo como nós, minha senhora.

Houve um novo silêncio. Visivelmente, Vorski procurava as frases e preparava o discurso que iniciaria entre eles um implacável combate.

Era um homem de estatura atlética, tronco forte, as pernas um pouco arqueadas, o pescoço enorme e dilatado pelos tendões dos músculos, uma cabeça muito pequena sobre a qual assentavam duas faixas de cabelos loiros. Aquilo que outrora lhe dava um ar de força brutal, que possuía ainda uma certa distinção, tornara-se com a idade, na atitude pesada e vulgar do lutador profissional que se exibe nos ringues dos estádios. O encanto inquietante que outrora seduzia as mulheres dissipara-se e restava apenas uma fisionomia áspera e cruel, cuja dureza ele procurava disfarçar com um sorriso impassível. Descruzou os braços, puxou uma cadeira e, inclinando-se diante de Véronique, disse:

– A conversa que vamos ter, minha senhora, será longa e por vezes penosa. Não quer sentar-se?

Esperou um instante e, não obtendo resposta, sem se perturbar, continuou:

– Há comida sobre esta mesa, e biscoitos, um pouco de vinho velho, uma taça de champanhe, talvez lhe fizesse bem…

Mostrava uma delicadeza exagerada, essa delicadeza tão germânica dos semibárbaros que querem provar que nenhuma das sutilezas da civilização lhes é desconhecida, e que estão familiarizados com todos os requintes da cortesia, mesmo em relação a uma mulher que o direito de conquista permitia tratar da maneira mais grosseira. E era esse um dos detalhes que, nos tempos passados, tinham deixado claro a Véronique sobre a provável origem do seu marido.

Ela encolheu os ombros e manteve-se em silêncio.

– Que seja – disse ele –, mas então permita-me ficar de pé, como é obrigação de um homem que se orgulha da sua educação. E, além disso, queira desculpar-me se apareço na sua presença assim vestido tão negligentemente. Os campos de concentração e as cavernas de Sarek não são muito propícios à renovação de um guarda-roupa.

Trajava umas calças velhas e remendadas, e um colete de lã vermelha rasgado. Mas, por cima disso, enfiara uma túnica de linho branco meio fechada com um cordão. Era um traje ridículo e rebuscado, cuja bizarrice ele acentuava com atitudes teatrais e um ar satisfeito de negligência.

Contente com o seu preâmbulo, começou a andar de um lado para o outro, as mãos atrás das costas, como alguém que sem pressa se pusesse a refletir nas mais graves circunstâncias. Depois parou e disse lentamente:

– Creio, minha senhora, que não seria perda de tempo se gastássemos alguns minutos numa exposição sumária do que foi a nossa vida em comum. Não é da mesma opinião?

Véronique não respondeu. E ele começou então com a mesma voz calma:

– Quando me amou…

Ela fez um gesto de indignação. Ele insistiu:

– No entanto, Véronique…

– Ah! Eu não lhe permito… – disse ela. – Esse nome pronunciado por você!… Eu não permito…

Ele sorriu e, em um tom condescendente, continuou:

– Não me queira mal, minha senhora. Quaisquer que sejam as palavras que eu empregue, pode estar certa do respeito que tenho por você. Por isso continuo. Quando me amou, eu era, tenho de confessá-lo, um libertino sem coração, um debochado, não desprovido talvez de um certo brio, pois sempre me empenhei a fundo em tudo o que fiz, mas que não tinha nenhuma das qualidades necessárias para o casamento. Essas qualidades tê-las-ia adquirido facilmente sob a sua influência, pois eu amava-a loucamente. Via em você uma pureza que me arrebatava, um encanto e uma ingenuidade que nunca encontrara em outra mulher. Teria sido suficiente um pouco de paciência da sua parte, um pouco mais de doçura, para me transformar. Infelizmente, desde a primeira hora, depois de um triste noivado durante o qual só pensou no desgosto e no rancor do seu pai, desde a primeira hora do nosso casamento, houve entre nós um profundo e irremediável desacordo. Você aceitara contra sua vontade o noivo que lhe fora imposto. E não teve em relação ao marido senão ódio e repulsa. Um homem como Vorski não pode perdoar tais coisas. Muitas mulheres e das mais elevadas classes tinham interesse por mim, pela minha delicadeza, não tendo eu o direito de me fazer qualquer censura. Se a burguesinha que você era se atormentou, tanto pior. Vorski é daqueles que agem segundo os seus instintos e as suas paixões. Esses instintos e essas paixões desagradavam-lhe? Isso era com você, minha senhora. Eu fiquei livre, refiz a minha vida. Simplesmente…

Calou-se durante alguns segundos e depois terminou:

– Simplesmente, eu amava-a. E quando, um ano mais tarde, os acontecimentos se precipitaram, quando a perda do seu filho a levou para um convento, eu, eu fiquei com esse amor insatisfeito, ardente e que me torturava. Pode Imaginar o que foi a minha existência: uma sucessão de deboches e de violentas aventuras com que tentava em vão esquecê-la e depois súbitos acessos de esperança, pistas que me indicavam e nas quais eu me lançava desvairadamente, para depois tornar sempre a cair no desalento e na solidão. Foi assim que encontrei o seu pai e o seu filho. Foi assim que soube que estavam aqui e que os vigiei, que os espiei, eu mesmo, por intermédio de pessoas que me eram fiéis. Esperava desse modo chegar até você, única finalidade dos meus esforços e suprema razão de todos os meus atos, quando foi então declarada a guerra. Oito dias depois, não tendo podido atravessar a fronteira, estava preso em um campo de concentração…

Calou-se. O seu rosto duro tornou-se ainda mais duro e resmungou:

– Oh! Que inferno eu passei lá! Vorski! Vorski, filho de rei, misturado com todos os criados de café e todos os vadios da Germânia! Vorski, prisioneiro, desrespeitado e detestado por todos! Vorski, sujo e piolhento! Como sofri, meu Deus! Mas passemos à frente. O que fiz para fugir da morte, tive razões para o fazer. Se alguém, no meu lugar, foi apunhalado, se alguém foi enterrado com o meu nome em um recanto de França, não me arrependo disso. Ele ou eu, era preciso escolher. Escolhi. E não foi talvez apenas o amor tenaz pela vida que assim me fez agir, foi também e sobretudo uma outra coisa, uma imprevista aurora que se erguia nas minhas trevas e que já me ofuscava com o seu esplendor. Mas isso é o meu segredo. Falaremos dele mais tarde, se a tal você me obrigar. Por agora…

Perante todos estes discursos lançado com a ênfase de um ator que se deleitava com a sua eloquência e que aplaudia as suas próprias tiradas, Véronique mantivera a sua atitude impassível. Nenhuma das suas falsas declarações conseguia sensibilizá-la. Ela parecia ausente.

Ele aproximou-se dela e, para forçar a sua atenção, recomeçou em um tom mais agressivo:

– Parece, minha senhora, que não percebeu a extrema gravidade das minhas palavras. No entanto, elas são e tornar-se-ão ainda mais graves. Mas, antes de chegar ao mais temível, e esperando até não ter que aí chegar, insisto em apelar, não ao seu espírito de conciliação, pois não há conciliação possível entre nós, mas à sua razão, ao seu sentido das realidades… porque, enfim, não acredito que ignore a sua atual situação, a situação do seu filho…

Ele estava absolutamente convencido de que ela o deixara de escutar. Absorvida sem dúvida pensando no filho, ouvia palavras que não tinham para ela o mínimo significado. Irritado, mal escondendo a sua impaciência, apesar de tudo, ele continuou:

– A minha proposta é simples, e quero crer que não a rejeitará. Em nome de François e em virtude dos sentimentos de compaixão e de humanidade que me animam, peço-lhe que ligue o presente ao passado que acabo de esboçar a traços largos. Do ponto de vista social, o laço que nos uniu nunca foi quebrado. Você continua a ser, pelo nome e aos olhos da lei...

Calou-se, observou Véronique por um instante e depois, pondo-lhe violentamente a mão sobre o ombro, gritou:

– Ouça, bandida! Vorski está falando.

Véronique desequilibrou-se, agarrou-se às costas de uma cadeira e, novamente, de braços cruzados e com os olhos cheios de desprezo, ergueu-se diante do seu adversário.

Ainda desta vez Vorski conseguiu dominar-se. O seu ato fora impulsivo e contrário à sua vontade. A sua voz tomou uma entoação imperiosa e má.

– Repito que o passado continua a existir. Quer queira, quer não, a senhora é a esposa de Vorski. E é por causa desse fato irrecusável que lhe peço, por favor, que hoje se considere como tal. Entendamo-nos: se não pretendo obter o seu amor nem sequer a sua amizade, também não aceito voltar às relações hostis que foram as nossas. Já não aceito a esposa desdenhosa e distante de outrora. Quero... quero uma mulher, uma mulher que se submeta... que seja a companheira dedicada, atenta, fiel...

– Uma escrava – murmurou Véronique.

– Sim – exclamou ele –, uma escrava, disse bem. Não evito as palavras, assim como não receio os atos. Uma escrava! E por que não, se a escrava compreender o seu dever, que é obedecer cegamente? De mãos e pés juntos. Agrada-lhe esse papel? Quer pertencer-me de corpo e alma? E mesmo a sua alma, quero lá saber. O que eu quero... sabe bem... não é? O que eu quero é o que nunca tive. Seu marido? Ah! Ah! Alguma vez o fui, seu marido? Se procurar bem em toda a minha vida, na agitação das minhas sensações e alegrias, não encontro uma única lembrança que me recorde que outra coisa tenha havido entre nós senão a luta sem tréguas de dois inimigos. Olho para você e é uma estranha que vejo, estranha no passado tal como no presente. Ora, bem, já que a sorte mudou, já que pus outra vez as minhas garras sobre você, no futuro deixará de ser assim. Não será assim amanhã! nem mesmo na próxima noite, Véronique. Eu sou o senhor, é preciso aceitar o inevitável. Aceita?

Não esperou pela resposta e, elevando ainda mais a voz, exclamou:

– Aceita? Nada de evasivas nem de falsas promessas. Aceita? Se sim, ponha-se de joelhos, faça o sinal da cruz e pronuncie em voz alta: "Aceito. Serei uma esposa dócil. Submeter-me-ei a todas as suas ordens e a todos os seus caprichos. A minha vida já não conta. O meu marido é o meu senhor".

Ela encolheu os ombros e nada respondeu. Vorski ficou agitado. As veias da sua testa incharam. No entanto, ainda se conteve.

– Como queira. Aliás, eu já esperava isso. Mas as consequências da sua recusa serão tão graves para você, que quero fazer uma última tentativa. Talvez a recusa se dirija afinal ao fugitivo que eu sou, ao pobre diabo que pareço ser, e talvez a verdade modifique as suas ideias. Uma verdade esplendorosa e maravilhosa. Como lhe disse, uma aurora imprevista se ergueu nas minhas trevas e Vorski, filho de rei, foi iluminado pelos seus raios...

Ele tinha uma maneira de falar de si próprio na terceira pessoa que Véronique bem conhecia, e que era a marca da sua insuportável vaidade. Ela observou e reencontrou também nos seus olhos um brilho especial, que ele sempre tivera em certos momentos de exaltação, brilho consequente sem dúvida dos seus hábitos de alcoólatra, mas no qual ela via, além disso, passageiras aberrações. Não era ele, na verdade, uma espécie de demente, e essa demência não se acentuara com os anos?

Ele prosseguiu e, desta vez, Véronique escutou:

– Ficou então aqui, na altura da guerra, uma pessoa que me é dedicada e que continuou junto do seu pai a vigilância que eu iniciara. Por acaso descobríramos a existência das grutas escavadas sob as charnecas e uma das entradas dessas grutas. Foi nesse esconderijo seguro que vim me refugiar, depois da minha última escapada, e foi aí que fiquei ao corrente, através de algumas cartas interceptadas, das investigações do seu pai acerca de Sarek e das descobertas que ele fizera. Compreende que a minha vigilância duplicou. Tanto mais que eu encontrava em toda essa história, à medida que ela surgia com mais nitidez, as mais estranhas coincidências e uma manifesta relação com certos detalhes da minha vida. Em breve todas as dúvidas se desvaneceram. O destino enviara-me ali para realizar uma obra que só eu podia concluir... ou melhor, uma obra na qual só eu tinha o direito de colaborar. Compreende isso? Desde há séculos que Vorski fora predestinado. Vorski era o eleito do destino. Vorski estava inscrito no livro do tempo. Vorski tinha as qualidades necessárias, os meios indispensáveis, os títulos requeridos. Eu estava pronto. Meti mãos à obra sem demora, implacavelmente conformado com as ordens do destino. Sem hesitar acerca da estrada a seguir: no fim havia um farol aceso. Segui então a estrada antecipadamente traçada. Hoje Vorski só tem de receber o prêmio dos seus esforços. Vorski só tem de estender a mão. Ao alcance da mão está a fortuna, a glória, o poder ilimitado. Dentro de algumas horas, Vorski, filho de rei, será o rei do mundo. É essa realeza que ele lhe oferece.

Cada vez mais, ele declamava, comediante enfático e pomposo. Inclinou-se para Véronique:

– Quer ser rainha, imperatriz, e elevar-se acima das outras mulheres, tal como Vorski dominará os outros homens? Não quer ser rainha pelo ouro e pelo poder, assim como o é pela beleza? Escrava de Vorski, mas senhora de todos aqueles que Vorski dominará? Compreenda-me bem: não se trata para você de uma só decisão a tomar, mas de duas decisões entre as quais é preciso escolher. Há, compreenda, a contrapartida da sua recusa. Ou aceita a realeza que lhe ofereço, ou então...

Fez uma pausa e depois, com uma voz cortante, terminou:

– Ou então a cruz.

Véronique estremeceu. A horrenda palavra surgia mais uma vez. Agora ela sabia o nome do carrasco, até então desconhecido!

– A cruz – repetiu ele, com um sorriso atroz de contentamento. – Cabe a você escolher. Por um lado, todas as alegrias e todas as honras da vida. Por outro, a morte por meio do mais bárbaro suplício. Escolha. Para além destes dois termos do dilema, não há escolha possível. Ou isto ou aquilo. E repare bem que não há, da minha parte, nenhuma crueldade inútil, nenhuma ostentação de vã autoridade. Não. Eu sou apenas um instrumento. A ordem vem de mais alto que eu, vem do próprio destino. Para que as vontades divinas se cumpram, Véronique d'Hergemont deve morrer, *E*

QUE MORRA NUMA CRUZ. É categórico. Nada se pode contra o destino. Nada é possível quando se não é Vorski e não se têm, como Vorski, todas as audácias e todas as manhas. Se Vorski pôde, na floresta de Fontainebleau, substituir o verdadeiro Vorski por um falso e se assim conseguiu escapar ao destino que o condenava, desde a sua infância, a morrer com uma facada de um amigo, ele saberá na verdade encontrar qualquer estratagema para que a vontade divina se cumpra e para que aquela que ele ama continue viva. Mas para isso é preciso que ela se submeta. Ofereço a salvação à minha noiva, a morte à inimiga. Que escolhe ser? Minha noiva ou minha inimiga? Que escolhe? A vida junto de mim com todas as alegrias e todas as honras da vida… ou a morte?

– A morte – respondeu simplesmente Véronique.

Ele fez um gesto ameaçador.

– É mais do que a morte. É a tortura. O que escolhe?

– A tortura.

Ele insistiu maldosamente.

– Mas não está só! Reflita, há também o seu filho. Se você desaparecer, ele fica. Morrendo, é um órfão que deixa. Pior que isso! Morrendo, é aos meus cuidados que o deixa. Eu sou o pai. Tenho todos os direitos. O que escolhe?

– A morte – disse ela mais uma vez.

Ele exasperou-se.

– A sua morte, pois seja. Mas se for a morte dele? Se o trouxer aqui, diante de você, o seu François, se lhe puser uma faca na garganta e a interrogar pela última vez, que vai responder?

Véronique fechou os olhos. Nunca sofrera tanto, e Vorski encontrara realmente o ponto mais doloroso. Contudo, ela murmurou:

– Quero morrer.

A cólera de Vorski explodiu e, começando de repente a injuriá-la, sem se preocupar com delicadezas e cortesias, proferiu:

– Ah, a desavergonhada, é porque me odeia mesmo! Tudo, tudo, ela aceita tudo, até a morte do filho querido, mas não quer ceder. Uma mãe que mata o filho! Porque é isso, vai matar o filho só para não me pertencer. Tira-lhe a vida para não me sacrificar a sua. Ah! Que ódio! Não, não, não é possível, não acredito nisso, nesse ódio. O ódio tem limites! Uma mãe como você! Não, não, há outra coisa... talvez um amor? Não. Véronique não ama. Então? Então, espera a minha piedade? Uma fraqueza da minha parte? Ah, como me conhece mal! Vorski fraquejar!! Vorski apiedar-se! E no entanto viu a minha obra. Será que fraquejei ao cumprir a minha terrível missão? Não foi Sarek devastada segundo as minhas ordens? As barcas não se afundaram e as pessoas não se afogaram? As irmãs Archignat não foram pregadas no tronco dos velhos carvalhos? Eu, eu fraquejar! Escute, quando eu era criança, com estas duas mãos que aqui estão, estrangulava os cães e os pássaros, esfolava vivos os cabritos e depenava também vivas as aves da capoeira. Ah! Piedade? Sabe como a minha mãe me chamava? *"Átila"*. E por vezes uma misteriosa inspiração animava-a e ela lia o futuro na palma da mão nas cartas do tarô: *"Átila Vorski, o flagelo de Deus"*, explicava essa grande vidente, *"você será o instrumento da Providência. Você será o gume da lâmina, a ponta do punhal, a baia da espingarda, o nó da corda. O flagelo de Deus! O flagelo de Deus! O teu nome está inscrito com todas as letras no livro do tempo. Ele brilha entre os astros que presidiram ao teu nascimento. O flagelo de Deus! O flagelo de Deus!..."* E está à espera que os meus olhos fiquem molhados de lágrimas? Vá lá! Será que o carrasco chora? São os fracos que choram, os que receiam ser castigados e que os seus crimes se voltem contra eles próprios. Mas eu, eu! Os seus antepassados só temiam uma coisa, era que o céu lhes caísse sobre as cabeças. E eu, que tenho eu a temer? Eu sou o cúmplice de deus! Ele escolheu-me entre todos. Foi deus que me inspirou, o deus da Germânia, o antigo deus alemão, para quem o bem e o mal não contam quando se trata da grandiosidade dos seus filhos. O espírito do mal está comigo. Amo o mal e desejo o mal. Por isso morrerás, Véronique, e eu vou rir ao ver você no poste do suplício...

Ele já ria. Dava grandes passadas, que ressoavam ruidosamente no chão. Levantava os braços para o teto e Véronique, toda arrepiada de angústia, via nos seus olhos estriados de vermelho o desvario da loucura.

Deu mais alguns passos, depois avançou para ela e, com uma voz contida e ameaçadora, disse:

– De joelhos, Véronique, e implore o meu amor. Só ele pode salvá-la. Vorski não conhece a piedade nem o medo. Mas ele ama-a e o seu amor não recuará perante nada. Aproveite Véronique. Lembre-se do passado. Volte a ser a criança de antigamente, e serei eu quem talvez um dia me arrastarei aos seus pés. Véronique, não me rejeite... não se rejeita um homem como eu... Não se desafia alguém que ama... como eu te amo, Véronique, como eu te amo...

Ela abafou um grito. Sentia sobre os seus braços nus aquelas mãos abomináveis. Quis libertar-se, mas ele, mais forte que ela, não a largou e continuava, com uma voz ofegante:

– Não me rejeite... é absurdo... é uma loucura... Sabe bem que sou capaz de tudo... Então?... A cruz, é horrível... a morte do seu filho diante de você... é isso que quer?... Aceite o que é inevitável... Vorski a salvará... Vorski lhe dará a mais bela vida... Ah, como você me odeia!... Mas, está bem, aceito o teu ódio... amo o teu ódio... amo a tua boca desdenhosa... amo-a mais do que se ela se desse...

Calou-se. Era uma luta implacável entre os dois. Os braços de Véronique resistiam em vão ao abraço cada vez mais apertado. Ela perdia as forças, impotente e entregue à derrota. Os seus joelhos vacilavam. À sua frente, muito perto, os olhos de Vorski pareciam cheios de sangue, e ela respirou o hálito do monstro.

Então, apavorada, mordeu-o com toda a força e aproveitando um instante de confusão, libertando-se com um esforço supremo, deu um salto para trás, tirou o revólver e disparou um tiro, em seguida, outro.

As duas balas zuniram nos ouvidos de Vorski e fizeram voar estilhaços da parede por detrás dele. Ela disparara muito depressa, ao acaso.

– Ah, vagabunda! – berrou ele. – Quase me acertou.

Agarrou-a pela cintura e, com um movimento irresistível, curvou-a, empurrou-a e estendeu-a em um divã. Tirando depois uma corda do bolso, amarrou-a brutalmente. Houve um instante de pausa e silêncio. Vorski enxugou a testa coberta de suor e depois encheu um copo de vinho, que engoliu de um trago.

– Assim é melhor – disse ele, pondo um pé sobre a sua vítima. – E confessa que assim é que tudo está bem. Cada um no seu lugar, minha querida, você atada como uma presa, e eu de pé, pisando em você com prazer. Hein! Agora já não brinca mais. Começou a compreender que a coisa é séria. Oh! Não tenha medo, vagabunda, Vorski não é daqueles que abusam de uma mulher. Não, não, isso seria brincar com o fogo e arder num desejo que me mataria. Não sou assim tão estúpido! Como esqueceria depois? Uma só coisa pode me trazer o esquecimento e a paz: a tua morte. E como estamos de acordo sobre isso, não há problema. Pois está combinado, não é, você quer morrer?

– Sim – disse ela com a mesma firmeza.

– E quer que o teu filho morra?

– Sim – disse ela. Ele esfregou as mãos.

– Perfeito, estamos de acordo e agora acabaram as palavras insignificantes. Bastam as verdadeiras palavras, aquelas que contam, pois está percebendo que até aqui o que eu disse não passa de palavreado, hein? Assim como a primeira parte da aventura, de que você foi testemunha em Sarek, não passou de uma brincadeira de crianças. O verdadeiro drama está começando, pois nele está envolvida com o coração e a carne, e é o mais terrível, minha linda. Os teus bonitos olhos já choraram, mas agora são lágrimas de sangue que são pedidas, minha pobre querida. O que quer? Digo mais uma vez, Vorski não é cruel. Ele só obedece e é o destino que persegue você obstinadamente. As tuas lágrimas? Coisa sem importância! Terás ainda de chorar mil vezes mais. A tua morte? Uma ninharia! Terá ainda de morrer mil mortes antes de morrer totalmente. O teu coração sangrará como nunca sangrou o mais infeliz coração de mulher e de mãe. Está pronta, Véronique? Vai realmente ouvir palavras cruéis, a que se seguirão talvez palavras ainda mais cruéis. Ah, o destino não a estragará com mimos, minha linda…

Esvaziou vorazmente um segundo copo de vinho, depois sentou-se ao pé dela e, baixando-se, disse-lhe quase ao ouvido:

– Escuta, querida, tenho uma pequena confissão a fazer. Antes de encontrá-la, eu já era casado… Oh, não se zangue! Há para uma esposa catástrofes ainda maiores e, para um marido, crimes mais graves que a bigamia. Ora, dessa primeira mulher tive um filho… um filho que você conhece, creio eu, pois trocou com ele algumas amáveis palavras no subterrâneo das celas… um verdadeiro patife, cá entre nós, esse excelente Raynold, um vagabundo da pior espécie, em quem me orgulho de ver, levados ao extremo, alguns dos meus instintos mais extremos e algumas das minhas principais qualidades. Ele é um segundo eu próprio, mas que já me ultrapassou e que por vezes me assusta. Meu Deus, que demônio! Na sua idade – pouco mais de quinze anos –, eu era um anjo ao pé dele. Ora, acontece que esse atrevido terá de lutar com o outro meu filho, com o nosso querido François. Sim, tal é a fantasia do destino que mais uma vez ordena, e da qual, uma vez mais, eu sou o intérprete clarividente e sutil. É claro que não se trata de uma luta prolongada e cotidiana. Pelo contrário… uma coisa breve, violenta, definitiva, por exemplo, um duelo. É isso, um duelo, compreende, um duelo a sério… Não uma briga que acabe com uns arranhões… não, não, mas sim aquilo a que se chama um duelo de morte, pois que um dos adversários deve ficar por terra, deve haver um vencedor e um vencido, numa palavra, um vivo e um morto.

Véronique voltara um pouco a cabeça e viu que ele sorria. Nunca ela sentira tanto a loucura daquele homem que ria ao pensar em uma luta mortal entre dois rapazes que eram ambos seus filhos. Era tudo tão extravagante que Véronique quase nem sofria. Aquilo ultrapassava os limites do sofrimento.

– Mas há mais, Véronique… – disse ele, pronunciando alegremente cada sílaba. – Mas há mais… Sim, o destino imaginou um requinte que me repugna, mas que devo executar como seu fiel servidor. Imaginou que você devia assistir a esse duelo… Exatamente, você, a mamãe de François, terá que vê-lo combater. E, na verdade, pergunto a mim mesmo se não há, sob esta aparente maldade, uma graça que é concedia a você… digamos que é por minha intercessão, está bem? E que sou eu próprio que lhe concedo este favor inesperado, diria mesmo injusto. Porque, enfim, se Raynold é mais robusto e exercitado que François e se, logicamente, este último deve sucumbir, imagina que acréscimo de audácia e de força ele não terá, ao saber que combate diante da sua mãe! Será um defensor que orgulhosamente tudo fará para vencer. Será um filho cuja vitória salvará a mãe... pelo menos ele julgará isso! Na verdade, é uma grande vantagem, e pode me agradecer, Véronique, se este duelo, como penso que vai acontecer, não permitirá a você nem mais uma batida de coração... A menos que... a menos que eu não vá até ao fim do plano infernal... Ah! Então, minha pobrezinha...

Agarrou-a de novo e, erguendo-a diante dele, face a face, disse-lhe em um súbito acesso de fúria:

– Então, não vai ceder?

– Não, não – gritou ela.

– Nunca vai ceder?

– Nunca! Nunca! Nunca! – repetiu ela cada vez com mais força.

– Odeia-me mais do que tudo?

– Odeio você, mais do que amo o meu filho.

– Mentira! Mentira!... – exclamou ele. – Mentira! Nada está acima do teu filho...

– O meu ódio por você, sim!

Toda a revolta, toda a aversão de Véronique, até aqui contidas, explodiram e, sem se importar com o que pudesse acontecer, ela gritou:

– Odeio você! Odeio você! Que o meu filho morra diante de mim, que eu assista à sua agonia, prefiro tudo isso ao horror da tua presença. Odeio você! Você matou o meu pai! Você é um assassino imundo... um demente imbecil e bárbaro, um maníaco do crime... odeio você...

Ele ergueu-a, levou-a até a janela, atirou-a para o chão e, rangendo os dentes, disse:

– De joelhos! De joelhos! O castigo vai começar. Fazendo pouco caso de mim, bandida? Está bem, você já vai ver!

Ajoelhou-a e depois, empurrando-a contra a parte inferior da parede e, abrindo a janela, prendeu-lhe a cabeça às grades do varandim, com cordas

que lhe passavam à volta do pescoço e sob os braços. Por fim, amordaçou-
-a com um lenço.

– E agora, olhe!… – gritou ele. – O pano vai levantar! O teu François fazendo exercícios! Ah, você me odeia!… Ah, prefere o inferno a um beijo de Vorski! Está bem, minha querida, vai provar o inferno. Anuncio a você um pequeno divertimento, todo ele da minha autoria e que não é nada banal. E depois, sabe, agora já não há nada a fazer. É uma coisa irrevogável. Bem, você podia suplicar-me e pedir perdão… tarde demais! O duelo, depois a cruz, eis o programa. Reze, Véronique, implore aos céus. Peça socorro, talvez isso lhe de prazer. Olha, eu sei que o teu filho está à espera de um salvador, um profissional de golpes de teatro, um Dom Quixote de aventuras. Que venha! Vorski o receberá como ele merece. Que venha! Tanto melhor! Vamos nos divertir. E que os próprios deuses tomem partido e os defendam! Eu não ligo. Já não é assunto deles, mas meu. Já não se trata de Sarek, do tesouro, do grande segredo e de todas essas histórias da pedra-
-deus! Trata-se de mim próprio! Você cuspiu em cima de Vorski, e Vorski se vinga. Ele se vinga. É a hora perfeita. Que voluptuosidade! Fazer o mal como os outros fazem o bem, às mãos cheias. Fazer o mal! Matar, torturar, quebrar, suprimir, devastar!… Ah, que alegria feroz, ser um Vorski!…

Ele andava pela sala, batia com os pés no chão e empurrava os móveis. Os seus olhos esgazeados procuravam qualquer coisa. Queria Começar imediatamente a sua obra de destruição, estrangular alguma vítima, dar trabalho aos dedos ávidos, executar as ordens incoerentes da sua imaginação desvairada.

De repente, puxou o revólver e, estupidamente, disparou balas nos espelhos, furou quadros e partiu os vidros das janelas.

E, sempre gesticulando, aos saltos, sinistro e macabro, abriu a porta e afastou-se, vociferando:

– Vorski se vinga! Vorski vai se vingar!

A SUBIDA DO GÓLGOTA

Passaram-se vinte ou trinta minutos. Véronique continuava sozinha. As cordas cortavam-lhe a carne e as grades da janela feriam-lhe a testa. A mordaça sufocava-a. Os joelhos dobrados sustinham todo o peso do seu corpo. Uma posição intolerável, um martírio ininterrupto… No entanto, se sentia dores, não tinha disso uma impressão muito nítida. O sofrimento físico permanecia exterior à sua consciência, e ela já passara por tantos sofrimentos morais que esta provação suprema não chegava a despertar a sua sensibilidade adormecida.

Nem pensava. Por vezes dizia: "Vou morrer". E sentia já o repouso do nada, como quem sente antecipadamente, durante uma tempestade, a grande calma do porto. Desde aquele instante até ao desenlace que a libertaria, passar-se-iam certamente coisas atrozes, mas o seu espírito recusava-se a pensar nisso e até a sorte do filho apenas lhe provocava ideias breves que logo se dissipavam.

No fundo, e sem saber a razão do seu estado de espírito, ela esperava um milagre. Esse milagre aconteceria com Vorski? Incapaz de ser generoso, o monstro não hesitaria ainda assim perante tão inútil perversidade? Um pai não mata o filho, ou pelo menos é preciso que um tal ato seja provocado por razões imperiosas, e Vorski não tinha nenhuma razão contra uma criança que nem sequer conhecia, e que não podia odiar senão com um ódio fictício.

Esta esperança em um milagre embalava o seu torpor. Todos os ruídos que ressoavam pela casa, barulho de discussões, de passos apressados, pareciam indicar-lhe não os preparativos dos acontecimentos anunciados, mas o sinal de alguma intervenção que arruinaria todos os planos de Vorski. O seu querido François não dissera que nada os podia separar um do outro e que, no momento em que tudo parecesse perdido, ainda assim deveriam conservar toda a sua fé?

– Meu François – repetia ela –, meu François, você não vai morrer... vamos voltar a nos ver... você me prometeu.

Lá fora, um céu azul, manchado com algumas nuvens ameaçadoras, estendia-se por cima dos grandes carvalhos. Diante dela, para além dessa mesma janela onde o pai lhe aparecera, no meio da relva que atravessara com Honorine, no dia da sua chegada, um local havia sido recentemente preparado e coberto de areia como uma arena. Então era ali que o filho ia duelar? Ela teve essa repentina intuição e o seu coração ficou apertado.

– Oh! Perdão, meu François – disse ela –, perdão... Tudo isto é castigo pelas faltas que cometi... no passado. É a expiação... O filho paga pela mãe... Perdão... Perdão...

Naquele momento, uma porta se abriu no andar térreo e vozes foram ouvidas. Entre essas vozes, ela reconheceu a de Vorski.

– Então – disse ele – está de acordo? Nós seguimos caminhos separados, vocês dois para a esquerda, eu para a direita. Você leva um garoto com você, eu levo o outro e nos encontramos no local do torneio. Vocês são, por assim dizer, as testemunhas do primeiro, e eu do segundo, para que todas as regras sejam respeitadas.

Véronique fechou os olhos, pois não queria ver seu filho, maltratado sem dúvida, levado à batalha como um escravo. Ela ouviu a dupla batida dos passos seguindo as duas avenidas circulares. O nojento Vorski estava rindo e gritando.

Os grupos se viraram e caminharam em direções opostas.

– Não chegue mais perto – ordenou Vorski. – Deixe os dois oponentes tomarem seus lugares. Parem aí, vocês dois. Sim, senhor. Nem uma palavra, certo? Quem falar será morto impiedosamente por mim. Vocês estão prontos? Caminhe.

Assim começou aquela coisa terrível. De acordo com o desejo de Vorski, o duelo aconteceria na frente da mãe, e o filho lutaria na frente dela. Como ela não poderia assistir? Ela abriu os olhos.

Imediatamente ela os viu, agarrando-se e empurrando um ao outro. Mas o que ela viu, ela não entendeu de imediato, ou pelo menos não entendeu o significado exato. Ela podia ver as duas crianças, mas qual era Francis e qual era Raynold?

– Não, não entendo, não posso estar enganada, não é possível…

Ela não estava enganada. As duas crianças usavam os mesmos ternos, os mesmos calções de veludo, as mesmas camisas de flanela branca, os mesmos cintos de couro. Mas ambos tinham a cabeça envolta em um lenço de seda vermelha com dois buracos, como capuzes, onde estavam os olhos.

Qual deles era François? Qual deles era Raynold?

Depois ela se lembrou da inexplicável ameaça de Vorski. Era a isto que ele havia chamado a execução completa do programa que havia concebido, era a isto que ele se referia quando falava de um entretenimento de sua própria composição. Não somente o filho estava lutando diante dos olhos da mãe, mas ela não sabia qual era seu filho.

Divertimento infantil. O próprio Vorski o havia dito. Nenhuma dor poderia ser maior que a dor de Véronique.

No fundo, o milagre que ela esperava estava dentro dela mesma, e o amor que ela tinha por seu filho. Se o filho lutava na frente dela, ela estava certa de que ele não poderia morrer. Ela o protegeria dos golpes e das artimanhas do inimigo. Ela desviaria a adaga e afastaria a morte da cabeça amada. Ela instilaria nele a energia indomável, a vontade de atacar, a força que não se cansa, o espírito que prevê e aproveita o minuto favorável.

Mas agora que ambos estavam velados, sobre qual deles deve ser exercida a influência certa? Por quem rezar? Contra quem se rebelar?

Ela não sabia de nada. Não havia pistas que lhe pudessem dizer alguma coisa. Um deles era mais alto, mais fino e com aparência mais flexível. Seria François? O outro era mais forte, mais robusto e de aparência mais pesada. Seria Raynold? Ela não sabia dizer. Somente um canto de seu rosto, mesmo uma expressão fugaz, teria revelado a verdade. Mas como enxergar através daquela máscara impenetrável?

E a luta continuava, mais assustadora para ela do que se ela tivesse visto o rosto de seu filho.

– Bravo! – gritou Vorski, aplaudindo um ataque.

Ele parecia estar seguindo o duelo como um amador, com a afeição imparcial de um torcedor que julga os golpes e deseja acima de tudo que o melhor vença. Entretanto, era um de seus filhos que ele havia sentenciado à morte.

Em frente a eles estavam os dois cúmplices, figuras de brutos, com crânios igualmente pontiagudos, narizes grandes sobrepostos por óculos; um extremamente fino, o outro também fino, mas com a barriga inchada em forma de saco cheio. Eles não aplaudiam, e permaneciam indiferentes, talvez até hostis ao espetáculo que lhes era imposto.

– Perfeito! – aprovava Vorski. – Boa resposta! Ah! vocês são caras durões, e eu não sei a quem dar o prêmio.

Ele girava ao redor dos adversários e os excitava com uma voz rouca na qual Verônica, lembrando-se de certas cenas do passado, pensou reconhecer os efeitos do álcool. No entanto, ela tentava, a mulher infeliz, alcançá-lo com as mãos atadas, e gemia, sob sua mordaça.

– Misericórdia! Graça! Não aguento mais... Tenha piedade!

Era impossível que o tormento continuasse. Seu coração batia tão violentamente que ela foi sacudida, e estava prestes a desmaiar, quando algo aconteceu que a reanimou. Uma das duas crianças, depois de uma luta rude, havia saltado para trás e estava rapidamente enfaixando seu pulso direito, do qual escorriam algumas gotas de sangue, parecia para Véronique

que ela havia visto em suas mãos um pequeno lenço de listras azuis que seu filho usava.

Sua convicção foi imediata e irresistível. A criança – era mais magra e flexível – tinha mais elegância do que a outra, mais distinção, atitudes mais harmoniosas.

– É François... – murmurou ela. – Sim, sim, é ele... É você, não é, meu querido? Eu o reconheço... O outro é vulgar e pesado... É você, meu querido... Ah, meu François... meu querido François!

Na verdade, embora ambos estivessem lutando com igual força e ferocidade, este era menos selvagem e cego em seus esforços. Parecia que ele procurava menos matar do que ferir, e que seus ataques tinham mais o objetivo de se preservar contra a morte que o aguardava. Véronique ficou alarmada com isso e gaguejou, como se ele pudesse ouvi-la:

– Não o poupe, meu querido! Ele também é um monstro. Meu Deus, se você for generoso, você estará perdido. François, François, tenha cuidado!

O punhal brilhava sobre a cabeça daquele a quem ela chamava seu filho e, sob a mordaça, ela gritava para o avisar. Tendo François se esquivado do golpe, ficou persuadida de que o seu grito chegara até ele, e continuou instintivamente a preveni-lo e a aconselhá-lo.

– Descanse... Recupere o fôlego... Sobretudo não o perca de vista... ele está armando alguma coisa... vai correr até você... Ele correu! Ah! Meu querido, mais um pouco e ele feria você no pescoço. Desconfie dele, meu querido, é um traidor... um trapaceiro...

Mas ela sentia perfeitamente, a infeliz mãe, ainda que não o quisesse confessar a si mesma, que aquele a quem chamava seu filho começava a perder as forças. Certos sinais indicavam uma menor resistência, enquanto o outro, pelo contrário, adquiria mais força e ardor. François recuava, e atingiu os limites da arena.

– Alto lá, rapaz – troçou Vorski –, vai tomar um ar fresco? Coragem, que diabo. Força nas pernas... Lembre-se das condições que combinamos.

O rapaz lançou-se com novo vigor, e foi a vez do outro recuar. Vorski bateu palmas, e Véronique murmurava:

– É por mim que ele está arriscando a vida. O monstro deve ter-lhe dito: "A sorte da tua mãe depende de você. Se você vencer, ela está salva". E ele jurou vencer. Sabe que estou vendo. Adivinha a minha presença. Ouve-me. Abençoado seja, meu querido.

Era a fase final do duelo. Véronique tremia, esgotada pela emoção e por momentos alternados e demasiado fortes de esperança e de alegria. Mais uma vez o filho perdeu terreno e novamente se atirou para a frente. Mas, na luta corpo a corpo que se seguiu, desequilibrou-se e caiu de costas, de tal maneira que o seu braço direito ficou preso sob o próprio corpo.

Imediatamente o inimigo se abateu sobre ele, esmagou-lhe o peito com o joelho e levantou o braço. O punhal brilhou.

– Socorro! Socorro! – gritou Véronique, estrangulada pela mordaça. Ela se esticava contra a parede sem se importar com as cordas que a torturavam. A sua testa sangrava, cortada pelo ângulo das grades, e ela sentia que ia morrer com a morte do seu filho! Vorski aproximara-se e ficou parado, o rosto implacável.

Vinte segundos, trinta segundos. Com a mão esquerda estendida, François sustinha o golpe do inimigo. Mas o braço vencedor pesava cada vez mais, a lâmina descia, a ponta já estava apenas a alguns centímetros do pescoço.

Vorski baixou-se. Nesse momento encontrava-se atrás de Raynold, de maneira que não podia ser visto nem por este nem por François, e olhava com extrema atenção, como se tencionasse intervir em um instante preciso. Mas intervir a favor de quem? A sua ideia seria salvar François?

Véronique já nem respirava, os olhos desmesuradamente abertos, suspensa entre a vida e a morte.

A ponta do punhal tocou no pescoço, picando ligeiramente a carne, sustida ainda pelo esforço contrário de François.

Vorski curvou-se mais. Vigiava o corpo a corpo e não desviava os olhos da ponta assassina. De repente tirou do bolso um canivete, abriu-o e ficou à espera. Passaram mais alguns segundos. O punhal continuava a descer.

Então, bruscamente, ele golpeou o ombro de Raynold com a lâmina do canivete.

O rapaz lançou um grito de dor. Largou o outro imediatamente e, ao mesmo tempo, François levantou-se, retomou a ofensiva e, sem ver Vorski, sem compreender o que se passava, num impulso instintivo de todo o seu ser que escapara à morte e revoltado contra o agressor, bateu-lhe em pleno rosto, o que fez, por sua vez, Raynold tombar desamparadamente.

Tudo aquilo não durara certamente mais que dez segundos. Mas o golpe de teatro foi tão imprevisto e perturbou de tal maneira Véronique que, já nada compreendendo, não sabendo se deveria regozijar-se, julgando que se enganara e que o verdadeiro François acabara de morrer assassinado por Vorski, a infeliz ficou prostrada e perdeu os sentidos.

Passou muito tempo. Pouco a pouco, algumas sensações despertavam Véronique. Ouviu o relógio bater quatro vezes e disse:

– Há duas horas que François está morto. Pois foi realmente ele quem morreu…

Ela não duvidava que não tivesse sido esse o desfecho do duelo. Vorski nunca teria permitido que François fosse o vencedor e que o seu outro filho sucumbisse. E assim fora contra o seu próprio filho que ela se pusera, e a favor do monstro que rezara.

– François morreu – repetiu ela. – Vorski matou-o.

Nesse momento a porta abriu-se e a voz de Vorski ressoou. Ele entrou, com passo pouco seguro.

– Mil desculpas, cara senhora, mas creio que Vorski adormeceu. A culpa é do seu paizinho, Véronique. Ele tinha escondido na cave um divino vinho de Saumur, que Conrad e Otto descobriram, e fiquei meio tocado! Mas não chore, vamos recuperar o tempo perdido… Aliás, é preciso que à meia-noite tudo esteja acabado. Então…

Ele aproximara-se e exclamou:

– Como é possível que esse patife do Vorski a tenha deixado amarrada? Que bruto, esse Vorski! E como deve estar desconfortável! Meu Deus, como está pálida. Hein! Diga, não está morta, está? Não é brincadeira que se faça!

Pegou na mão de Véronique, que energicamente a retirou.

– Ainda bem. Continua a detestar o seu Vorskizinho! Então, vai tudo bem e ainda tem forças. Irá até ao fim, Véronique.

Ele ficou aguardando uma resposta.

– O que é? Quem é que me chama? É você, Otto? Então sabe. O que há de novo, Otto? Adormeci, sabe? Este vinhozinho divino de Saumur...

Otto, um dos dois cúmplices, entrou correndo. Era o que tinha a barriga estranhamente inchada.

– O que há de novo? – exclamou ele.

– É que vi alguém na ilha.

Vorski pôs-se a rir.

– Está bêbado, Otto... Este vinhozinho divino de Saumur...

– Não estou bêbado... eu vi... e Conrad também viu.

– Oh! Oh! – fez Vorski. – Isso é mais sério, se Conrad estava com você! E o que é que viram?

– Uma silhueta branca, que se escondeu quando nos aproximamos.

– Onde foi isso?

– Entre a vila e as charnecas, em um pequeno bosque de castanheiros.

– Então foi do outro lado da ilha?

– Sim.

– Perfeito. Vamos tomar precauções.

– Como? Talvez sejam vários...

– Mesmo que fossem dez, não faria diferença. Onde está Conrad?

– Perto da ponte que fizemos para substituir a que se queimou. Está lá vigiando.

– Conrad é um espertalhão. O incêndio da ponte nos reteve do outro lado, um novo incêndio criará o mesmo obstáculo. Véronique, tenho a impressão que alguém veio socorrê-la... O esperado milagre.... A desejada intervenção... tarde demais, minha querida.

Ele desatou as amarras que a prendiam às grades da janela, levou-a para cima do divã e aliviou um pouco a mordaça.

– Dorme, minha filha, descanse o mais que puder. Ainda só está a meio caminho do Gólgota, e a parte final da subida será dura.

Afastou-se, troçando, e Véronique ouviu algumas frases trocadas em voz baixa pelos dois homens, que lhe fizeram compreender que Otto e Conrad eram apenas dois comparsas que ignoravam o que se passava.

– Então, quem é esta infeliz que você persegue? – perguntou Otto.

– Isso não lhe diz respeito.

– É que Conrad e eu gostaríamos de estar um pouco mais bem informados.

– Por que, meu Deus?

– Para sabermos.

– Conrad e você, vocês são dois idiotas – respondeu Vorski. – Quando contratei vocês e os ajudei a fugirem comigo, disse tudo o que podia dizer sobre os meus projetos. Aceitaram as minhas condições. Pior para vocês, agora têm de ir comigo até ao fim…

– Senão?

– Senão, sujeitem-se às consequências. Não gosto de covardes…

Mais algumas horas se passaram. Para Véronique parecia que mais nada poderia mudar o desenlace que tanto esperava. Já não desejava a intervenção de que Otto falara. Na verdade, nem sequer pensava nisso. O filho morrera e ela só desejava juntar-se a ele sem demora, mesmo que fosse à custa do mais terrível suplício. O que importava aliás esse suplício? Há limites para as forças daqueles que são torturados, e ela estava tão próxima de atingir esses limites que a sua agonia não seria prolongada.

Começou a chorar. Mais uma vez, a lembrança do passado veio à sua mente, e o erro cometido aparecia-lhe como a causa de todas as infelicidades acumuladas sobre ela.

E assim, rezando, esgotada, estafada, em um estado de extrema agitação que a tornava indiferente a tudo, ela conseguiu dormir.

O regresso de Vorski não a acordou. Ele teve que sacudi-la.

– Está chegando a hora, pequena. Faça as suas orações.

Ele falava baixo para que os seus comparsas não pudessem entender e, porém eles ouviram, contou-lhe coisas de tempos passados, coisas insignificantes que pronunciava com voz melosa. Por fim exclamou:

– Ainda é muito cedo. Otto, vai vasculhar no armário da comida. Estou com fome.

Sentaram-se à mesa, mas logo Vorski tornou a se levantar:

– Não olhe para mim, pequena. Os teus olhos me incomodam. O que quer? Tem-se uma consciência de que não é nada suscetível quando se está só, mas que se agita quando um bonito olhar como o teu penetra até ao fundo de nós. Baixe as pálpebras, minha linda.

E ele pôs sobre os olhos de Véronique um lenço, dando um nó por trás da cabeça. Mas isso não bastava, então, também envolveu-lhe toda a cabeça com uma cortina de tule que desprendeu da janela e que passou em volta do pescoço. Depois voltou a sentar-se para comer e beber.

Pouco falaram os três, e não disseram nada sobre a expedição na ilha, nem sobre o duelo daquela tarde. Aliás, eram detalhes que não interessavam a Véronique e, que, mesmo que interessa-se, não a poderiam comovê-la. Tudo se tornava estranho para ela. As palavras chegavam aos seus ouvidos, mas não tinham nenhum significado preciso. Ela só pensava em morrer.

Ao chegar a noite, Vorski deu o sinal de partida.

– Então, continua decidido? – perguntou Otto, com um tom de voz um tanto hostil.

– Mais do que nunca. Por que esta pergunta?

– Por nada… mas, mesmo assim…

– Mesmo assim?

– Bem, quer dizer, é um trabalho que não nos agrada muito.

– Não é possível! E somente agora é que você percebe isso, bom homem, depois de ter pendurado alegremente as irmãs Archignat!

– Estava bêbado naquele dia. Você nos fez beber.

– Então beba de novo, meu velho. Toma, aqui está a garrafa de conhaque. Encha o teu copo e me deixe em paz… Conrad, arranjou a maca?

Por volta das oito horas e meia, o sinistro cortejo punha-se a caminho. Vorski ia à frente, com uma lanterna na mão. Os cúmplices transportavam a maca.

As nuvens, ameaçadoras durante toda a tarde, tinham-se acumulado e rolavam sobre a ilha, pesadas e negras. As trevas desciam rapidamente. Soprava um vento de tempestade que fazia dançar a chama da lanterna.

– Brrr… – sussurrou Vorski –, isto é lúgubre… Uma verdadeira noite de Gólgota.

Deu um salto e resmungou, ao ver uma pequena massa negra que corria a seu lado.

– O que é isto? Olhem… Parece um cão…

– É o cão do menino – declarou Otto.

– Ah, sim, o famoso Tout-Va-Bien?… Vem mesmo a propósito, o animal. Vai tudo muito bem, com efeito!… Já vai ver, cão imundo.

Tentou dar-lhe um pontapé. Tout-Va-Bien esquivou-se e, fora de alcance, continuou a acompanhar o cortejo, lançando por várias vezes surdos latidos.

A subida era difícil e, a todo o momento, um dos três homens, deixando o caminho invisível que contornava o relvado diante da fachada principal e que levava ao círculo do Dólmen das Fadas, enroscava-se nas silvas e nos ramos de hera.

– Alto! – ordenou Vorski. – Respirem um pouco, meus bravos. Otto, passe-me a garrafa. Tenho o estômago virado ao contrário.

Bebeu longos tragos.

– É a sua vez, Otto… O quê, não quer? O que está havendo?

– Acho que há gente na ilha, e com certeza nos procuram.

– Então que continuem a procurar!

– E se eles vieram de barco e subiram por aquele caminho da falésia que nós encontramos, por onde a mulher e o rapaz queriam fugir esta manhã?

– O que temos de nos preocuparmos é com um ataque por terra e não por mar. Ora, a ponte foi queimada. Não há comunicação.

– A não ser que eles descubram a entrada das celas, nas Charnecas Negras, e que venham pelo túnel até aqui.

– Eles descobriram essa entrada?

– Isso não sei.

– Bem, admitindo que a descubram, nós não a fechamos, há pouco, a saída deste lado? Não demolimos a escada, não pusemos tudo do avesso? Para desobstruir aquilo, vão perder, meio dia. Ora, à meia-noite estará tudo acabado e, quando amanhecer, estaremos longe de Sarek.

– Estará tudo acabado... estará tudo acabado... quer dizer que teremos mais um crime a pesar na consciência. Mas...

– Mas o quê?

– O tesouro?

– Ah! O tesouro, é isso que te interessa, o tesouro, não é, bandido? Bem, fique tranquilo, é como se já tivesse no bolso a parte que lhe cabe.

– Tem certeza?

– Se tenho certeza! Pensa então que é por prazer que estou aqui fazendo este trabalho sujo?

Puseram-se novamente a caminho. Ao fim de um quarto de hora, começaram a cair algumas gotas de chuva. Um trovão ressoou. A trovoada parecia ainda estar longe.

Terminaram a custo a rude subida. Vorski teve que ajudar os seus companheiros.

– Enfim – disse ele –, chegamos. Otto, passe-me a garrafa... Bem... Obrigado...

Tinham colocado a vítima no pé do carvalho, cujos ramos inferiores haviam sido cortados. Um raio de luz iluminou a inscrição onde estava escrito "V.d'H." Vorski agarrou uma corda que ali estava, e pôs uma escada contra o tronco da árvore.

– Vamos fazer como com as irmãs Archignat – disse ele. – Vou passar a corda por cima daquele tronco que deixamos... Servirá para içar o corpo.

Mas de repente ele deu um salto para o lado. Qualquer coisa anormal acabava de acontecer. Murmurou:

– O quê? O que está acontecendo? Ouviram um assobio?

– Sim – disse Conrad –, qualquer coisa que me roçou a orelha. Parecia um projétil.

– Está louco.

– Eu também ouvi – disse Otto –, e parece que aquilo bateu na árvore.

– Qual árvore?

– O carvalho, e na verdade foi como se tivessem disparado sobre nós.

– Não houve detonação.

– Então foi uma pedra, uma pedra que bateu no carvalho.

– É fácil verificar – disse Vorski. Virou a lanterna e logo exclamou: – Meu Deus! Olhem para lá... por baixo da inscrição...

Eles olharam.

No local que ele indicava, estava cravada uma flecha que ainda vibrava.

– Uma flecha! – articulou Conrad. – Será possível? Uma flecha?

Otto balbuciou:

– Estamos perdidos. Foi mesmo em nós que atiraram.

– Quem atirou não está longe – observou Vorski. – Abram os olhos... vamos procurar...

Ele projetou em volta um raio de luz que perscrutou as trevas ao redor.

– Pare – disse subitamente Conrad. – Um pouco mais para a direita... Está vendo?

A quarenta passos deles, para além do carvalho atingido pelo raio e na direção do Calvário Florido, via-se uma coisa branca, uma silhueta que tentava, pelo menos assim parecia, escondendo-se atrás de uns arbustos.

– Nem uma palavra, nem um gesto... – ordenou Vorski –, nada que faça supor que o descobrimos. Conrad, vem comigo. Você, Otto, fique aqui, de revólver na mão e olhos bem abertos. Se tentarem se aproximar e libertar a mulher, dois tiros e nós voltamos correndo. Compreendido?

– Compreendido.

Ele inclinou-se sobre Véronique e destapou um pouco o véu. Os olhos e a boca continuavam cobertos pela venda e pela mordaça. Ela respirava mal e tinha o pulso fraco e lento.

– Temos tempo – murmurou ele –, mas é preciso nos apressarmos se quisermos que ela morra conforme o combinado. De qualquer maneira, parece que ela não vai sofrer... Já não tem consciência de nada...

Vorski pousou a lanterna, depois, lentamente, seguido pelo seu comparsa, ambos escolhendo os locais onde a sombra era mais densa, deslizou em direção à sombra branca.

Mas não tardou para perceber que, por um lado, essa silhueta, que parecia imóvel, se deslocava ao mesmo tempo que ele, de modo que a distância entre eles se mantinha a mesma, e, por outro lado, que ela era acompanhada por uma pequena silhueta negra.

– É aquele cão imundo – resmungou Vorski.

Apressou o passo. A distância não diminuiu. Correu, e a silhueta também correu. E o mais estranho era que não se ouvia ruído algum de folhas revolvidas ou de passos sobre o solo provocado pela corrida dessa misteriosa personagem.

– Irra! – praguejou Vorski. – Ele está zombando de nós. E se a gente atirar, Conrad?

– É muito longe. As balas não o atingiriam.

– Mas, o quê!? Nós não vamos...

O desconhecido conduziu-os para a ponta da ilha, depois desceu até à saída do túnel, passou perto do Priorado, seguiu ao longo da falésia ocidental e atingiu a ponte, da qual algumas tábuas ainda fumegavam. Depois mudou de direção, voltou a passar pelo outro lado da casa e subiu pelo relvado.

Uma vez por outra, o cão ladrava alegremente.

Vorski não se acalmava. Quaisquer que fossem os seus esforços, não ganhava um palmo de terreno e a perseguição já durava há um quarto de hora. Acabou por afrontar o inimigo.

– Pare, se não é um covarde.... O que você quer? Atrair-nos para uma armadilha? Para quê?... Quer salvar a mulher? No estado em que ela está, não vale a pena, Ah, patife, se ponho as mãos em cima de você...

De repente, Conrad agarrou-o pela aba da túnica.

– O que foi, Conrad?

– Olhe. Parece que ele não se mexe.

De fato, pela primeira vez, a silhueta branca distinguia-se, cada vez mais nítida nas trevas, e podia-se ver, entre as folhas de uma moita, a sua posição naquele instante: os braços um pouco abertos, as costas encurvadas, as pernas dobradas como se estivessem cruzadas sobre o chão.

– Deve ter caído – declarou Conrad.

Vorski avançou e gritou:

– Quer que eu atire, canalha? Tenho a arma apontada para você. Levante os braços ou eu atiro.

Nenhum movimento.

– Pior para você. Não dê uma de esperto, você não escapa. Vou contar até três e disparo.

Caminhou até vinte metros da silhueta e, de braço estendido, começou:

– Um... dois... Está pronto, Conrad? Vamos disparar.

Ouviu-se um grito de aflição.

A silhueta parecia ter caído por terra. Os dois homens avançaram.

– Ah, está aí, seu patife. Já vai ver do que Vorski é capaz. Ah, bandido, me fez correr muito. Vamos acertar as contas.

A alguns passos, ele acalmou, receando uma surpresa. O desconhecido não se mexia, e Vorski pôde constatar, mais de perto, que ele tinha a aparência inerte e deformada de um homem morto, de um cadáver. Então só seria preciso pular em cima dele. Foi o que Vorski fez, troçando:

– Boa caçada, Conrad, Vamos apanhar a caça.

Mas ele ficou muito surpreso ao pegar a caça, porque agarrara apenas uma presa, de certo modo impalpável, e que era afinal uma simples túnica, sob a qual já não havia ninguém, tendo o dono dessa túnica fugido a tempo, depois de prendê-la nos espinhos de uma moita. Quanto ao cão, ele tinha desaparecido.

– É demais! – proferiu Vorski. – Ele nos enganou, o bandido! Mas, que diabos, por quê?

Exteriorizando a sua fúria da maneira estúpida que lhe era habitual, pisoteava sob os pés o pedaço de pano, quando um pensamento lhe surgiu.

– Por quê? Mas, era o que eu estava dizendo… uma armadilha… um truque para nos afastar daquela mulher, enquanto os amigos dele atacam Otto. Ah! Sou mesmo idiota!

Voltou para lá no meio da escuridão e, assim que avistou claramente o dólmen, chamou:

– Otto! Otto!

– Alto! Quem está ai? – disse Otto com uma voz assustada.

– Sou eu… não atire!

– Quem está aí? Você?

– Sim, sou eu, seu imbecil.

– E os dois tiros?

– Nada… um engano… depois contamos…

Ele chegara junto do carvalho e, imediatamente, pegando na lanterna, projetou a luz sobre a sua vítima. Ela não se mexera, permanecia estendida contra a base da árvore, com a cabeça envolvida pelo véu.

– Ah! – exclamou ele. – Já posso respirar à vontade. Estava mesmo cheio de medo.

– Medo de quê?

– De que a levassem, ora essa!

– Mas, e eu, eu não estava aqui?

– Você! Você! Não é mais valente que qualquer outro… e se tivessem atacado…

– Eu atirava… você ouviria o sinal.

– Sabe-se lá! Bem, não houve nada?

– Absolutamente nada.

– A dama não ficou muito agitada?

– A princípio, sim. Queixava-se, gemendo por baixo do capuz, tanto que eu já estava perdendo a paciência.

– E depois?

– Oh! Depois… aquilo não durou muito tempo… com um bom murro coloquei-a para dormir.

– Ah! Bruto! – exclamou Vorski. – Se a tiver matado, também será um homem morto.

Baixou-se e colou o ouvido no peito da infeliz.

– Não – disse ele, passado um instante. – O coração ainda bate… Mas talvez ela não dure muito tempo. Mãos à obra, camaradas. Dentro de dez minutos, tudo tem que estar acabado.

"ELI, ELI, LAMMA SABATHANI!"

Os preparativos não demoraram, e neles o próprio Vorski se empenhou ativamente. Apoiou a escada ao tronco da árvore, passou uma das extremidades da corda em volta da vítima, a outra por cima de um dos ramos superiores e, apoiado no último degrau, ordenou aos cúmplices:

– Ouçam, agora só têm que puxar. Ponham-na de pé, primeiro, e um de vocês segura o corpo dela.

Esperou um momento. Mas, ao ver que Otto e Conrad falavam em voz baixa, exclamou:

– Então, não vão se mexer?... Aqui em cima sou um alvo muito fácil para quem quiser atirar uma bala ou uma flecha. Vamos logo?

Os dois comparsas não responderam.

– Isso está difícil! O que está havendo agora? Otto... Conrad...

Saltou para o chão e disse-lhes com rudeza:

– Vocês têm cada uma! Desse jeito, vamos ficar aqui até amanhã de manhã... e estará tudo perdido. Então não responde, Otto?

Virou a luz para a cara dele.

– Vamos ver, agora está se negando a ajudar? Já devia ter dito! E você, Conrad? Fazendo greve, então?

Otto abanou a cabeça.

– Greve… não chegamos a esse ponto. Mas Conrad e eu gostaríamos que nos desse algumas explicações.

– Explicações? Sobre o quê, estúpido? Sobre a dama que vamos executar? Sobre algum dos dois rapazes? Não vale a pena insistir, camaradas. Quando propus o trabalho a vocês, eu não disse: "Façam o que eu mandar, sem discutir?". Vai ser um trabalho difícil, vai correr muito sangue. Mas, no fim, um grande tesouro está à nossa espera.

– Aí é que está o problema – disse Otto.

– Explique-se, idiota.

– Você é que tem que se explicar, e de se lembrar dos termos do nosso contrato. Quais são?

– Conhece-os melhor do que eu.

– Precisamente, peço que os repita para se lembrar.

– Tenho boa memória. O tesouro é meu, mas vou repartir duzentos mil francos desse tesouro com vocês.

– É, mas também não é isso. Já vamos chegar lá. Mas primeiro falemos desse famoso tesouro. Há semanas que andamos aqui, nos esforçando, vivendo em um mar de sangue, e em um pesadelo de toda a espécie de crimes… e nada de tesouro!

Vorski encolheu os ombros.

– Está ficando cada vez mais estúpido, meu pobre Otto. Sabe que havia primeiro um certo número de coisas que tinham de ser feitas. Já estão todas feitas, menos uma. Dentro de alguns minutos também essa estará cumprida, e o tesouro será nosso.

– Que garantia temos disso?

– Acha então que eu teria feito tudo o que fiz, se não tivesse a certeza do resultado… tal como tenho a certeza de estar vivo? Todos os acontecimentos se desenrolaram segundo uma ordem exata e previamente determinada. O último acontecerá na hora prevista e me abrirá a porta.

– A porta do inferno – zombou Otto –, como ouvi Maguennoc dizer.

– Seja qual for o nome que lhe deram, ela abre para o tesouro que eu vou conquistar.

– Está bem – disse Otto, impressionado com a convicção de Vorski. – Está bem. Acredito que tenha razão. Mas quem garante que teremos a nossa parte?

– Terão a sua parte, pela simples razão de que a posse do tesouro me dará riquezas tão fantásticas, que não será por uma ninharia de duzentos mil francos que irei arranjar problemas com vocês.

– Então, dá a sua palavra?

– Evidentemente.

– Garante que todas as cláusulas do contrato serão respeitadas?

– Lógico. Onde você quer chegar?

– Ao seguinte: é que começou nos enganando da maneira mais vil, e desrespeitou uma das cláusulas do contrato.

– Hein? Que história é essa? Não sabe com quem está falando?

– Com você, Vorski.

Vorski agarrou o seu cúmplice pelos colarinhos.

– O que é isto? Atreve-se a insultar-me? A mim, a mim!

– Por que não? Você não me roubou?

Vorski conteve-se e, com a voz colérica, disse:

– Fale, mas preste bem atenção, meu filho, porque o teu jogo é perigoso. Fale.

– Aqui vai – declarou Otto. – Além do tesouro, além dos duzentos mil francos… Tínhamos combinado, e você até jurou de mão erguida, tínhamos combinado que qualquer quantia em dinheiro que algum de nós encontrasse seria dividida ao meio: metade para você, metade para Conrad e para mim. Não é verdade?

– É.

– Então me dê – disse Otto, estendendo a mão.

– Dar o quê? Não encontrei nada.

– Mentira. Enquanto despachávamos as irmãs Archignat, você encontrou no vestido de uma delas o pé-de-meia que não tínhamos conseguido encontrar, na casa delas.

– Essa é boa! – disse Vorski, em um tom em que se percebia um certo embaraço.

– É a pura verdade.

– Prove.

– Tire fora o embrulhinho amarrado com cordão que você prendeu aí dentro da camisa.

E Otto tocou com o dedo no peito de Vorski, acrescentando:

– Então? Tire daí o embrulhinho e mostre as cinquenta notas de mil.

Vorski não respondeu. Estava estupefato, como alguém que não entende nada do que está acontecendo, e que procura em vão adivinhar como pôde o adversário munir-se de armas contra si.

– Confessa? – perguntou-lhe Otto.

– Por que não? – replicou ele. – Tinha intenção de acertar contas mais tarde, de uma vez só.

– Prefiro acertar já.

– E se eu recusar?

– Não recusa.

– Se eu recusar...?

– Nesse caso, tome cuidado.

– Não tenho medo, vocês são apenas dois.

– Somos pelo menos três.

– Onde está o terceiro?

– O terceiro é um senhor que não aparenta ser qualquer um, pelo que Conrad acaba de me dizer... aquele que o enganou agora há pouco, o homem da flecha e da túnica branca.

– E você seria capaz de chamá-lo?

– É claro!

Vorski sentiu que estava em desvantagem. Os dois comparsas rodeavam-no e seguravam-no fortemente. Tinha que ceder.

– Toma, ladrão! Toma, bandido! – exclamou, tirando o embrulho e desdobrando as notas.

– Não vale a pena contar – disse Otto, arrancando-lhe de repente o maço de notas.

– Mas...

– É assim. Metade para Conrad, metade para mim.

– Ah, bruto! Ladrão! Vai pagar por isto. Não estou nem aí com o dinheiro. Mas me roubar assim! Ah! Não queria estar na tua pele.

Continuou a insultá-lo e depois, de repente, começou a rir, um riso maligno e forçado.

– Afinal de contas, foi uma boa jogada, Otto! Mas como é que você soube? Tem que me contar, hein? Não podemos é perder nem mais um minuto. Agora já estamos de acordo em tudo, não é? Vamos terminar logo com isto?

– Sem protestar, já que aceitou assim tão bem – disse Otto. E, em tom agradável, o cúmplice acrescentou: – Ainda assim você tem classe, Vorski... É um lorde!

– E você é um criado a quem eu pago. Já foi pago, então mexa-se. O trabalho é urgente.

O trabalho, como dizia a terrível personagem, foi rapidamente executado. De novo no alto da escada, Vorski repetiu as ordens a que Conrad e Otto docilmente se submeteram.

Puseram a vítima de pé e depois, ao mesmo tempo que a mantinham em equilíbrio, puxaram-na pela corda. Vorski apanhou a infeliz e, como os joelhos dela tinham se dobrado, esticou-lhe brutalmente as pernas. Assim estendida contra o tronco da árvore, com o vestido apertado à volta das pernas, ambos os braços caídos e ligeiramente afastados do tronco, amarraram-na pela cintura e por debaixo dos braços.

Ela não parecia ter recuperado os sentidos, pois nem sequer gemeu. Vorski quis dizer-lhe algumas palavras, que apenas balbuciou, incapaz de as pronunciar. Depois tentou levantar-lhe a cabeça, mas desistiu sem coragem para tocar naquela que ia morrer, e a cabeça voltou a cair sobre o peito.

Logo a seguir ele desceu e balbuciou:

– A aguardente, Otto... cadê a garrafa? Ah, que coisa repugnante!

– Ainda estamos em tempo – objetou Conrad.

– Estamos em tempo... de quê? De libertá-la? Escute, Conrad. Eu preferia... sim, eu preferia estar no lugar dela a libertá-la. Abandonar a minha obra? Ah, é que você não sabe que obra é essa, e qual é o meu objetivo! Se não fosse isso...

Bebeu de novo.

– Excelente aguardente, mas, para me sentir como novo, eu preferia rum. Tem rum, Conrad?

– O resto de um frasquinho.

– Me dá aqui.

Cobriram a lanterna, com medo de serem vistos, e sentaram-se encostados à árvore, decididos a permanecer em silêncio. Mas o calor do álcool subia-lhes à cabeça. Vorski, muito excitado, pôs-se a discursar:

– Vocês não precisam de explicação nenhuma. Não vale a pena saberem o nome daquela que está ali para morrer. Basta saber que é a quarta das mulheres que deviam morrer crucificadas, e que o destino a tinha designado especialmente. Mas há uma coisa que posso dizer, agora que o triunfo de Vorski vai resplandecer diante dos seus olhos. Tenho até orgulho em anunciar, pois se todos os acontecimentos dependeram até aqui de mim e da minha vontade, este que vai acontecer, depende das mais poderosas vontades, das vontades que trabalham Vorski!

Como se este nome lhe acariciasse os lábios, disse ainda várias vezes:

– Para Vorski!... Para Vorski!...

E levantou-se, obrigado pela exuberância dos seus pensamentos a andar e a gesticular.

– Vorski, filho de rei, Vorski, eleito do destino, prepara-te. Chegou a tua hora. És apenas o maior aventureiro e o mais criminoso de todos os criminosos que o sangue dos outros manchou, ou então és realmente o profeta iluminado que os deuses coroam de glória. Super-homem ou bandido. Eis a decisão do destino. As batidas do coração da vítima sagrada que é imolada aos deuses marcam os segundos supremos. Ouçam-nas, vocês dois que aí estão.

Subiu as escadas e tentou ouvir as pobres batidas de um coração exausto. Mas a cabeça, inclinada para a esquerda, impedia-o de encostar o ouvido ao peito e ele não ousava tocar-lhe. Apenas uma respiração desigual e rouca quebrava o silêncio.

Ele disse em voz baixa:

– Véronique… está me ouvindo?… Véronique… Véronique…

Depois de um momento de hesitação, continuou:

– É preciso que saiba… sim, isto que estou fazendo, até a mim mesmo me horroriza. Mas é o destino. Você se lembra da predição? *"A tua mulher morrerá crucificada."* E até o teu próprio nome, Véronique, é isso que ele evoca!… Lembre-se que a santa Verônica enxugou o rosto de Cristo com um pano, e que sobre esse pano ficou gravada a imagem sagrada do Salvador… Véronique, está me ouvindo, Véronique?…

Voltou a descer apressadamente, arrancou o frasco de rum das mãos de Conrad e esvaziou-o de um trago.

Então, entrou em uma espécie de delírio que o fez divagar durante alguns instantes em uma língua que os seus comparsas não perceberam. Depois pôs-se a provocar o inimigo invisível, a provocar os deuses, a lançar imprecações e blasfêmias.

– Vorski é o mais forte. Vorski domina o destino. Os elementos e as potências misteriosas têm de lhe obedecer. Tudo se passará como ele decidiu e o grande segredo ser-lhe-á anunciado sob formas místicas e segundo os preceitos da cabala. Vorski é esperado como o profeta. Vorski será acolhido com gritos de alegria e êxtase, e alguém que não sei quem é e que apenas vislumbro, virá perante ele com palmas e bênçãos. Que esse se prepare! Que surja das trevas e suba ao inferno! Eis Vorski! Que ao som dos sinos e do canto das aleluias, o sinal fatídico surja à face do céu, enquanto a terra se entreabre e projeta turbilhões de chamas.

Ficou em silêncio como se perscrutasse no espaço os sinais que predizia. De cima provinha a agonia desesperada da moribunda. A trovoada ressoava ao longe, e as nuvens negras eram dilaceradas pelos relâmpagos. Dir-se-ia que toda a natureza respondia ao apelo do bandido.

Os eloquentes discursos e a mímica do impostor impressionavam vivamente os comparsas.

Otto murmurou:

– Ele me faz medo.

– É do vinho – pronunciou Conrad. – Mas, mesmo assim, ele está proclamando coisas terríveis.

– Coisas que andam à nossa volta – declamou Vorski, cujo ouvido registrava os mínimos ruídos –, coisas que fazem parte da hora presente e que foram legadas pela sucessão dos séculos. É como um parto prodigioso. E digo aos dois, que vocês vão ser as perturbadas testemunhas disso tudo. Otto e Conrad, preparem-se: a terra vai tremer, e, exatamente no local onde Vorski irá conquistar a pedra-deus, uma coluna de fogo se elevará para o céu.

– Ele já não sabe o que diz – resmungou Conrad.

– E lá está outra vez em cima da escada – sussurrou Otto. – Pior para ele, se levar uma flecha!

Mas a exaltação de Vorski excedia a todos os limites. O fim se aproximava. Esgotada pelo sofrimento, a vítima agonizava.

Em voz muito baixa, para ser ouvido só por ela, depois com voz cada vez mais alta, Vorski recomeçou:

– Véronique… Véronique… está terminando a tua missão… está chegando ao fim da subida… Glória a você! Cabe a você uma parte no meu triunfo… Glória a você! Escuta! Já está ouvindo, não está? O ribombar do trovão se aproxima. Os meus inimigos foram vencidos, já não pode mais ser socorrida! Eis a última batida do teu coração… Eis o teu último queixume… *Eli, Eli, lamma sabathani!*… Meu Deus, meu Deus, por que me abandonaste?

Ele ria como um louco, como se risse da mais divertida aventura. Depois fez-se um silêncio. O ribombar dos trovões parou. Vorski inclinou-se e, de repente, vociferou, do alto da escada:

– *Eli, Eli, lamma sabathani!* Os deuses a abandonaram… A morte fez o seu trabalho. A última das quatro mulheres morreu!

Calou-se novamente e depois gritou duas vezes:

– Véronique morreu! Véronique morreu!

De novo se fez um silêncio.

E de um momento para o outro o solo tremeu: não um abalo produzido por um trovão, mas uma convulsão interna, profunda, vinda das próprias entranhas da terra, e que repercutiu sucessivamente como um estrondo, cujo eco se propaga através dos bosques e das colinas.

E, quase ao mesmo tempo, perto deles, na outra extremidade do semicírculo de carvalhos, um jato de fogo jorrou e subiu para o céu, um turbilhão de fumo com chamas vermelhas, amarelas e violetas.

Vorski não pronunciou palavra. Os seus companheiros estavam confusos. Por fim, um deles balbuciou:

– É o velho carvalho apodrecido, aquele que já foi queimado pelo raio.

De fato, embora o incêndio tivesse se extinguido, quase imediatamente, eles conservavam a visão fantástica do velho carvalho completamente em brasa, transparente e a vomitar chamas e vapores multicolores.

– É aqui a entrada que conduz até à pedra-deus – disse Vorski. – O destino manifestou-se como eu anunciei, e manifestou-se forçado por mim, que fui seu servo e que sou agora seu senhor.

Avançou com a lanterna na mão. Ficaram surpreendidos por ver que a árvore não mostrava vestígio algum do incêndio e que a massa de folhas secas, mantidas dentro de uma reentrância formada pelo afastamento de alguns ramos inferiores, não tinha ardido.

– Mais um milagre – disse Vorski. – É tudo um milagre incompreensível.

– Que vamos fazer? – perguntou Conrad.

– Penetrar na entrada que nos foi indicada. Traga a escada, Conrad e enfie a mão nesse monte de folhas. A árvore é oca e já vamos ver...

– Mesmo que a árvore seja oca – disse Otto –, sempre há as raízes... e não posso acreditar em uma passagem através das raízes.

– Volto a dizer que já vamos ver. Remexa as folhas, Conrad... Tire-as...

– Não – replicou decididamente Conrad.

– Mas por que não?

– Lembra-se de Maguennoc? Lembra-se de que ele quis tocar na pedra-deus e que teve de cortar a mão?

– Mas a pedra-deus não está aqui! – zombou Vorski.

– Como é que sabe? Maguennoc estava sempre falando da porta do inferno. Não era isso aqui que ele chamava assim?

Vorski encolheu os ombros.

– E você, também tem medo, Otto?

Otto não respondeu, e Vorski também não tinha pressa em arriscar-se à experiência, pois acabou por dizer:

– Na verdade, não há pressa. Esperemos pelo amanhecer. Deitaremos a árvore abaixo com um machado, o que nos mostrará, melhor do que qualquer outra coisa, aquilo que nos espera e como temos que proceder.

Assim ficou combinado. Mas, como o sinal fora visto por outros, além deles, e porque era necessário evitar que alguém se antecipasse, resolveram permanecer ali mesmo, em frente da árvore, sob o abrigo que lhes oferecia a enorme laje superior do Dólmen das Fadas.

– Otto – ordenou Vorski –, vá buscar no Priorado qualquer coisa para beber, e traga também um machado, cordas, tudo o que for necessário.

A chuva começava a cair com extrema violência. Instalaram-se logo sob o dólmen e, por turnos, cada um ficou de guarda, enquanto os outros dormiam.

Não surgiu nenhum incidente durante a noite. A tempestade foi muito violenta. Depois, pouco a pouco, tudo acalmou. Ao amanhecer, investiram contra o carvalho, que, puxado por cordas, depressa se abateu.

Perceberam então que no interior da própria árvore, entre detritos e podridões, fora feito uma espécie de canal, que se prolongava no meio do bloco de areia e pedras amalgamado à volta das raízes.

Com a ajuda de um enxadão, escavaram o terreno. Logo apareceram degraus, houve um desabamento, e viram uma escada vertical ao longo da parede de uma muralha que descia para o interior das trevas. Projetaram a luz da lanterna. Por baixo deles, abria-se uma gruta.

Vorski foi o primeiro a arriscar-se a entrar. Os outros seguiram-no prudentemente.

A escada, que primeiro era feita de degraus de terra sustentados por pedregulhos, era em seguida escavada na própria rocha. A gruta onde chegaram nada tinha de especial e mais parecia um vestíbulo de acesso. Comunicava, de fato, com uma espécie de cripta, de teto arredondado, cujas paredes eram feitas de uma grosseira alvenaria de pedras soltas.

Em toda a volta erguiam-se, como estátuas disformes, doze pequenos menires, cada um deles com o esqueleto de uma cabeça de cavalo. Vorski tocou em uma delas: desfez-se em pó.

– Em vinte séculos, ninguém nunca havia entrado nesta cripta – disse ele. – Somos os primeiros homens que pisam este chão, os primeiros que olham os vestígios do passado que ela contém.

Com uma ênfase cada vez maior, acrescentou;

– Aqui era a câmara mortuária de um grande chefe. Costumavam enterrar junto dele os seus cavalos favoritos e também as suas armas... olhem, aqui estão os machados, uma faca de sílex... e também podemos ver vestígios de certas práticas funerárias, como o provam este monte de carvão de madeira e, deste lado, estas ossadas calcinadas...

A emoção alterava-lhe a voz. Murmurou:

– Sou o primeiro que aqui entra... Eu era esperado. Um mundo adormecido que desperta com a minha chegada.

Conrad interrompeu-o.

– Há outra saída, outra passagem, e vê-se daqui uma claridade ao longe.

Um corredor estreito conduziu-os, com efeito, a outra câmara e depois chegaram a uma terceira sala.

As três criptas eram semelhantes. As mesmas alvenarias, as mesmas pedras erguidas, os mesmos esqueletos de cavalo.

– Três túmulos de grandes chefes – disse Vorski. – É evidente que precedem o túmulo de um rei e que eles eram os guardas desse rei, depois de em vida terem sido os seus companheiros. Sem dúvida é a próxima cripta...

Ele não ousou entrar lá, não por medo, mas por excesso de perturbação e por um sentimento de vaidade exasperada, cuja sensação saboreava.

– Vou finalmente saber – declamava ele. – Vorski chega ao fim e só tem de estender a mão para ser pago como um rei pelos seus trabalhos e batalhas. A pedra-deus está ali. Durante séculos e séculos quiseram violar o segredo da ilha e ninguém o conseguiu. Vorski chegou e a pedra-deus pertence-lhe. Que ela se mostre então a mim e me dê o poder que me foi prometido. Entre ela e Vorski, nada… nada, a não ser a minha vontade. E eu quero. O profeta surgiu do fundo das trevas. Ei-lo. Se houver, neste reino dos mortos, um fantasma encarregado de me conduzir até à pedra divina e de me colocar sobre a cabeça a coroa de ouro, que esse fantasma se erga. Vorski está aqui.

Entrou.

Esta quarta sala era muito maior e tinha uma abóbada um pouco mais baixa. No meio, havia uma abertura circular, não mais larga que um orifício deixado por um tubo muito fino, e por onde entrava uma coluna de luz meio velada que formava um círculo muito nítido sobre o chão.

No centro deste círculo e sobre algumas pedras dispostas umas contra as outras, como se estivesse em exposição, estava um bastão de metal.

De resto, a cripta não diferia das primeiras, como elas ornada de menires e de cabeças de cavalo, mostrando também vestígios de sacrifícios.

Vorski não tirava os olhos do bastão de metal. Coisa estranha, esse metal brilhava como se nenhuma poeira o tivesse coberto. Vorski estendeu a mão.

– Não, não – disse energicamente Conrad.

– Por quê?

– Deve ter sido isso que Maguennoc tocou, e que lhe queimou a mão.

– Está louco.

– Olhe que…

– Eh! Não tenho medo de nada – declarou Vorski, pegando no objeto.

Era um cetro de chumbo trabalhado muito grosseiramente, que revelava contudo um certo esforço artístico. Sobre o cabo enrolava-se uma serpente, ora incrustada no chumbo, ora em relevo. A cabeça enorme e desproporcional dessa serpente formava a extremidade do cabo e estava eriçada de pregos de prata e de pequenas pedras verdes transparentes como esmeraldas.

– Será a pedra-deus? – murmurou Vorski.

Manuseava o objeto e examinava-o por todos os lados com um receio respeitoso, e não tardou a perceber que a extremidade do cabo girava imperceptivelmente. Moveu-a, rodou para a direita, depois para a esquerda, e, finalmente, ela desprendeu-se; a cabeça da serpente foi desatarraxada.

No interior havia uma cavidade. Nessa cavidade, uma pedra... uma pedra pequena, de cor avermelhada, com veios amarelos que pareciam veios de ouro.

– É ela! Oh! É ela! – disse Vorski, emocionado.

– Não toque! – repetiu Conrad, cheio de temor.

– O que queimou Maguennoc não queimará Vorski – respondeu ele, gravemente.

E, desafiador, transbordando de orgulho e de alegria, conservava a pedra misteriosa dentro da mão fechada, que apertava com todas as suas forças.

– Pois que me queime, eu não me importo! Que entre na minha carne, ficarei feliz com isso.

Conrad fez-lhe um sinal e pôs um dedo sobre a boca.

– O que foi? – perguntou ele. – Ouviu alguma coisa?

– Sim – disse o outro.

– Eu também – afirmou Otto.

De fato, ouvia-se um som ritmado, em uma cadência regular, mas com altos e baixos, e uma espécie de música irregular.

– Mas, é mesmo aqui perto!... – resmungou Vorski. – Até parece que é nesta sala.

Era na sala, em instantes tiveram a certeza disso, como também já não podiam duvidar de que aquele ruído se parecia mesmo com o ressonar de alguém.

Conrad, que adiantara esta hipótese, foi o primeiro a rir dela. Mas Vorski disse-lhe:

– Na verdade, acho que você tem razão… é mesmo alguém a ressonar… Então há alguém aqui?

– O barulho vem deste lado – disse Otto –, deste canto escuro.

A claridade não passava para além dos menires. Por trás deles abriam-se outros tantos nichos obscuros. Vorski projetou em um deles a luz da lanterna e imediatamente deixou escapar um grito de estupefação.

– Alguém… sim… há alguém aqui… olhem…

Os dois cúmplices avançaram. Sobre um monte de pedras empilhadas em um canto dormia um homem, um velho com barba branca e longos cabelos brancos. A pele do rosto e das mãos era sulcada por mil rugas. Um círculo azulado rodeava-lhe as pálpebras fechadas. Pelo menos um século passara por ele.

Uma túnica de linho remendada e rota cobria-o da cabeça aos pés. À volta do pescoço e descendo sobre o peito tinha um rosário dessas bolas sagradas a que os Gauleses chamavam ovos de serpente, e que são ouriços-do-mar. Ao alcance da mão, um machado com sinais indecifráveis. Por terra, alinhadas, pedras de sílex cortantes, grandes anéis, dois pingentes de jaspe verde, dois colares de esmalte azul.

O velho continuava a ressonar. Vorski murmurou:

– O milagre continua… É um sacerdote… um sacerdote como os de outrora… do tempo dos Druidas.

– E então? – perguntou Otto.

– Então, ele está à minha espera!

Conrad exprimiu uma opinião brutal.

– Eu acho que devíamos rachar-lhe a cabeça com o machado.

Mas Vorski exaltou-se.

– Se tocar nele, nem que seja num fio de cabelo, você é um homem morto.

– Mas…

– Mas, o quê?

– Talvez seja um inimigo… talvez seja aquele que perseguimos ontem à noite… Lembra-se… a túnica branca.

– Seu idiota! Com a idade que tem, acha que foi ele que nos fez correr daquela maneira?

Inclinou-se e pegou suavemente no braço do velho, dizendo:

– Acorde... sou eu...

Nenhuma resposta. O homem não acordava. Vorski insistiu.

O homem remexeu-se sobre o leito de pedras, disse algumas palavras e voltou a adormecer.

Vorski, já um pouco impaciente, sacudiu-o novamente, mas com mais força e elevando a voz:

– Então, vamos, não podemos ficar aqui muito mais tempo. Vamos!

Sacudiu o velho com mais força. Este teve um gesto de irritação, repeliu o importuno, mergulhou por alguns instantes no sono, depois, por fim, saturado, voltou-se para o outro lado e resmungou, furioso:

– Ah! Bolas!

O VELHO DRUIDA

Os três cúmplices compreenderam imediatamente o sentido desta exclamação pronunciada em sua própria língua. Ficaram estupefatos. Vorski interrogou Conrad e Otto.

– Hein? O que é que ele disse?

– Sim, sim, foi isso mesmo… – respondeu Otto.

Por fim, Vorski fez uma nova tentativa sobre o ombro do desconhecido, que se voltou no seu leito, espreguiçou-se, bocejou, pareceu voltar a adormecer e, de repente, vencido, soerguendo-se, proferiu:

– Mas, o que foi! Já não se pode então dormir à vontade nesta espelunca?

Um feixe de luz cegou-o e ele resmungou, assustado:

– O que é? O que querem de mim?

Vorski pousou a lanterna sobre uma saliência da parede e o seu rosto apareceu então sob a claridade. O velho, que continuava a dar mostras de mau humor através de queixumes incoerentes, olhou para o seu interlocutor, acalmou-se pouco a pouco, ficou até com uma expressão amistosa, quase sorriu, e, estendendo a mão, exclamou:

– Ora esta! Mas então é você, Vorski? Como vai, meu velho?

Vorski ficou perplexo. Que se fosse conhecido do velho e que ele o chamasse pelo nome, isso não o espantava muito, pois tinha a convicção, de algum modo mística, de que ele próprio era esperado como um profeta. Mas, para um profeta iluminado e coberto de glória que se apresenta diante de um desconhecido dignificado pela dupla majestade da idade e da função sacerdotal, era penoso ser acolhido sob a designação de "meu velho".

Hesitante, inquieto, não sabendo com quem estava lidando, perguntou:

– Quem é você? Por que está aqui? Como é que veio?

E como o outro o olhava com ar surpreendido, repetiu com mais força:

– Diga, quem é você?

– Quem sou eu? – disse o velho com uma voz rouca e trêmula. – Quem sou eu? Por Teutates, deus dos Gauleses, é você que me faz essa pergunta? Então não me conhece? Ora, você lembra… O bom Ségenax… hein? Lembra?… O pai de Velléda?… O bom Ségenax, magistrado venerado entre os Rhédons, de quem Chateaubriand fala no tomo primeiro dos seus *Mártires*? Ah! Já vejo que começa a se lembrar.

– Mas que história é essa? – exclamou Vorski.

– Não é história nenhuma! Eu vou explicar por que é que estou aqui, e que tristes acontecimentos me trouxeram até aqui no passado. Decepcionado com a conduta escandalosa de Velléda, que se "portou mal" com o sinistro Eudore, eu entrei para a ordem, o que quer dizer que passei brilhantemente no meu exame de Druida. Depois de algumas burrices… oh! nada de grave… três ou quatro escapadas até à capital, ao Mabille e mais tarde ao Moulin Rouge… depois disso, aceitei o lugarzinho que ocupo aqui, uma coisa muito sossegada, como veem… guarda da pedra-deus… é um descanso, pois então!

A estupefação e a inquietude de Vorski aumentavam a cada palavra. Consultou os companheiros.

– Vamos rachar a cabeça dele – repetia Conrad. – Acho que é o melhor, e não vou mudar de ideia.

– E você, Otto?

– Eu acho que é para desconfiar.

– É claro que é para desconfiar.

Mas o velho Druida ouviu. Apoiando-se em um bastão, levantou-se e gritou:

– Mas o que é isso? Desconfiar de mim? Essa é boa! Chamarem-me de charlatão! Então não viram o meu machado, e no cabo do machado o desenho da cruz gamada? Hein? A cruz gamada, o símbolo solar cabalístico por excelência. E isto? Que é isto? *(Mostrava o seu rosário de ouriços-do-mar.)* Hein? O que é isto? Titica de coelho? Isto é que é descaramento! Chamar de titica de coelho aos ovos de serpente, *"ovos de serpente que elas formam com a baba e a espuma dos seus corpos misturados e que lançam para o ar no meio de silvos"*. Foi o próprio Plínio que o disse! Não vão também chamar Plínio de charlatão, espero? Olhem só! Desconfiar de mim, quando eu tenho todos os diplomas de velho Druida, todas as patentes, todas as licenças, todos os certificados assinados por Plínio e por Chateaubriand. Que descaramento! Não, é verdade, podem encontrar velhos Druidas da minha espécie, autênticos, da época, com o seu aspeto antigo e barba secular! Eu, um charlatão! Eu, que respeito todas as tradições e que conheço como ninguém os costumes do passado! Querem ver a dança do velho Druida, tal como a dancei diante de Júlio César? Querem?

E sem esperar pela resposta, largando o bastão, o velho pôs-se a dar saltos fantasiosos e a dançar gingas desenfreadas com uma extraordinária agilidade. E era um espetáculo divertidíssimo vê-lo saltar e rodopiar, com as costas curvadas, os braços pendentes, as pernas levantando-se para a direita e para a esquerda, saindo de baixo da túnica, a barba seguindo as evoluções do corpo que se saracoteava, enquanto a voz trémula anunciava sucessivamente os diversos movimentos:

– O passo do velho Druida ou as delícias de Júlio César. Olé... A dança do visco sagrado, vulgarmente chamada dança de Saint-Guy!... A valsa dos ovos de serpente, com música de Plínio... Olé! Olé! Acabaram-se as tristezas!... A Vorski, o tango dos trinta caixões!... O hino do profeta vermelho! Aleluia! Aleluia! Glória ao profeta!

Por alguns momentos ele ainda continuou com os seus saltos endiabrados, depois, bruscamente, parou diante de Vorski e, em um tom grave, disse:

– Basta de palavreado! Falemos seriamente. Fui encarregado de entregar a você a pedra-deus. Agora que ficou convencido, está pronto para receber a mercadoria?

Os três cúmplices estavam absolutamente pasmos. Vorski não sabia o que fazer, incapaz de compreender quem era aquela maldita personagem.

– Ah! Deixe-me em paz! – exclamou ele, encolerizado. – O que você quer? Qual é a sua ideia?

– O quê? A minha ideia? Mas acabei de dizer: entregar a você a pedra-deus.

– Mas com que direito? A que título?

O velho Druida abanou a cabeça.

– Sim, agora percebo… não esperava que as coisas se passassem assim. É isso, não é? Chegou aqui todo entusiasmado, feliz e orgulhoso da obra realizada. Pense um pouco… fornecimento para trinta caixões, quatro mulheres crucificadas, naufrágios, as mãos ensanguentadas por muitos crimes. Isso tudo não é nenhuma bagatela, e estava à espera de uma recepção imponente, com cerimônia oficial, pompas solenes, coros antigos, processões de Druidas e brados, custódias, sacrifícios humanos, enfim, uma grande festa gaulesa!… E, em vez disso, o pobre diabo de um Druida dormindo em um canto e que, sem rodeios, oferece a você a mercadoria. Que desilusão, meus senhores! O que quer, Vorski? Eu fiz o que podia. Cada um utiliza os meios que tem. Não nado em ouro, e até peguei adiantado, sem falar na lavagem de algumas túnicas brancas, treze francos e quarenta centavos para fogos de artifício, jatos de chamas e tremor de terra noturno.

Vorski ficou fora de si, compreendendo subitamente:

– O que está dizendo? Como! Foi…

– Claro que fui eu! Quem queria que fosse? Santo Agostinho? Será que você acreditou em uma intervenção divina e que ontem à noite, na ilha, os deuses se lembrariam de enviar um arcanjo vestido com uma túnica branca para conduzi-lo ao carvalho oco?… Realmente, você exagera.

Vorski cerrou as mãos. Então o homem vestido de branco que ele perseguira na véspera era aquele impostor!

– Ah! Não gosto que se divirtam à minha custa! – resmungou.

– Que se divirtam à tua custa! – exclamou o velho. – Você tem cada uma, meu filho. E então quem é que me perseguiu como a um animal selvagem, que eu até deitava os bofes pela boca? E então quem é que me disparou duas balas na minha túnica número um? Olha que cliente! Você me fez mesmo correr depressa!

– Basta, basta – proferiu Vorski, exasperado. – Basta! Pela última vez, o que é que quer de mim?

– Estou farto de dizer. Fui encarregado de lhe entregar a pedra-deus.

– Encarregado por quem?

– Ah, isso eu não sei, caramba! Sempre tive esta ideia que um dia apareceria em Sarek um tal Vorski, um príncipe germânico, que abateria as suas trinta vítimas e a quem eu deveria fazer um determinado sinal quando a trigésima vítima desse o último suspiro. Então, como sou um escravo do dever, preparei a minha trouxa, comprei em Brest alguns fogos de artifício e alguns explosivos e, à hora marcada, pus-me no meu observatório com um rastilho na mão. Quando você gritou do alto da árvore: "Ela morreu! Ela morreu!", pensei que era a hora, acendi os fogos de artifício, e com os explosivos fiz estremecer as entranhas da terra. Foi isso que aconteceu.

Vorski avançou de punhos erguidos. Aquele fluxo de palavras, aquela fleuma imperturbável, aquela eloquência, aquela voz zombeteira e tranquila, tudo aquilo o punha fora de si.

– Mais uma palavra e acabo com você – gritou. – Já estou farto!

– Você se chama Vorski?

– Sim, e daí?

– É um príncipe germânico?

– Sim, sim, e daí?

– Abateu as trinta vítimas?

– Sim! Sim! Sim!

– Ora bem, então é o meu homem. Tenho que entregar uma pedra-deus e vou entregá-la, custe o que custar. Eu sou assim. Vai ter que engolir a tua pedra dos milagres.

– Dane-se a pedra-deus! – gritou Vorski, batendo com os pés no chão. – E dane-se você! Não preciso de ninguém. A pedra-deus! Mas eu a tenho, é minha, está em minha posse.

– Deixa eu ver.

– É isto, que é isto? – disse Vorski, tirando do bolso a pedrinha que encontrara dentro do bastão.

– Isso? – perguntou o velho com ar de surpresa. – Onde é que pegou isso?

– Neste cetro, que me lembrei de desatarraxar.

– E o que é isso?

– É um fragmento da pedra-deus.

– Está louco.

– Então, o que acha que é?

– Isso, é um botão para calções.

– Pode provar?

– É um botão de calções com a haste partida, um botão como usam os negros do Sara. Tenho um conjunto completo.

– A prova!

– Fui eu que o pus ali.

– Para quê?

– Para substituir a pedra preciosa que Maguennoc tinha surripiado, aquela que o queimou e que o obrigou a cortar a mão.

Vorski calou-se. Estava desorientado. Já não sabia que atitude tomar, nem que conduta assumir em relação àquele singular adversário.

O velho Druida aproximou-se dele e, docemente, com um ar bastante paternal, disse:

– Veja, meu filho, não consegue se virar sem mim. Só eu possuo a chave da fechadura e o segredo do cofre. Por que hesita?

– Não o conheço.

– Meu filho! Se eu propusesse a você alguma coisa indelicada e incompatível com a tua honra, compreenderia os teus escrúpulos. Mas a minha oferta é daquelas que não ofenderia a mais melindrosa das consciências. Então? Está convencido? Não? Ainda não? Mas, por Teutates, o que mais é preciso, incrédulo, Vorski? Um milagre, talvez? Senhor, por que é que não disse isso há mais tempo? É que milagres, eu faço-os às dúzias. Todas as manhãs, no café da manhã, faço o meu milagrezinho. Então, eu sou um Druida! Milagres? Tenho a casa cheia deles. Já nem sei onde me sentar. O que você prefere? O raio da ressurreição? O raio para fazer crescer cabelos? Ou o raio do futuro desvendado? Só tem que escolher. Escuta, a que horas a tua trigésima vítima exalou o último suspiro?

– Sei lá!

– Onze horas e cinquenta e dois minutos. A tua emoção foi tão forte que o relógio parou. Veja aí.

Era absurdo. O choque produzido pela emoção não tem influência alguma sobre o relógio de quem sofreu essa emoção. No entanto, Vorski puxou o relógio: marcava onze horas e cinquenta e dois. Tentou dar-lhe corda, mas estava quebrado.

O velho Druida, sem sequer lhe dar tempo para respirar, continuou:

– Isso espanta você, hein? Nada mais simples, no entanto, e mais fácil para um Druida que se preze. Um Druida vê o invisível. E, além disso, ele faz vê-lo a quem muito bem lhe apetecer. Vorski, quer ver o que não existe? Qual é o teu nome? Não me refiro ao teu nome Vorski, mas ao teu verdadeiro nome, ao nome do teu paizinho.

– Nem uma palavra sobre isso – ordenou Vorski. – É um segredo que nunca revelei a ninguém.

– Então por que o escreve?

– Nunca o escrevi.

– Vorski, o nome do teu pai está escrito a lápis vermelho na página catorze do caderninho que está com você. Veja aí.

Maquinalmente, como um robô cujos gestos fossem determinados por uma vontade estranha, Vorski tirou do bolso interno do colete uma carteira que continha um caderno de folhas brancas, costuradas umas às outras. Folheou-as até à décima quarta e depois resmungou, com inexprimível assombro:

– Será possível? Quem escreveu isto? E você sabe o que está escrito aqui?...

– Quer uma prova?

– Nem uma palavra! Eu proíbo...

– Como quiser, meu velho. Eu, o que faço, é para esclarecer. E não me custa nada! Quando começo a fazer milagres, não consigo parar. Mais um, uma história engraçada. Não traz ao pescoço, sob a camisa, em um fio de ouro, um medalhão?

– Sim – respondeu Vorski, com os olhos brilhantes de febre.

– Esse medalhão é uma moldura, agora vazia, mas que antes tinha uma fotografia?

– Sim, sim... uma fotografia da...

– Da tua mãe, eu sei, e que você perdeu.

– Perdi-a no ano passado.

– Você acha que perdeu esse retrato.

– Ora, o medalhão está vazio.

– Você acha que está vazio. Não está. Veja lá

Novamente com um movimento mecânico, de olhos arregalados, Vorski desapertou o botão da camisa e puxou o fio. O medalhão apareceu. Dentro de um círculo de ouro estava um retrato de mulher.

– É ela... é ela... – murmurou, perturbado.

– Não há engano?

– Não.

– Então o que diz de tudo isto, hein? Não é farsa... não é conversa. O velho Druida é verdadeiro e você vai segui-lo, não é verdade?

– Sim.

Vorski estava vencido. Aquele homem subjugava-o. As suas tendências supersticiosas, as suas crenças naturais em poderes misteriosos, a sua natureza inquieta e desequilibrada, tudo isso o obrigava a uma total submissão. A sua desconfiança persistia, mas não o impedia de obedecer. Perguntou:

– É longe?

– Aqui ao lado. No salão grande.

Otto e Conrad tinham ouvido o diálogo com estupefação. Conrad tentou protestar. Mas Vorski mandou-o se calar.

– Se está com medo, dê o fora daqui. Aliás – e ele acrescentou estas palavras com afetação –, aliás, vamos de revólver na mão. Ao mínimo alarme, fogo.

– Fogo sobre mim? – zombou o velho Druida.

– Fogo sobre qualquer inimigo.

– Pois bem, então passe você primeiro, falecido Vorski.

E como o outro se recusava, ele desatou a rir.

– Falecido Vorski... não acha graça? Oh! Eu também não, aliás... Simplesmente temos de nos divertir com qualquer coisa... Então, não vai passar?

Ele os levara até ao fundo da cripta, para uma zona de sombra onde a lanterna lhes mostrou uma fenda escavada na base da muralha e que descia para o escuro.

Depois de hesitar, Vorski passou. Teve de rastejar de joelhos e com as mãos no chão, por aquele corredor estreito e tortuoso de onde saiu, passado um minuto, para uma grande sala.

Os outros juntaram-se a ele.

O velho Druida declarou solenemente:

– A sala da pedra-deus.

Era uma sala profunda e majestosa, semelhante, nas dimensões e na forma, à plataforma sob a qual se estendia. O mesmo número de pedras erguidas, que pareciam as colunas de um enorme templo, estavam nos mesmos locais e formavam os mesmos alinhamentos que os menires da plataforma – pedras talhadas de maneira idêntica a golpes de machado toscos e sem nenhuma preocupação de arte ou simetria. O solo era feito de lajes enormes e irregulares, sulcadas por uma rede de pequenos canais e sobre as quais se projetavam, vindos de cima e à mesma distância uns dos outros, círculos de luz muito brilhante.

No centro, sob o jardim de Maguennoc, erguia-se um patíbulo de pedra solta com quatro ou cinco metros de altura. E em cima, um dólmen com duas bases robustas e uma laje superior de granito de forma oval alongada.

– É ela? – articulou Vorski com a voz estrangulada.

Sem responder diretamente, o velho Druida pronunciou:

– Que tal? Não eram hábeis construtores, os nossos antepassados? E que engenho! Que precauções contra os olhares indiscretos e contra todas as investigações profanas. Sabem de onde vem a luz? É que nós estamos nas entranhas da ilha, e não há janelas. A luz vem dos menires superiores, os quais são atravessados de alto a baixo por um canal que vai-se alargando e que deixa passar a claridade em abundância. Ao meio-dia, com sol, é maravilhoso. Você, que é um artista, daria urros de admiração.

– É mesmo ela, então? – repetiu Vorski.

– De qualquer maneira, é uma pedra sagrada – afirmou o velho Druida, impassível –, pois domina o local dos sacrifícios subterrâneos, os mais importantes de todos. Mas há outra por baixo, protegida pelo dólmen e que você daqui não vê. Era sobre ela que imolavam as vítimas por escolha. O sangue corria do patíbulo e ia por todos esses canais até às falésias, até ao mar.

Cada vez mais agitado, Vorski perguntou:

– Então, é aquela? Vamos.

– Fiquem onde estão – disse o velho com uma calma horripilante –, pois ainda não é aquela. Há uma terceira, e essa, para a verem, basta levantar um pouco a cabeça.

– Onde? Tem certeza?

– Palavra! Olhe bem... Por cima da pedra superior, sim, na própria abóbada do teto que parece um mosaico de grandes lajes... Pode vê-la daqui, não é? Uma laje que se distingue das outras… alongada como a laje do dólmen e talhada como ela… Parecem irmãs… Mas só uma é boa, com a marca de fábrica…

Vorski ficou desiludido. Estava à espera de uma apresentação mais complicada, de um esconderijo mais misterioso.

– A pedra-deus, aquilo? – disse. – Mas não tem nada de especial.

– De longe, não, mas de perto vais ver… Tem veios coloridos, filões rutilantes, um grão especial… é a pedra-deus, oras! De resto, não vale tanto pela matéria como pelas suas propriedades miraculosas.

– Mas que milagres são esses? – perguntou Vorski.

– Ela dá vida ou morte, como sabe, e também dá muitas outras coisas.

– Que coisas?

– Caramba! Já está fazendo muitas perguntas. Eu não sei nada.

– Como! Não sabe…

O velho Druida inclinou-se e confidenciou:

– Escuta, Vorski, confesso que me gabei um pouco demais e que o meu papel, ainda que seja de grande importância – guarda da pedra-deus é um posto de primeira linha –, que o meu papel está limitado por um poder de algum modo superior ao meu.

– Que poder?

– O de Velléda.

Vorski observou-o, de novo inquieto.

– Velléda?

– Ou pelo menos aquela a quem chamo Velléda, a última Druida, de quem não conheço o verdadeiro nome.

– Onde está ela?

– Aqui.

– Aqui?

– Sim, está dormindo em cima da pedra dos sacrifícios.

– Como? Dormindo?

– Está dormindo há séculos, desde sempre. Eu nunca a vi sem estar adormecida, com um sono casto e tranquilo. Como a Bela Adormecida no bosque, Velléda está à espera daquele que os deuses designaram para despertá-la, e esse...

– Esse?

– É você, Vorski.

Vorski franziu as sobrancelhas. Que história era aquela? E onde queria chegar aquela enigmática personagem? O velho Druida continuou:

– Será que isso lhe incomoda? Ora, porque suas mãos estão sujas de sangue e trinta caixões por tua conta, isso não é razão para que não seja promovido a Príncipe Encantado. És modesto demais, meu filho. Olha, quer que lhe diga uma coisa? Velléda é maravilhosamente bela, de uma beleza sobre-humana. Ah! Meu valente, está com medo? Não? Ainda não?

Vorski hesitava. Na verdade, sentia o perigo aumentar à sua volta e subir como uma onda que engrossa e que vai arrebentar. Mas o velho não desistia.

– Só mais uma palavra, Vorski, e falo baixo para que os teus companheiros não me ouçam: quando envolveu a sua mãe numa mortalha, deixou no dedo indicador dela, conforme era sua vontade, um anel que ela nunca tirava, um anel mágico com uma grande turquesa rodeada de pequenas turquesas engastadas em ouro. Será que estou enganado?

– Não – sussurrou Vorski, perturbado –, não, mas eu estava sozinho e isso é um segredo que ninguém conhece...

– Vorski, se esse anel estiver no indicador de Velléda, terá confiança e acreditará que, no fundo do seu túmulo, a sua mãe tenha delegado a Velléda que o recebesse, e entregasse a pedra miraculosa?

Vorski caminhava já para o dólmen. Subiu rapidamente os primeiros degraus. A sua cabeça ultrapassava o nível da plataforma.

– Ah! – fez ele, cambaleando. – O anel... ela tem o anel no dedo.

Entre os dois pilares do dólmen, estendida sobre a laje do sacrifício e coberta até aos pés com uma túnica imaculada, a Druida repousava. O busto e o rosto estavam voltados para o outro lado, e um véu caído sobre a fronte escondia-lhe os cabelos. O seu bonito braço, quase nu, pendia sobre a laje. O dedo indicador tinha um anel de turquesa.

– É o anel da sua mãe? – perguntou o velho Druida.

– Sim, não há dúvida.

Vorski atravessara rapidamente o espaço que o separava do dólmen curvado, quase ajoelhado, examinava as turquesas.

– Estão todas... uma delas está rachada... outra está meio escondida sob a folha de ouro que foi dobrada.

– Não tenha tantas precauções – disse o velho –, ela não ouve, e a sua voz não a acorda! Por que você não se levanta e passa a mão suavemente pela fronte dela? Com essa carícia magnética, ela despertará do seu sono.

Vorski levantou-se. Hesitava, contudo, em tocar naquela mulher. Ela inspirava-lhe um temor e um respeito imensos.

– Não se aproximem, os dois – disse o Druida a Otto e a Conrad. – Os olhos de Velléda, ao se abrirem, não devem pousar a não ser em Vorski, nem ser impressionados por nenhum outro espetáculo... Então, Vorski, está com medo?

– Não tenho medo.

– Só que não está à vontade. É mais fácil assassinar que ressuscitar, hein? Vá, um pouco de coragem! Levante o véu e toque-a na fronte. A pedra-deus está ao teu alcance. Aja, e será o senhor do mundo.

Vorski agiu. De pé, contra o altar do sacrifício, olhava a Druida. Inclinou-se sobre o busto imóvel. A túnica branca subia e descia ao ritmo regular da respiração. Com um gesto indeciso afastou o véu, depois inclinou-se mais para que a outra mão pudesse tocar a fronte descoberta.

Mas, nesse momento, o seu gesto ficou em suspenso e ele imobilizado, como se não compreendesse e procurasse em vão compreender.

– Então, o que foi, seu palerma? – disse o Druida. – Parece petrificado. Mais algum problema? O que está havendo? Precisa de ajuda?

Vorski não respondeu. Olhava fixamente, com uma expressão de pasmo e temor que, pouco a pouco, se transformavam em um louco terror. Gotas de suor correram-lhe pela cara. Os seus olhos esgazeados pareciam contemplar a mais horrível das visões.

O velho desatou a rir.

– Meu Deus, como você é feio! Tomara que a última Druida não levante as suas divinas pálpebras e não veja a tua horrível carranca! Dorme, Velléda. Dorme o teu puro sono sem sonhos.

Vorski balbuciava palavras inacabadas, e a sua cólera era cada vez maior. Pouco a pouco, a verdade o iluminava. Uma palavra vinha-lhe aos lábios e ele recusava-se a pronunciá-la, como se tivesse medo de, ao fazê-lo, dar vida a um ser que já não existia, a uma mulher morta, sim, morta, ainda que respirasse, e que não podia não estar morta, pois ele a matara. Por fim, contra a sua própria vontade, articulou com um intolerável sofrimento:

– Véronique… Véronique…

– Então, acha que é parecida com ela? – zombou o velho Druida. – Sim, pode ter razão… Tem um ar familiar… Hein? Se não tivesse crucificado a outra com as tuas próprias mãos, e se não tivesse você próprio presenciado o seu último suspiro, estaria pronto a jurar que as duas mulheres não passam de uma mesma e única pessoa, que Véronique d'Hergemont está viva e que nem sequer está ferida… nem uma cicatriz… nem mesmo a marca das cordas em volta dos pulsos… Mas olhe, Vorski, que rosto tranquilo! Que serenidade reconfortante! Palavra que começo a acreditar que você se enganou e crucificou outra mulher! Pense um pouco… Ah! Agora joga a culpa em mim! Que Teutates venha em meu socorro. O profeta vai acabar comigo.

Vorski enfrentava agora o velho Druida. O seu rosto, afeito ao ódio e à raiva, com certeza nunca expressara mais ódio e raiva… O velho Druida não só o enganara, durante uma hora, como a uma criança, como também realizara uma obra das mais extraordinárias e aparecia-lhe subitamente como o mais implacável e perigoso inimigo. Era preciso que ele se desvencilhasse mesmo daquele homem, já que a ocasião se apresentava.

– Estou frito – disse o velho. – Com que molho vai me comer? Caramba, que comilão!… Socorro! Um assassino! Oh! Os dedos de ferro vão estrangular-me! A menos que seja o punhal? Ou então a corda? Não, é o revólver. Prefiro isso, é mais asseado. Vá, Alexis. Das sete balas, duas já furaram a minha túnica número um. Faltam cinco. Vá, Alexis.

Cada palavra exasperava mais a cólera de Vorski. Estava ansioso por acabar com aquilo e ordenou:

– Otto... Conrad... estão prontos?

Estendeu o braço. Os dois comparsas apontaram também as suas armas. A quatro passos deles, o velho pedia perdão, rindo.

– Por favor, meus bons senhores, tenham piedade de um pobre diabo... Eu não volto a fazer isso... Terei juízo daqui para a frente... Meus bons senhores...

Vorski repetiu:

– Otto... Conrad... atenção! Vou contar... Um... dois... três... Fogo! As três detonações ressoaram ao mesmo tempo. O Druida deu uma pirueta, depois pôs-se outra vez em pé, de frente para os seus adversários, e gritou com voz trágica:

– Acertaram-me! Atravessaram-me de um lado ao outro! Vou morrer!... Acabou-se o velho Druida!... Que desenlace funesto! Ah! O pobre velho Druida que gostava tanto de tagarelar!

– Fogo! – berrou, Vorski. – Atirem, imbecis! Fogo!

– Fogo! Fogo! – repetia o Druida. – Pam! Pam! Pam! Pam! Atingido no coração!... Duas vezes!... Três vezes! É a tua vez, Conrad! Pam! Pam!... Agora você, Otto.

As detonações crepitavam e repercutiam-se na grande sala. Os cúmplices agitavam-se diante do seu alvo, pasmos e furiosos, enquanto o invulnerável velho dançava e esperneava, ora quase de cócoras, ora saltando com surpreendente agilidade.

– Caramba, como uma pessoa se diverte no fundo das cavernas! E que estúpido que você é, Vorski! Com que então, sagrado profeta! Que tolice! Como é que pôde acreditar em tudo isso? Os fogos de artifício! Os explosivos e depois o botão dos calções! E depois o anel da sua mãe! Grande estúpido! Que tolice!

Vorski parou. Compreendia que os três revólveres tinham sido descarregados, mas como? Por que espantoso prodígio? Que havia por detrás de toda aquela fantástica aventura? Quem era aquele demônio que estava ali diante dele?

Largou a arma inútil e olhou para o velho. Iria agarrá-lo e estrangulá--lo? Olhou também para a mulher, pronto a lançar-se sobre ela. Mas, visivelmente, não se sentia à altura para enfrentar por mais tempo aqueles dois seres bizarros, que lhe pareciam viver fora do mundo e da realidade.

Então, rapidamente, deu meia volta e, chamando os seus comparsas, retomou o caminho das criptas, enquanto o velho Druida continuava com os seus gracejos:

– Olha, ele vai embora! E a pedra-deus, o que eu faço com ela? Mas como ele corre! Levou fogo no traseiro? Vá embora! Fuja, profeta...

A SALA DOS SACRIFÍCIOS SUBTERRÂNEOS

Vorski nunca sentira medo e talvez ao fugir não fosse levado por um sentimento de autêntico medo. Mas já não sabia o que fazia. No seu cérebro sobressaltado havia um turbilhão de ideias contraditórias e incoerentes, onde dominava a intuição de uma derrota irremediável, e de algum modo sobrenatural.

Acreditando em sortilégios e prodígios, ele tinha a impressão de que o homem do destino que era Vorski fora destituído da sua missão e substituído por um novo eleito do destino. Havia duas forças miraculosas que se defrontavam, uma que emanava dele, Vorski, e outra que emanava do velho Druida, e esta última absorvia a primeira. A ressurreição de Véronique, a personalidade do velho Druida, os discursos, as brincadeiras, as piruetas, os atos, a invulnerabilidade daquela personalidade extravagante, tudo aquilo lhe parecia mágico e fabuloso, criando naquelas cavernas dos tempos bárbaros uma atmosfera especial que o transtornava e sufocava.

Tinha de regressar depressa à superfície da terra. Queria respirar e ver. E o que queria ver, antes de tudo, era a árvore despida de ramos onde prendera Véronique e na qual ela expirara.

– Ela está morta e bem morta – resmungava, rastejando pela estreita passagem que comunicava com a terceira e maior das criptas... – Ela está bem morta... Eu sei o que é a morte... A morte, tive-a muitas vezes entre as mãos, e aí não me engano. Então, como é que este demônio conseguiu ressuscitá-la?

Parou bruscamente junto do local onde apanhara o cetro.

– A não ser que... – disse.

Conrad, que seguia atrás dele, exclamou:

– Ande logo, em vez de ficar aí resmungando.

Vorski deixou-se levar mas, enquanto ia caminhando, continuava:

– Quer que diga o que penso, Conrad? Olha, a mulher que nos mostraram e que estava a dormir não era ela. Estaria viva? Ah! Aquele velho feiticeiro é capaz de tudo. Deve ter modelado uma imagem... uma boneca de cera à qual deu uma certa semelhança.

– Está louco. Ande logo.

– Não estou louco. Aquela mulher não estava viva. A que está morta na árvore está mesmo morta. E você vai vê-la lá em cima, estou dizendo. Milagres, sim, mas não um milagre assim!...

Não tendo mais a lanterna, os três cúmplices esbarravam nas paredes, nas pedras eretas. Os seus passos ressoavam pelas abóbadas. Conrad não parava de resmungar.

– Eu avisei... devíamos ter-lhe rachado a cabeça.

Otto permanecia calado, estafado pela caminhada.

Chegaram, assim, às apalpadelas, ao vestíbulo que precedia a cripta da entrada e ficaram bastante surpreendidos ao constatar que aquela primeira sala estava na obscuridade, ainda que a passagem que eles tinham escavado na parte superior, sob as raízes do carvalho morto, devesse deixar entrar uma certa claridade.

– É estranho – disse Conrad.

– Ora – replicou Otto –, precisamos apenas achar a escada encostada à parede. Olha, consegui... aqui está um degrau... e o seguinte...

Subiu os degraus, mas logo se deteve.

– Não consigo avançar… parece que houve um desabamento.

– É impossível! – objetou Vorski. – Olha, espera… tinha me esqueci-do… Tenho aqui o meu isqueiro.

Acendeu o isqueiro e um grito de cólera escapou dos três ao mesmo tempo: toda a parte de cima da escada e metade da sala estavam cobertos por um monte de pedras e areia, para o meio do qual deslizara o tronco do carvalho morto. Não havia nenhuma possibilidade de fuga.

Vorski teve um momento de prostração e deixou-se cair sobre os degraus.

– Estamos perdidos… Foi o danado do velho que tramou isto… o que prova que ele não está sozinho.

Lamentou-se, disparatadamente, sem forças para continuar uma luta demasiado desigual. Mas Conrad zangou-se:

– Então, não estou reconhecendo você, Vorski.

– Não há nada a fazer contra aquele homem.

– Nada a fazer? Mas eu já disse vinte vezes para torcermos o pescoço dele. Ah, se eu não tivesse hesitado!…

– Você não conseguiu tocar nele. Então, as nossas balas o atingiram?

– As nossas balas… as nossas balas… – murmurou Conrad –, isso é tudo muito suspeito. Me dê o seu isqueiro… Tenho outro revólver que trouxe do Priorado e que eu mesmo carreguei ontem de manhã. Vou verificar.

Examinou a arma e logo percebeu que os sete cartuchos alojados no tambor tinham sido substituídos por sete cartuchos sem balas e que, na-turalmente, só permitiam tiros de pólvora seca.

– Aqui está a explicação – disse ele –, o seu velho Druida não tem nada de feiticeiro. Se os nossos revólveres estivessem realmente carregados, ele teria sido abatido como um cão.

Mas a explicação só aumentou o espanto de Vorski.

– E como é que ele as descarregou? Em que hora conseguiu pegar as armas do nosso bolso e colocá-las de volta, depois de torná-las inofensivas? Eu não larguei o revólver nem por um instante.

– Nem eu – confessou Conrad.

– E não acredito que pudessem tocá-lo sem que eu percebesse. Então?... Então, isso prova que aquele demônio tem algum poder especial? Que nada! É preciso ver as coisas tal como são. É um homem que está na posse de segredos... e dispõe de meios... de meios...

Conrad encolheu os ombros.

– Vorski, este caso já deu o que tinha que dar... Já estávamos chegando ao fim, e agora você abandona tudo diante do primeiro obstáculo. Você não passa de um trapo. Mas eu, eu não desisto assim. Perdidos? Mas por quê? Se ele nos perseguir, somos três.

– Ele não vem. Vai deixar-nos aqui fechados neste covil sem saída.

– Então, se ele não vem, eu volto lá! Tenho a minha faca, isso basta.

– Não faça isso, Conrad.

– Não? Por quê? Eu sou tão forte tanto como qualquer outro homem, sobretudo aquele velho, e ele só tem uma mulher adormecida para ajudá-lo.

– Conrad, ele não é um homem e ela não é uma mulher. Desconfie deles.

– Eu desconfio, mas vou.

– Você vai... Você vai... mas qual é o teu plano?

– Não tenho plano nenhum. Ou melhor, só tenho um, que é acabar com aquele homenzinho.

– Mesmo assim, tenha cuidado... Não o ataque de frente, tente surpreendê-lo...

– Caramba! – disse Conrad, ao ir embora –, não sou assim tão estúpido para me entregar nas mãos dele. Fique tranquilo, eu apanho aquele canalha.

A audácia de Conrad reconfortou Vorski.

– Afinal de contas – disse, depois que o cúmplice partiu – ele tem razão. Se aquele velho Druida não nos perseguiu, é porque tem outras ideias. Com certeza que não está à espera de um ataque nosso, e Conrad pode muito bem surpreendê-lo. O que acha, Otto?

Otto era da mesma opinião.

– É preciso apenas ter paciência – respondeu.

Passou-se um quarto de hora. Vorski recuperava cada vez mais o seu ânimo. Fraquejara por reação, depois de enchia de esperança, seguida por uma decepção demasiadamente forte, e também porque a embriaguez lhe provocava lassidão e abatimento. Mas o desejo de combater excitava-o de novo, e ele queria acabar com o seu adversário.

– Quem sabe – dizia – se Conrad não o pôs já fora de combate?…

Adquiria agora uma exagerada confiança, o que expressava o seu desequilíbrio, e quis pôr-se imediatamente em ação.

– Vamos, Otto, é o fim da viagem. Um velhote para eliminar, e já era. Está com o punhal? Aliás, é inútil. As minhas mãos bastam.

– E se esse Druida tiver amigos?

– Já vamos ver.

Retomou mais uma vez o caminho das criptas, avançando com precaução, espreitando à entrada das passagens que as ligavam entre si. A luminosidade da terceira cripta os guiava.

– Conrad deve ter conseguido – observou Vorski –, senão já teria voltado para pedir ajuda.

Otto aprovou.

– Evidentemente, é um bom sinal. O velho Druida deve ter passado maus bocados. Conrad é um cara valente.

Entraram na terceira cripta. Estava tudo no seu lugar, o cetro sobre o suporte e a parte de cima, que Vorski desatarraxara, um pouco mais longe, no chão. Mas, ao olhar para o canto escuro onde dormia o velho Druida, quando ali tinham chegado, ficou espantado por ver outra vez o homenzinho, não exatamente no mesmo local, mas entre o canto escuro e a saída do corredor.

– Caramba! O que ele está fazendo? – balbuciou, já perturbado com aquela presença insólita. – Caramba, não é que ele está dormindo!

O velho Druida parecia de fato estar dormindo. Simplesmente, por que diabos dormia ele naquela posição, de barriga para baixo, com os braços estendidos em cruz e o nariz no chão?

Um homem que desconfia, ou que pelo menos sabe que um perigo pode ameaçá-lo, oferece-se assim aos ataques do inimigo? E por que razão – o olhar de Vorski penetrava pouco a pouco na semiobscuridade do fundo da cripta –, por que razão a túnica branca tinha manchas que pareciam vermelhas?... Eram vermelhas, não havia a menor dúvida. Por quê?

Otto disse em voz baixa:

– Ele está em uma posição esquisita.

Vorski, que pensava o mesmo, precisou:

– Sim, parece um cadáver.

– Parece um cadáver – aprovou Otto. – É isso mesmo. Passado um instante, Vorski recuou um passo. – Oh! – fez ele. – Será possível?

– O quê? – perguntou o outro.

– Entre os ombros... Olhe...

– E então?

– A faca.

– Que faca?

– A faca de Conrad – afirmou Vorski. – O punhal de Conrad... eu o reconheço... cravado entre os ombros.

E, arrepiado, acrescentou:

– As manchas vermelhas vêm daí... é sangue... sangue derramado daquela ferida.

– Então – observou Otto –, ele está morto?

– Está morto... sim, o velho Druida está morto... Conrad deve tê-lo surpreendido e matou-o... O velho Druida morreu!

Vorski ficou indeciso durante um longo momento, prestes a lançar-se sobre o corpo inerte para golpeá-lo. Mas não ousava tocá-lo, nem vivo, nem morto, e só conseguiu arranjar coragem para se precipitar e arrancar a arma do corpo.

– Ah! Bandido! – exclamou – Teve o que merecia, Conrad é um cara valente. Conrad, fico devendo mais essa.

– Mas, onde está o Conrad?

– Na sala da pedra-deus. Ah! Otto, como estou ansioso para encontrar aquela mulher que o velho Druida colocou ali, eu também quero ajustar contas com ela!

– Então acha que é uma mulher viva? – gracejou Otto.

– E bem viva!... Como vivo estava o velho Druida. Este bruxo não passava de um charlatão que podia conhecer alguns truques, mas que não tinha nenhum poder real... A prova, aqui está ela!...

– Charlatão, talvez – objetou o cúmplice –, mas, apesar de tudo, foi ele quem nos indicou, com os seus sinais, o local destas grutas. Mas com que finalidade? E o que ele fazia aqui? Conhecia realmente o segredo da pedra-deus, o meio de obtê-la e a sua localização exata?

– Tantos enigmas, tem razão – disse Vorski, que preferia não eliminar demasiadamente os detalhes da aventura –, mas eles se solucionarão por si mesmos. E por enquanto não me preocupo com eles, pois já não é esta horripilante personagem que os provoca!

Pela terceira vez, transpuseram o estreito corredor de ligação. Vorski penetrou na grande sala como um vencedor, a cabeça erguida e o olhar seguro. Nenhum obstáculo, nenhum inimigo. Se fosse mesmo a pedra-deus que estava suspensa entre as lajes da abóbada, ou estivesse ela em outro local, sem dúvida ele a descobriria. Restava aquela mulher misteriosa, que parecia Véronique, mas que não podia ser Véronique, e de quem ele ia desmascarar em breve a verdadeira personalidade.

– Se ela ainda estiver lá– murmurava. – E desconfio que já não esteja. Ela e o velho Druida combinaram essas encenações obscuras antecipadamente, e como ele achava que eu já estava longe...

Avançou e subiu alguns degraus. A mulher estava lá.

Estava lá, deitada sobre a laje inferior do dólmen, envolvida por véus como anteriormente. O braço já não pendia para o chão. Só a mão emergia dos véus. No dedo, o anel de turquesas.

Otto disse:

– Ela não se mexeu, continua dormindo.

– Talvez esteja realmente dormindo – pronunciou Vorski. – Vou observá-la. Deixe-me ver.

Aproximou-se. Não largara a faca de Conrad, e talvez tenha sido isso que lhe deu a ideia de matá-la, pois o seu olhar baixou para a arma, e só então ele pareceu se dar conta de que a tinha, e de que dela se podia servir.

Não estava a mais de três passos da mulher, quando percebeu que um dos punhos que se encontrava descoberto estava todo pisado, marcado com nódoas negras que tinham sido provocadas, evidentemente, pela pressão das cordas. Ora, o velho Druida tinha-lhe feito notar, uma hora atrás, que os punhos não apresentavam qualquer marca de contusão!

Este detalhe perturbou-o mais uma vez, primeiro ao provar-lhe que era na verdade a mulher crucificada que fora retirada da cruz e que estava diante dos seus olhos, e depois, porque de repente ele entrava de novo no domínio dos milagres. O braço de Véronique aparecia-lhe sucessivamente sob dois aspectos diferentes, primeiro como o braço de uma mulher viva e intacta, e depois como o de uma vítima inerte e torturada.

A sua mão trêmula cerrou-se sobre o punhal, agarrando-se a ele como se fosse a própria arma da salvação. No seu espírito confuso surgia uma vez mais a ideia de golpeá-la, não para matar, pois aquela mulher já devia estar morta, mas para atingir o inimigo invisível que se obstinava em persegui-lo e para conjurar de uma vez por todas todos os malefícios.

Levantou o braço. Escolheu o local. O seu rosto adquiriu a mais selvagem expressão e iluminou-se com a alegria do crime. E bruscamente atirou-se e apunhalou como um louco, ao acaso, dez vezes, vinte vezes, com um desencadear frenético de todos os seus instintos.

– Tome, morra… – balbuciou –, morra outra vez… e que tudo acabe… você é o gênio maligno que se opõe a mim… e eu vou aniquilar você… Morra de uma vez, para que eu fique livre!… Morra, para que seja eu o único senhor!…

Parou, a fim de retomar o fôlego. Estava exausto. E enquanto os seus olhos esgazeados contemplavam, sem ver, o horrível espetáculo do corpo dilacerado, teve a estranha impressão de que uma sombra se interpunha entre ele e a luz do sol que descia da abertura superior.

– Sabe o que você parece? – disse uma voz.

Ele ficou desorientado. Aquela voz não era a de Otto. E ela continuou, enquanto ele permanecia de cabeça baixa, conservando estupidamente o punhal espetado no corpo da morta.

– Sabe o que você me lembra, Vorski? Lembra-me os touros do meu país... Fique sabendo que sou espanhol e grande aficionado das touradas. Sabe, esses touros, depois de trespassarem uma velha pileca, voltam várias vezes ao cadáver, revolvem-no, trespassam-no novamente, matam-no e tornam a matá-lo sem cessar. Você é como eles, Vorski. Você enxerga tudo vermelho. Para se defender contra o inimigo vivo, você se obstina atrás do inimigo que já não vive, e é a própria morte que você se esforça para matar. Que estúpido você é!

Vorski levantou a cabeça.

Um homem estava de pé diante dele, encostado a um dos pilares do dólmen. Esse homem, de estatura média, bastante magro, bem-feito de corpo, tinha um ar ainda jovem, apesar dos cabelos grisalhos nas têmporas. Trazia um casaco azul-escuro com botões dourados e um boné de marinheiro com pala negra.

– Não vale a pena tentar saber quem sou – disse ele. – Você não me conhece. Dom Luís Perenna, nobre da Espanha, senhor de muitas terras e príncipe de Sarek. Sim, não se espante, príncipe de Sarek, é um título que dei a mim mesmo, e ao qual tenho algum direito.

Vorski olhava-o sem compreender. O homem prosseguiu:

– Não parece muito familiarizado com a nobreza espanhola. Contudo, você se recorda... eu sou aquele senhor que deveria vir em socorro da família d'Hergemont e dos habitantes de Sarek... aquele que o teu filho François esperava com uma fé tão ingênua... Hein? Está vendo? Olha, o teu companheiro, o fiel Otto, parece recordar-se... Mas talvez o meu outro nome lhe diga alguma coisa... É muito mais conhecido... Lupin?... Arsène Lupin?

Vorski observava-o com um crescente terror e uma dúvida que se acentuava a cada palavra e a cada novo movimento deste novo adversário. Embora não reconhecesse aquele homem, nem a sua voz, sentia-se dominado por uma vontade cujo poder já experimentara, e fustigado pela mesma espécie de ironia implacável. Mas seria isso possível?

– Tudo é possível, mesmo isso que está pensando– prosseguiu dom Luís Perenna. – Mas, repito, que estúpido você é! Com essa cara de grande bandido, aventureiro de envergadura, nem é mesmo capaz de lembrar dos seus crimes! Enquanto tratou de matar a torto e a direito, nada o deteve. Mas, ao primeiro obstáculo, perde a cabeça. Vorski mata, mas quem foi que ele matou? Ele não sabe. Véronique d'Hergemont está morta ou viva? Está amarrada ao carvalho onde a crucificou? Ou aqui, estendida sobre a pedra do sacrifício? Matou-a lá em cima ou nesta sala? Mistério. Nem sequer se lembrou, antes de apunhalar, de ver quem apunhalava. O importante para você é ferir com toda a força, ficar embriagado com a visão e o cheiro do sangue, e fazer da carne viva uma papa abominável. Mas então olhe, idiota. Quando se mata, não se tem medo de matar e não se esconde o rosto da vítima. Olhe, idiota.

Ele mesmo se inclinou sobre o cadáver e tirou o véu que envolvia a cabeça.

Vorski fechara os olhos. Ajoelhado, com o peito sobre as pernas da morta, permanecia imóvel e com as pálpebras obstinadamente fechadas.

– Já percebeu, hein? – zombou dom Luís. – Se não ousa olhar, é porque adivinhou, ou porque vai adivinhar, não é, miserável? O teu cérebro de imbecil está fazendo contas, não é? Havia na ilha de Sarek duas mulheres, e só duas, Véronique e a outra… A outra se chamava Elfride? Não estou enganado, pois não?… Elfride e Véronique… as tuas duas esposas… uma, mãe de Raynold, e outra, mãe de François… e então, se não foi a mãe de François que você amarrou na cruz e acabou de apunhalar, foi a mãe de Raynold… Se não é Véronique a mulher que aqui está, com os punhos feridos pelo suplício, então é Elfride. Não há engano possível… Elfride, a tua esposa e cúmplice… Elfride, a tua maldita alma gêmea… E você sabe isso tão bem, que prefere acreditar na minha palavra a arriscar um olhar e ver o rosto lívido dessa morta, tua cúmplice obediente e torturada por você. Covarde!

Vorski, com efeito, escondera a cabeça no braço dobrado. Não chorava! Vorski não conseguia chorar. No entanto, os seus ombros foram agitados por tremores, e a sua atitude expressava o mais cruel desespero.

Aquilo durou bastante tempo. Depois o tremor dos ombros cessou.

Contudo, Vorski não se mexia.

– Na verdade, você me dá pena, meu pobre velho – recomeçou dom Luís. – Então gostava tanto assim da tua Elfride? Um hábito, hein? Um feitiço! E agora? Não se deve ser assim tão estúpido! Deve-se saber o que se faz! Tentar perceber! Refletir, que diabos! Ora, você! Você nada no crime como um recém-nascido que se atira à água. Não é de espantar que você afunde e se afogue. Então o velho Druida está morto ou vivo? Conrad cravou-lhe o punhal nas costas, ou será que sou eu que faço o papel desse indivíduo diabólico? Resumindo, existe um velho Druida e um nobre de Espanha, ou será que essas duas personagens são uma só? Tudo isso, para você, é assunto obscuro. Mas é bom esclarecê-lo. Quer uma ajuda?

Se Vorski agira sem refletir, era fácil ver, quando ele levantou a cabeça, que tivera desta vez tempo para refletir e que sabia muito bem a que solução desesperada as circunstâncias o forçavam. Decerto estava pronto para se esclarecer, como lhe propunha dom Luís, mas de punhal na mão e com a vontade implacável de se servir dele. Lentamente, com os olhos fixos nos de dom Luís e sem esconder suas intenções, puxara da arma e levantara-se.

– Tome muito cuidado – disse dom Luís –, a tua faca é falsa. É de papel prateado.

Brincadeiras inúteis. Nada podia precipitar ou retardar o impulso premeditado que impelia Vorski para o combate supremo. Deu a volta à pedra sagrada e pôs-se diante de dom Luís.

– É você mesmo – disse – que, já faz alguns dias, tem se intrometido em todos os meus planos?

– Há vinte e quatro horas, não mais que isso. Cheguei a Sarek há vinte e quatro horas.

– E está decidido a ir até ao fim?

– Mais longe ainda, se possível.

– Por quê? Com que interesse?

– Porque quero, e porque você me dá nojo.

– Então não podemos chegar a um acordo?

– Não.

– Recusa-se a entrar no meu jogo?

– Fale!

– Dividiremos tudo meio a meio.

– Prefiro tudo.

– Quer dizer, a pedra-deus?...

– A pedra-deus pertence a mim.

Qualquer outra palavra seria em vão. Um adversário daquele calibre tinha que ser suprimido, senão seria ele a suprimi-lo. Era preciso escolher entre esses dois desfechos: não existia um terceiro.

Dom Luís continuava impassível, encostado ao pilar. Vorski olhava-o de cima, ao mesmo tempo que tinha uma profunda impressão de que, sob todos os aspetos, em força, em musculatura, em peso, era superior ao seu adversário. Nessas condições, como poderia hesitar? E, de resto, parecia inadmissível que dom Luís pudesse tentar defender-se ou esquivar-se do golpe antes que o punhal o atingisse. Se naquele instante não mudasse de posição, era fatal que não teria tempo para se defender. Ora, ele não se mexia. Vorski atacou então com toda a confiança, como se atacasse uma presa condenada antecipadamente.

No entanto – e isso passou-se tão depressa e de um modo tão inexplicável que ele não poderia dizer em consequência de que peripécias sucumbiu –, no entanto, três ou quatro segundos depois, estava por terra, desarmado, vencido, como se as suas pernas tivessem sido partidas com uma paulada, e o braço direito inerte e doendo tanto que ele gritava.

Dom Luís nem sequer se deu ao trabalho de amarrá-lo. Com um pé sobre o grande corpo impotente, semicurvado, pronunciou:

– Por agora, nada de discursos. Tenho um para fazer, que talvez ache um pouco comprido, mas que provará que conheço esta história de A a Z, ou seja, muito melhor que você. Só há um ponto obscuro, e você vai esclarecê-lo. Onde está o teu filho, François d'Hergemont?

Como não obtinha resposta, repetiu:

– Onde está François d'Hergemont?

Sem dúvida Vorski pensou que o acaso lhe trazia um contratempo imprevisto, mas que a partida talvez não estivesse perdida, pois manteve um silêncio profundo.

– Recusa-se a responder? – perguntou dom Luís. – Um... dois... três... Ainda se recusa? Está bem.

Assobiou levemente.

Quatro homens surgiram de um canto da sala, quatro homens de cara morena e que pareciam árabes de Marrocos. Como dom Luís, trajavam casacos e bonés de marinheiro, com palas brilhantes.

Uma quinta personagem chegou quase ao mesmo tempo, um oficial francês mutilado, cuja perna direita se apoiava em uma perna de pau.

– Ah! É você, Patrice? – disse dom Luís.

Apresentou-o segundo a etiqueta:

– O capitão Patrice Belval, o meu melhor amigo. O senhor Vorski, um alemão.

Depois, prosseguiu:

– Nada de novo, meu capitão? Não encontrou François?

– Não.

– Daqui a uma hora já o teremos encontrado e partiremos. Os nossos homens estão todos a bordo?

– Sim.

– E está tudo bem por lá?

– Muito bem.

E ordenou aos quatro marroquinos:

– Acompanhem o alemão e levem-no até ao dólmen lá em cima. Não vale a pena amarrá-lo, ele não consegue mexer um dedo. Ah! Só um minuto.

Inclinou-se para a orelha de Vorski.

– Antes de partir, olhe bem para a pedra-deus, entre as lajes do teto. O velho Druida não mentiu. É realmente aquela a pedra miraculosa, que há séculos é procurada... e que eu descobri, a distância... por correspondência. Diga adeus a ela, Vorski! Nunca mais a verá, nem sei mesmo se alguma vez tornará a ver alguma coisa como ela neste mundo.

Fez um sinal.

Os quatro marroquinos agarraram Vorski e levaram-no para o fundo da sala, do lado oposto ao corredor de comunicação.

Dom Luís voltou-se para Otto, que assistira imóvel a toda a cena:

– Vejo que é um rapaz sensato, Otto, e que compreende a situação. Não vai se intrometer em nada?

– Em nada.

– Então deixamos você à vontade. Pode seguir-nos sem receio.

Ele passou o braço sob o do capitão e foram conversando. Saía-se da sala da pedra-deus por uma série de três outras criptas, encontrando-se cada qual a um nível mais elevado que a precedente, conduzindo a última a um vestíbulo. Na extremidade deste vestíbulo, estava uma escada encostada a uma parede, na qual fora recentemente feita uma abertura, deitando abaixo uma frágil alvenaria de areia e pedras.

Por aí saíram para o ar livre, seguindo depois por um caminho íngreme, entrecortado por degraus, que subia contornando a rocha e que os conduziu ao lugar da falésia onde François levara Véronique, na manhã do dia anterior. Era a subida da Poterna. Do alto, podia-se ver, suspenso em dois varões de ferro, o barco no qual Véronique e o filho tencionavam fugir. Não muito longe, em uma pequena baía, estendia-se a silhueta afilada de um submarino.

Voltando as costas ao mar, dom Luís e Patrice Belval continuaram a caminhar em direção ao hemiciclo de carvalhos e pararam perto do Dólmen das Fadas. Os marroquinos os esperavam aí. Tinham sentado Vorski junto da própria árvore onde a sua última vítima morrera. Nessa árvore, como testemunho do abominável suplício, só restava a inscrição "V. d'H".

– Não está cansado, Vorski? – perguntou dom Luís. – As pernas estão melhor?

Vorski encolheu os ombros, com ar de desprezo.

– Sim, eu sei – recomeçou dom Luís –, você tem confiança na sua última cartada. Contudo, já devia saber que eu também tenho alguns trunfos, e que jogo com uma certa habilidade. A árvore que está atrás de você é suficiente para provar. Quer outro exemplo? Enquanto você confunde os seus crimes e já nem sabe o número dos seus mortos, eu os ressuscito. Está vendo aquele ali, vindo do Priorado? Vê? Traz como eu um casaco com botões dourados… É uma das suas vítimas, hein? Você o tinha trancado em uma das celas de tortura para jogá-lo ao mar, e foi o seu querubim Raynold que o empurrou, diante de Véronique. Lembra? Stéphane Maroux?… Ele morreu, não foi? Pois bem, não é verdade… Com um passe da minha varinha mágica, eu o ressuscitei. E aqui está ele. E aperto-lhe a mão. E falo com ele…

De fato, ele se dirigira ao recém-chegado, apertava-lhe a mão e dizia:

– Está vendo, Stéphane, eu tinha avisado que ao meio-dia em ponto tudo estaria acabado, e que nos encontraríamos no dólmen. É meio-dia em ponto.

Stéphane parecia estar em excelente estado de saúde. Nenhuma marca de ferimentos.

Vorski olhava-o com pasmo e balbuciou:

– O professor… Stéphane Maroux…

– O próprio – disse dom Luís – que tal? Aí também, você agiu como um cretino. Você e o adorável Raynold lançam um homem ao mar, mas nem sequer se lembram de olhar para saber o que aconteceu. Eu o recolhi… E isto não é nada… É só o começo, e ainda tenho mais alguns truques na manga. Veja, aprendi com o velho Druida!… Então, Stéphane, e as suas investigações?

– Nada.

– François?

– Não consegui encontrá-lo.

– E Tout-Va-Bien, colocou-o na pista do dono, como combinado?

– Sim, mas ele apenas me conduziu pela Poterna, até onde o barco de François está ancorado.

– Não há nenhum esconderijo por esses lados.

– Nenhum.

Dom Luís ficou em silêncio e pôs-se a andar de um lado para outro diante do dólmen. Parecia hesitar no último momento, antes de uma série de ações que decidira empreender.

Por fim, dirigindo-se a Vorski, disse-lhe:

– Não tenho tempo a perder. Daqui a duas horas devo abandonar a ilha. Por quanto me vende a liberdade imediata de François?

Vorski replicou:

– François entrou em duelo com Raynold e perdeu.

– Mentira, foi François quem venceu.

– Você não sabe de nada? Viu o combate?

– Não! Senão eu teria interferido. Mas sei quem foi o vencedor.

– Ninguém sabe isso, a não ser eu. Eles estavam mascarados.

– Então, se François morreu, você está perdido.

Vorski refletiu. O argumento era categórico. Então perguntou:

– O que me oferece?

– A liberdade.

– E além disso?

– Mais nada.

– Eu quero a pedra-deus.

– Nunca!

A exclamação de dom Luís foi violenta, acompanhada de um gesto cortante, e ele explicou:

– Nunca! A liberdade, sim, pois do jeito que eu o conheço, e desprovido de qualquer recurso, você acabará morto em qualquer lugar. Mas, a pedra-deus, isso seria o sucesso, a riqueza, o poder, a possibilidade de fazer o mal...

– É exatamente por isso que a quero – disse Vorski –, e, quando me confirmar o que ela vale, serei ainda mais exigente no que diz respeito a François.

– Eu encontrarei François. É uma questão de paciência e, se for preciso, ficarei mais dois ou três dias.

– Não o encontrará! E se o encontrar, será tarde demais.

– Por quê?

– François não come nada desde ontem.

Aquilo foi dito friamente, maldosamente. Houve um silêncio, e dom Luís recomeçou:

– Nesse caso, fale, se não quer que ele morra.

– Que me importa? Tudo, menos falhar na minha missão e parar pelo caminho. Estou chegando ao fim! Pior para aqueles que se interpõem entre esse fim e eu.

– Mentira. Não vai deixar morrer essa criança, que é seu filho.

– Deixei morrer o outro.

Patrice e Stéphane fizeram um gesto de horror, enquanto dom Luís ria abertamente.

– Meu Deus! Você não é hipócrita. Tem argumentos claros e convincentes. Caramba! Que espetáculo, um alemão mostrando a sua alma! Que magnífica mistura de vaidade e crueldade, de cinismo e de misticismo! Um alemão tem sempre uma missão para cumprir, mesmo que não passe de um ladrão ou de um assassino. Ora, ora, você é mais do que um alemão, é um superalemão!

E acrescentou, continuando a rir:

– Por isso, é como um superalemão que eu vou tratá-lo. Pela última vez, diga-me: onde está François?

– Não.

– Está bem.

Muito calmamente, voltou-se para os quatro marroquinos.

– Vamos, rapazes.

Foi questão de um instante. Com uma precisão de gestos verdadeiramente extraordinários e como se o ato tivesse sido decomposto em um certo número de movimentos, prendidos e repetidos antecipadamente como um exercício militar, eles agarraram Vorski, prenderam-no à corda que pendia da árvore, içaram-no sem se importarem com os seus gritos, ameaças e urros, e amarraram-no fortemente como ele amarrara a sua vítima.

– Grite, meu velho – disse tranquilamente dom Luís –, berre o mais alto que puder! Talvez acorde as irmãs Archignat e os que estão nos trinta caixões. Grite, se isso o diverte. Mas, meu Deus, como você é feio! Que carranca!

Recuou alguns passos para apreciar melhor o espetáculo.

– Que maravilha! Você fica muito bem aí em cima, está tudo perfeito... Até a inscrição "V. d'H": Vorski de Hohenzollern! Pois suponho que, como filho de rei que você é, deve estar ligado a essa nobre casa. E agora, Vorski, só tem que prestar bem atenção, vou fazer o discursinho que prometi.

Vorski contorcia-se sobre a árvore e tentava arrebentar as amarras. Mas, como todo o esforço só contribuía para aumentar o seu sofrimento, ficou quieto e, para exprimir a sua raiva, pôs-se a blasfemar cruelmente, desrespeitando dom Luís:

– Ladrão! Assassino! Você é que é o assassino! É você que condena François! François foi ferido pelo irmão, o ferimento é grave e pode piorar...

Stéphane e Patrice intervieram a dom Luís... Stéphane estava com medo.

– Será verdade? – disse. – Com um monstro desses, tudo é possível. E se o menino estiver doente?...

– Balela! Chantagem! – afirmou dom Luís. – O rapaz está bem.

– Tem certeza?

– O suficiente, de qualquer maneira, para podermos esperar por mais uma hora. Daqui a uma hora o superalemão já terá falado. Não resistirá por mais tempo. O suplício da forca desata a língua.

– E se ele não resistir?

– Como é que é?

– Sim, se ele morrer? Um esforço muito violento, uma ruptura de aneurisma, um coágulo de sangue.

– E daí?

– Então, a sua morte nos privaria da única esperança que temos de saber onde está François.

Mas dom Luís estava inflexível.

– Ele não morre! – exclamou. – Um tipo como Vorski não morre com um coágulo de sangue! Não, não, ele vai falar. Daqui a uma hora ele fala. Bem a tempo para fazer o meu discurso!

Patrice Belval não conteve o riso.

– Então você tem um discurso para fazer?

– E que discurso! – exclamou dom Luís. – A aventura completa da pedra- deus! Um tratado de história, uma visão de conjunto que vem desde os tempos pré-históricos até os trinta crimes do superalemão! Caramba, não é todo o dia que tenho a oportunidade para fazer uma conferência assim... e eu não deixarei esta passar, nem por um império! Prepare-se, dom Luís, e dá asas à sua imaginação!

Pôs-se diante de Vorski:

– Sortudo! Está na primeira fila, não vai perder uma palavra. Hein! Isso não o agrada, um pouco de luz nessas trevas? Depois de tanto tempo à deriva, sente-se a necessidade de uma direção precisa. Confesso que começo a não conseguir me orientar... Veja bem! Um enigma que já dura séculos e que você só complicou!

– Bandido! Ladrão! – grunhia Vorski.

– Insultos! Mas por quê? Se não se sente à vontade, fale-nos de François.

– Nunca! Ele vai morrer.

– Não. Você vai falar. Permito que me interrompa. Para isso, basta dar um assobiozinho. Imediatamente mandarei alguém procurar e, se não estiver mentindo, deixamos você tranquilo, Otto tira você daí, e vocês podem ir embora no barco de François. Combinado?

Voltou-se para Stéphane Maroux e para Patrice Belval.

– Sentem-se, meus amigos... Isso vai ser um pouco longo. Mas, para ser eloquente, preciso de ouvintes... ouvintes que também serão juízes.

– Nós somos apenas dois – disse Patrice.

– Serão três.

– Quem é o outro?

– Aqui está ele.

Era Tout-Va-Bien. Acabava de chegar, com o seu trote curto, sem se apressar mais que o costume. Manifestou-se alegremente a Stéphane, abanou a cauda diante de dom Luís, com ar de quem dizia: "Conheço você, conheço você, somos amigos...", e sentou-se sobre o traseiro, como se não quisesse incomodar ninguém.

– Ótimo, Tout-Va-Bien – exclamou dom Luís –, você também quer conhecer a aventura. Essa curiosidade só te honra ainda mais, e não ficará desiludido comigo.

Dom Luís parecia encantado. Tinha um auditório, um tribunal. Vorski contorcia-se na árvore. Aquele instante era realmente delicioso.

Ele esboçou um salto, batendo com os pés no ar um contra o outro, o que poderia ter lembrado a Vorski as piruetas do velho Druida, e, endireitando-se, fez uma ligeira saudação, imitou o gesto de conferencista que leva um copo de água aos lábios, depois apoiou as mãos sobre uma mesa imaginária e, por fim, começou com voz pausada:

– Minhas senhoras e meus senhores: no dia 25 de julho do ano de 732, antes de Cristo…

A LAJE DOS REIS DA BOÊMIA

Dom Luís se calou depois de ter pronunciado o começo da frase, e saboreava o efeito produzido. O capitão Belval, que conhecia o seu amigo, ria com gosto. Stéphane continuava preocupado. Tout-Va-Bien não se mexera.

Dom Luís Perenna prosseguiu:

– Confesso desde já, minhas senhoras e meus senhores, que se referi com tanta precisão esta data, foi apenas para impressioná-los. No fundo, mais século menos século, não sei dizer a data exata em que se ocorreu a cena que vou ter a honra de narrar. Mas o que posso assegurar é que ela se passa na região da Europa, que hoje se chama Boêmia, e exatamente no local onde hoje se ergue a pequena cidade industrial de Joachimsthal. Aqui ficam indicações precisas, espero. Então, na manhã desse dia...

Reinava uma grande agitação em uma daquelas tribos celtas estabelecidas há um século ou dois entre as margens do Danúbio e as nascentes do Elba, nas florestas hercinianas. Ajudados pelas mulheres, os guerreiros acabavam de dobrar as tendas, de reunir os machados sagrados, os arcos e as flechas, de juntar as cerâmicas, os utensílios de bronze, de carregar os cavalos e os bois.

Os chefes atarefavam-se e verificavam os mínimos detalhes. Não havia desordem nem tumulto. Partiram cedo em direção a um afluente do Elba, o Eger, onde chegaram ao fim do dia. Aí esperavam-nos as barcas guardadas por uma centena dos melhores guerreiros enviados antecipadamente. Uma dessas barcas chamava a atenção pelo seu tamanho e pela riqueza da decoração. Uma grande cobertura de cor ocre estendia-se de um lado ao outro. O chefe dos chefes, o rei, se preferirem, subiu para o banco de trás e pronunciou um discurso do qual vou poupá-los, pois não quero encurtar o meu, mas que se pode resumir assim: "A tribo emigrava para escapar à cobiça dos povos vizinhos. É triste deixar os lugares onde sempre se viveu. Mas isso não importava aos homens da tribo, visto que levavam o seu bem mais precioso, a herança sagrada dos seus antepassados, a divindade que os protegia e que fazia deles homens temíveis e grandes entre os maiores, em uma palavra, a pedra que cobria o túmulo do seu rei."

E o chefe dos chefes, com um gesto solene, puxou a cobertura cor de ocre e descobriu um bloco de granito em forma de laje, com cerca de dois metros por um, de aspecto granuloso, de cor escura e com alguns veios brilhantes.

Ouviu-se um único grito da multidão de homens e mulheres, e todos, de braços estendidos, caíram de frente com o rosto na terra.

Então o chefe dos chefes pegou em um cetro de metal com cabeça preciosa que repousava sobre o bloco de granito, brandiu-o e declamou:

– O bastão todo-poderoso não sairá das minhas mãos enquanto a pedra miraculosa não estiver em segurança. O bastão todo-poderoso nasceu da pedra miraculosa. Também ele contém o fogo do céu, que dá a vida ou a morte. A pedra miraculosa fechava o túmulo dos meus pais e o bastão todo-poderoso não saía das suas mãos nos dias de desgraça ou de vitória! Que o fogo do céu nos guie! Que o deus do Sol nos ilumine!

Ele falou, e toda a tribo se pôs a caminho.

Dom Luís fez uma pausa e repetiu com satisfação:

– Ele falou, e toda a tribo se pôs a caminho.

Patrice Belval divertia-se muito, e Stéphane, influenciado pela sua hilaridade, começava a sorrir. Mas dom Luís interrompeu-os:

– Não riam! Tudo isso é muito sério. Não é uma história para crianças que acreditam em magias e truques de ilusionismo, mas uma história real e cujos detalhes darão lugar, como verão, a explicações precisas, naturais e de alguma maneira científicas... Sim, científicas, não duvidem da palavra, minhas senhoras e meus senhores... Estamos aqui no campo da ciência, e até o próprio Vorski lamentará a sua jovialidade e o seu ceticismo.

Um segundo copo de água. Dom Luís prosseguiu:

Durante semanas e meses, a tribo seguiu o curso do Elba e, uma noite, eram nove horas e meia, chegou ao pé do mar, na região que se tornou mais tarde o país dos frisões. Ai ficou semanas e meses, sem encontrar a segurança necessária, o que a levou a um novo êxodo.

Êxodo marítimo, desta vez. Trinta barcas se fizeram ao mar – reparem no número trinta, que era o número de famílias que compunham a tribo –, e durante semanas e meses erraram de costa em costa, estabeleceram-se na Escandinávia, depois na terra dos saxões, foram expulsos, tornaram a partir e voltaram a navegar. E digo-vos, na verdade é um espetáculo estranho, comovente e grandioso, o espetáculo desta tribo errante, levando a reboque a pedra tumular dos seus reis e procurando o refúgio seguro, inacessível e definitivo, onde pudesse esconder o seu ídolo, pô-lo ao abrigo das investidas inimigas, celebrar o seu culto e dele se servir para assegurar o seu próprio poder.

A última etapa foi a Irlanda e, um dia, depois de terem habitado essa verde terra durante meio século ou talvez um século, depois de os seus costumes se tornarem um pouco mais brandos em contato com populações já menos bárbaras, um dia, o neto ou o bisneto do grande chefe, também ele mesmo um grande chefe, recebeu um dos emissários que enviara a países longínquos. Aquele vinha do continente. Tinha descoberto o refúgio ideal. Era uma ilha quase inacessível, guardada por trinta rochedos e onde se erguiam trinta monumentos de granito. Trinta! O número fatídico! Como não ver aí uma ordem e um apelo das divindades misteriosas? As trinta barcas voltaram a flutuar, e a expedição começou.

E foi bem-sucedida. A ilha foi tomada de assalto e os seus habitantes pura e simplesmente exterminados. A tribo instalou-se, e a pedra tumular do rei da Boêmia foi posta no local... no mesmo local onde hoje se encontra e que eu mostrei ao camarada Vorski.

Em tom didático, dom Luís continuou:
– Aqui, um pequeno parêntese e algumas considerações históricas do maior alcance. Serei breve.

A ilha de Sarek, assim como toda a França e a parte ocidental da Europa, era habitada há milhares de anos pelos chamados Ligures, descendentes imediatos dos homens das cavernas, dos quais haviam conservado em parte os usos e costumes. Grandes construtores, contudo, esses Ligures que, na época da pedra polida e sofrendo talvez a influência das grandes civilizações do Oriente, tinham erguido formidáveis blocos de granito e construído colossais câmaras funerárias.

Foi isso o que lá encontrou a nossa tribo e a que tão bem se adaptou, um sistema de cavernas e de grutas naturais, aperfeiçoadas pela mão paciente do homem, e um grupo de monumentos enormes que impressionavam a imaginação mística e supersticiosa dos Celtas.

E assim, depois da primeira fase, a das peregrinações, inicia-se, para a pedra-deus, o período de repouso e de culto, a que chamaremos o período druídico. Ele durou de mil a mil e quinhentos anos. A tribo fundiu-se com as tribos vizinhas e viveu provavelmente sob a tutela de algum rei bretão. Mas, pouco a pouco, o prestígio passara dos chefes para os sacerdotes e esses sacerdotes, ou seja, os Druidas, adquiriam uma autoridade que se acentuou no decurso das gerações seguintes.

Afirmo que essa autoridade lhes vinha da pedra milagrosa. É certo que eles eram sacerdotes de uma religião reconhecida por todos e educadores da juventude gaulesa (não há dúvida de que as celas das Charnecas Negras eram de um convento, ou melhor, de uma espécie de universidade druídica); é certo que, obedecendo às práticas desse tempo, eles presidiam aos sacrifícios humanos, dirigiam a colheita do visco da verbena e de todas as plantas mágicas. Mas, antes de tudo, na ilha de Sarek, eram os guardas e senhores da pedra que davam a vida ou morte. Colocada no cimo da sala dos sacrifícios subterrâneos, ela então indubitavelmente visível ao ar livre, e tenho razões para crer que nessa altura, o Dólmen das Fadas, que vemos daqui, se erguia no local que chamam o Calvário Florido e abrigava a pedra-deus. Era aí que os doentes e as crianças fracas se estendiam e recuperavam a saúde. Era sobre a laje santa que as mulheres estéreis se tornavam fecundas, era sobre a laje santa que os velhos sentiam renascer as forças.

Para mim, ela domina todo o passado lendário e fabuloso da Bretanha. É o centro de onde derivam todas as superstições, todas as crenças, todas as inquietudes e todas as esperanças. Por causa dela ou em virtude do cetro mágico que o arquidruida brandia e que, segundo a sua vontade, queimava a carne ou curava as feridas, foram surgindo espontaneamente belas histórias, histórias dos cavaleiros da Távola Redonda ou histórias de Merlin, o Mágico. Ela está no fundo de todas as brumas, no coração de todos os símbolos. É o mistério e a claridade, o grande enigma e a grande explicação...

Dom Luís pronunciara estas últimas palavras com uma certa exaltação. Sorriu.

– Não se entusiasme, Vorski. Guardemos o entusiasmo para a narração dos seus crimes. No momento, estamos no apogeu da época druídica, época que se prolongou muito para além dos Druidas, durante os longos séculos em que, depois do seu desaparecimento, a pedra miraculosa foi explorada pelos bruxos e adivinhos. E chegamos assim, pouco a pouco, ao terceiro período, o religioso, isto é, à nítida decadência progressiva de tudo o que fazia a riqueza de Sarek, as peregrinações, as festas comemorativas, etc.

A Igreja, com efeito, não podia conformar-se com este feiticismo grosseiro. A partir do momento em que teve poder para isso, iniciou uma luta contra o bloco de granito que atraía tantos fiéis e perpetuava uma religião tão detestável. A luta era desigual, e o passado sucumbiu. O dólmen foi transportado para onde nós estamos, a laje dos reis da Boêmia foi enterrada e ergueu-se um calvário no mesmo lugar dos milagres sacrílegos.

E tudo isso ficou no esquecimento!

Entendamo-nos. Esquecimento das práticas. Esquecimento dos ritos e do que constituía a história de um culto desaparecido. Mas não o esquecimento da pedra-deus. Já não se sabia onde ela estava. Chegou-se mesmo a ignorar o que isso era. Mas nunca deixou de se falar dela, nem de se acreditar na existência de qualquer coisa a que se chamava a pedra-deus. De boca em boca, de geração em geração, transmitiram-se narrações fabulosas e terríveis, que cada vez mais se afastavam da realidade, que criavam uma lenda cada vez mais vaga, cada vez mais prodigiosa, de resto, mas que conservava nos espíritos a lembrança e sobretudo o nome da pedra-deus.

Em virtude dessa persistência de uma ideia na memória coletiva, dessa subsistência de um fato nos anais de um país, era lógico que, de tempos a tempos, algum curioso tentasse reconstituir a prodigiosa verdade. Dois desses curiosos, frei Thomas, que pertenceu à ordem dos Beneditinos, em meados do século XV, e o senhor Maguennoc, nos nossos dias, tiveram um papel importante. O frei Thomas era um poeta e um ilustrador, acerca de quem temos poucas informações, um péssimo poeta, a julgar pelos seus versos, mas um ilustrador ingênuo e não desprovido de talento, tendo deixado uma espécie de missal em que celebrou em verso a sua estadia na abadia de Sarek e desenhou os trinta dólmens da ilha, tudo isso acompanhado de citações religiosas e predições no gênero de Nostradamus. Descoberto pelo senhor Maguennoc, esse missal continha a famosa página das mulheres crucificadas e da profecia relativa a Sarek. Foi esse missal que eu mesmo encontrei e consultei esta noite, no quarto de Maguennoc.

Personagem bizarra, esse Maguennoc, neto tardio dos bruxos de outrora, e desconfio muito que andou mais de uma vez brincando com os fantasmas. Não duvidem que o Druida de túnica branca que se dizia ter sido visto no sexto dia da lua a colher o visco não era outro se não Maguennoc. Ele também conhecia eficazes receitas, as plantas que curam, a maneira de trabalhar a terra para que cresçam flores enormes. Uma coisa é certa: ele entrou nas criptas mortuárias e na sala dos sacrifícios, foi ele quem guardou a pedra mágica escondida na cabeça do ceptro, e entrou nessas criptas pela abertura por onde acabamos de passar, no meio do caminho da Poterna, tendo de reconstruir, cada vez, o muro de pedras. Foi também ele quem deu ao senhor d'Hergemont a página do missal. Mas ter-lhe-á transmitido o resultado das suas últimas investigações? Que sabia exatamente o senhor d'Hergemont? Isso agora pouco importa. Uma outra personagem surge, que passa a ser a figura central, e que reclama toda a atenção, um eleito enviado pelo destino para resolver o enigma secular, para executar as ordens das potências misteriosas e para meter no bolso a pedra-deus... Refiro-me a Vorski.

Dom Luís bebeu o seu terceiro copo de água e, fazendo um sinal ao cúmplice, disse:

– Otto, pode dar água para ele, se ele tiver sede. Está com sede, Vorski?

Sobre a árvore, Vorski parecia exausto, no limite das forças e da resistência. Stéphane e Patrice intervieram de novo, receando um desenlace súbito.

– Não, não – exclamou dom Luís –, ele é forte e vai aguentar até que acabe o meu discurso, nem que seja apenas pelo desejo de saber. Não é Vorski, isso tudo não apaixona você?

– Ladrão! Assassino! – balbuciou o miserável.

– Está bem! Então ainda se recusa a dizer onde está François?

– Assassino… Bandido…

– Fique então aí, meu velho. Como quiser. Não há nada melhor para a saúde do que um pouco de sofrimento. E depois, você fez muita gente sofrer, seu grande canalha!

Dom Luís pronunciou estas palavras com dureza, e com um tom de cólera inesperado em um homem que já vira tantas perversidades e que já lutara contra tantos criminosos. Mas aquele não excedia todos os limites?

Dom Luís prosseguiu:

Há cerca de trinta e cinco anos, uma mulher de grande beleza, vinda da Boêmia, mas que era de origem húngara, adquiriu rapidamente, nas estâncias termais que abundam nas margens dos lagos da Baviera, uma grande reputação de ler o futuro, ao jogar as cartas, como quiromante, adivinhadora e médium. Chamou a atenção do rei Luís II, amigo de Wagner, construtor de Bayreuth, uma espécie de louco coroado, célebre pelas suas extravagantes fantasias. A ligação do louco e da vidente durou alguns anos, uma ligação agitada, violenta, interrompida pelos caprichos do rei, e que terminou tragicamente na noite misteriosa em que Luís II da Baviera se precipitou da sua barca para o lago de Starnberg. Tratou-se realmente, como pretende a versão oficial, de um acesso de demência ou suicídio? Ou foi um crime, como também se afirmou? E por que esse suicídio? E por que esse crime? Questões que nunca terão resposta. Mas um fato permanece: a mulher da Boêmia acompanhava Luís II no seu passeio pelo lago e, no dia seguinte, é expulsa, despojada das suas joias e dos seus valores, e conduzida até à fronteira.

Desta aventura ela trazia um jovem monstro, de quatro anos de idade, e que se chamava Alexis Vorski, jovem monstro que viveu com a mãe não muito longe da vila de Joachimsthal, na Boêmia, e que mais tarde foi por ela instruído em todas as práticas da sugestão em estado de vigília, da percepção extra-sensorial e da trapaça. Caráter de uma violência inaudita, mas espírito muito débil, sujeito a alucinações e pesadelos, acreditando em sortilégios, em predições, em sonhos, em poderes ocultos, ele tomava as lendas pela história e as mentiras pela realidade. Impressionara-o sobretudo uma das numerosas lendas das montanhas: a que evocava o poder fabuloso de uma pedra que, na noite dos tempos, fora levada por gênios malignos e que um dia seria novamente trazida pelo filho de um rei. Os camponeses ainda hoje mostram o buraco que essa pedra deixou no flanco de uma colina. "Tu és filho do rei", dizia-lhe a mãe. "E se encontrares a pedra roubada, escaparás ao punhal que te ameaça, e tu mesmo serás rei."

– Esta predição extravagante e uma outra, não menos barroca, pela qual a mulher da Boêmia anunciava que a esposa do seu filho pereceria em uma cruz, e que ele mesmo morreria pela mão de um amigo, foram aquelas que mais diretamente influenciaram Vorski, quando soou a hora fatídica. E passo já a essa hora fatídica, sem falar do que nós três já soubemos, através das nossas conversas de ontem e desta noite, e do que conseguimos reconstituir. Para quê, com efeito, repetir o detalhado relato que você, Stéphane, na sua cela, fez a Véronique d'Hergemont? Para quê contar novamente a você, Patrice, a você, Vorski, e a você, Tout-Va-Bien, os acontecimentos que já são do conhecimento de todos? Como o casamento de Vorski (ou melhor, os dois casamentos, primeiro com Elfride, depois com Véronique d'Hergemont), como o rapto de François pelo seu avô, como o desaparecimento de Véronique, como as investigações que fez para encontrá-la, como a sua conduta na época da guerra e a sua estada nos campos de concentração? Simples bagatelas, ao lado dos acontecimentos que vêm a seguir.

Elucidamos a história da pedra-deus. E a recente aventura, tecida por você, Vorski, em torno da pedra-deus, é essa aventura que vamos desenredar.

Começa da seguinte maneira. Vorski é preso em um campo de concentração perto de Pontivy, em plena Bretanha. Já não se chama Vorski, mas Lauterbach. Quinze meses antes, depois de uma primeira evasão, quando o conselho de guerra ia condená-lo à morte, por espionagem, escapou-se, viveu na floresta de Fontainebleau, encontrou um antigo criado seu chamado Lauterbach, alemão como ele e também fugitivo, matou-o, vestiu-lhe as suas roupas e maquilou-o de modo a dar-lhe a aparência dele próprio, Vorski. A justiça militar, enganada, fez enterrar o falso Vorski em Fontainebleau. Quanto ao verdadeiro Vorski, teve o azar de ser mais uma vez preso, sob o seu novo nome de Lauterbach, sendo internado no campo de Pontivy.

Isto no que diz respeito a Vorski. Por outro lado, Elfride, a sua primeira mulher, a temível cúmplice de todos os seus crimes, também ela alemã (sobre ela e sobre o passado comum deles sei alguns detalhes sem muita importância, e que julgo inútil mencionar), Elfride, dizia, cúmplice dele, ficou escondida com o seu filho, Raynold, nas celas de Sarek. Ele deixou-a aí com ordem de espiar o senhor d'Hergemont e de chegar por seu intermédio até Véronique d'Hergemont. As razões que levavam esta miserável a agir, eu ignoro. Devoção cega, medo de Vorski, instinto para o mal, ódio pela rival que tomara o seu lugar, que importa? Ela teve o mais horrível castigo. Falemos apenas do papel que desempenhou, sem tentar compreender como teve coragem de viver três anos debaixo de terra, saindo só à noite, roubando comida para ela e para o filho, e esperando pacientemente o dia em que pudesse servir e salvar o seu dono e senhor.

Também ignoro a série de fatos que lhe permitiram entrar em ação e, igualmente, de que maneira Vorski e Elfride puderam se comunicar. Mas o que sei, com a maior das certezas, é que a evasão de

Vorski foi demorada e minuciosamente preparada pela sua primeira mulher. Todos os detalhes foram previstos. Todas as precauções foram tomadas. A catorze de setembro do ano passado, Vorski evadia-se, levando consigo dois comparsas, a quem se ligara durante o seu cativeiro e que ele tinha, por assim dizer, contratado: o senhor Otto e o senhor Conrad.

Viagem fácil. Em cada cruzamento, uma seta, acompanhada de um número de ordem e das iniciais "V. d'H." (iniciais escolhidas evidentemente por Vorski), indicava a estrada a seguir. De vez em quando, numa cabana abandonada, sob uma pedra, dentro de uma meada de feno, alguns alimentos. Passagem por Guémené, Faouët, Rosporden, e chegada à praia de Beg-Meil.

Aí vieram Elfride e Raynold, de noite, buscar os três fugitivos com o barco a motor de Honorine, e os conduziram até junto das celas druídicas da Charneca Negra. Subiram. Os seus alojamentos estavam prontos e, como viram, bastante confortáveis. O inverno passou e, dia após dia, o plano ainda muito vago de Vorski adquiria contornos mais exatos.

Uma coisa bizarra, quando da sua primeira estadia em Sarek, antes da guerra, é que ele não ouvira falar do segredo da ilha. Foi Elfride, nas cartas que escreveu para Pontivy, quem lhe contou a lenda da pedra-deus. Podem imaginar o efeito que tal revelação produziu em um homem como Vorski. A pedra-deus não era a pedra miraculosa roubada do solo do seu país, a pedra que deveria ser descoberta pelo filho de um rei e que, então, lhe daria o poder e a realeza? Tudo o que mais tarde veio a saber consolidou essa sua convicção. Mas o fato mais importante da sua existência subterrânea em Sarek foi a descoberta, no mês passado, da profecia de frei Thomas. Alguns fragmentos dessa profecia ele já conseguira ouvir, aqui e ali, quando à noite se punha debaixo das janelas das cabanas ou em cima dos telhados dos celeiros para ouvir as conversas dos camponeses. Desde sempre eram temidos, pelo povo de Sarek, os acontecimentos terríveis relacionados com a descoberta e o desaparecimento da pedra invisível. *Também sempre se falara de naufrágios e de mulheres crucificadas. E, de resto, Vorski não conhecia a inscrição do Dólmen das Fadas... as trinta vítimas prometidas para os trinta caixões, o suplício das quatro mulheres, a pedra-deus que dá vida ou morte. Que perturbadoras coincidências para um espírito tão fraco como o dele!*

Mas a própria profecia, encontrada por Maguennoc no missal iluminado, eis o ponto essencial de toda esta história. Lembremo-nos que Maguennoc arrancara a famosa página, e que o senhor d'Hergemont, que gostava de desenhar, a copiara várias vezes, dando involuntariamente à mulher principal o rosto da sua filha Véronique. Foi o próprio original e uma dessas cópias que Vorski conheceu, em uma noite em que viu Maguennoc examiná-los à luz de uma lanterna. Imediatamente, no escuro, rabiscou no seu caderninho os quinze versos do precioso documento. Nesse momento, ele passou a saber e compreender tudo. Uma claridade ofuscante cegava-o. Os dados dispersos reuniam-se em um todo, e formavam uma verdade sólida e compacta. Não havia dúvida possível: aquela profecia dizia respeito a ele, e era ele quem tinha a missão de realizá-la!

Repito: é este o nó da questão. A partir desse instante um farol iluminou o caminho de Vorski. Ele tinha agarrado o fio de Ariadne. A profecia foi para ele um texto irrecusável. Foi uma das Tábuas da Lei. Foi uma Bíblia. E, no entanto, que estupidez, que incomensurável burrice são esses versos alinhados ao acaso. Nem uma só frase que traga a marca da inspiração! Nem uma centelha! Nem um vestígio dessa loucura sagrada que transportava a pitonisa de Delfos ou provocava as visões delirantes de um Jeremias ou de um Ezequiel! Nada. Nada, menos que nada. Mas o bastante para iluminar o bom Vorski e incendiá-lo com um entusiasmo de neófito!

– Stéphane, Patrice, ouçam a profecia do frei Thomas! O superalemão escreveu-a dez vezes em dez páginas do seu caderninho, para dez vezes trazê-la de encontro ao peito e gravá-la no fundo do seu ser. Aqui está uma dessas folhas. Stéphane, Patrice, ouçam! Ouça, fiel Otto. E você mesmo, Vorski, pela última vez, ouça os versos de frei Thomas! Passo a ler:

Na Ilha de Sarek, no ano catorze e três,
Haverá naufrágios, lutos e crimes.
Flechas, veneno, gemidos, horrores.
Câmaras de morte, quatro mulheres crucificadas.
Para os trinta caixões, trinta vítimas.
Diante da mãe, Abel matará Caim.
O pai então, vindo da Alemanha,
Príncipe cruel às ordens do destino.
Por mil mortes e lenta agonia
Tendo morto a esposa, numa noite de junho,
Chamas e estrondos surgirão da terra
No lugar secreto onde jaz o grande tesouro,
E o homem por fim encontrará a pedra,
Outrora roubada dos Bárbaros do Norte,
A pedra-deus que dá vida ou morte.

Dom Luís Perenna começara a sua leitura em um tom enfático, dando realce à imbecilidade das palavras e à banalidade do ritmo. Terminou absurdamente, com uma voz sem timbre, que se prolongou em um silêncio de angústia. A história completa surgia com todo o seu horror.

Ele prosseguiu:

– Estão compreendendo o encadeamento dos fatos, não é verdade?! Stéphane, você que foi uma das vítimas e que conheceu ou conhece outras vítimas? Você também, Patrice?

No século XV, um pobre monge de transtornada imaginação, espírito atormentado por visões infernais, desabafa os seus pesadelos em uma profecia louca que não se baseia em nenhum dado sério e que, certamente, tanto no espírito do poeta como do ponto de vista da realidade, não tem mais valor do que uma composição de palavras ao acaso. A história da pedra-deus, as tradições e as lendas, nada disso lhe proporciona o mínimo elemento para uma predição. Essa predição, ele a extrai de si mesmo, o bom homem, sem má intenção, e simplesmente para pôr um texto qualquer na margem do desenho diabólico que minuciosamente iluminara. E ficou tão contente com ela que se deu ao trabalho de gravar alguns versos em um dos blocos do Dólmen das Fadas.

Ora, quatro séculos mais tarde, a página profética caiu nas mãos de um superalemão, maníaco do crime, vaidoso e louco. O que vê aí o superalemão? Uma fantasia divertida e pueril? Um capricho insignificante? Não. Vê um documento do mais alto interesse, um desses documentos como os que provavelmente são estudados pelos mais superalemães dos seus compatriotas, com a diferença de que esse documento é de origem maravilhosa. É o Antigo e o Novo Testamento, o Livro Santo que explica a lei de Sarek! É o próprio Evangelho da Pedra-Deus. E esse evangelho designa-o a ele, Vorski, a ele, o superboche, como o Messias encarregado de realizar os decretos providenciais.

Para Vorski, nenhuma dúvida quanto a isso. É certo que a coisa lhe agrada, pois trata-se de roubar a fortuna e o poder. Mas essa questão é secundária. Ele obedece sobretudo ao impulso místico de uma raça que se vê predestinada e julga obedecer sempre a uma missão, seja ela a de regenerar, a de pilhar, a de destruir ou a de assassinar. E a sua missão, leu-a Vorski com todas as letras na profecia do frei Thomas. Frei Thomas diz explicitamente o que é preciso fazer e nomeia-o a ele, Vorski, da maneira mais clara, como sendo o homem do destino. Ele não é filho de rei, ou seja, "príncipe da Alemanha"? Não vem do próprio país de onde a pedra foi roubada dos "Bárbaros do Norte"? Não tem uma mulher também destinada, segundo as predições dos videntes, ao suplício da cruz? Não tem dois filhos, um afável e gracioso como Abel, o outro duro, mau e intratável como Caim?

Estas provas bastam-lhe. Doravante, tem no bolso a sua ordem de mobilização, a sua guia de marcha. Os deuses marcaram o ponto preciso em direção ao qual deve caminhar: ele caminha. Há no seu caminho algumas pessoas vivas. Tanto melhor! Faz parte do programa. É a partir do momento em que todas essas pessoas forem suprimidas, e suprimidas pela maneira indicada por frei Thomas, que a obra será acabada, que a pedra-deus será entregue, e que Vorski, instrumento do destino, será coroado rei. Então, arregacemos as mangas, agarremos no cutelo de carniceiro e mãos à obra! Vorski vai transpor para a vida real os pesadelos do frei Thomas!

"PRÍNCIPE CRUEL ÀS ORDENS DO DESTINO..."

Dom Luís dirigiu-se novamente a Vorski:

– Estamos ou não de acordo, camarada? Tudo o que digo é verdade, é ou não é?

Vorski fechara os olhos, a cabeça estava pendida e as veias da fronte tinham se dilatado desmesuradamente. Para evitar qualquer intervenção de Stéphane, dom Luís exclamou:

– Vai ter que falar, meu velho. A dor começa a aumentar, hein? Vai mudar de ideia? Lembre-se… um assobio… e interrompo o meu discurso… Não quer? Ainda não está satisfeito? Pior para você. E você, Stéphane, não tema em relação a François. Eu respondo por tudo. Mas não tenhamos piedade deste monstro, por favor. Ah, não, mil vezes não! Não esqueçam que ele preparou e combinou tudo, e deliberadamente! Não esqueçam… Estou muito empolgado com tudo isso.

Dom Luís desdobrou a folha onde Vorski escrevera a profecia, e com ela diante dos olhos prosseguiu:

– O que me resta a dizer tem menos importância, uma vez que já dei a explicação geral. Mas contudo é preciso, na verdade, entrar em alguns detalhes, demonstrar o mecanismo da história imaginada e construída por Vorski, e finalmente chegar à intervenção do nosso simpático velho Druida.

Assim, portanto, eis-nos no mês de junho. É a data fixada para a execução das trinta vítimas. Evidentemente que isso foi determinado ao acaso por frei Thomas, assim como o ano catorze e três. Também o número de vítimas, trinta, foi escolhido por frei Thomas porque é o número de escolhos e de dólmenes de Sarek. Mas, para Vorski, a ordem é indiscutível. Em junho de 1917, são necessárias trinta vítimas. Mas isso só era possível, contudo, se os vinte e nove habitantes de Sarek (já veremos que Vorski tem debaixo do olho a sua trigésima vítima) estivessem dispostos a permanecer na ilha à espera da sua própria imolação. Ora, acontece que, de repente, Vorski fica sabendo da partida de Honorine e de Maguennoc. Honorine voltará a tempo. Mas, e Maguennoc? Vorski não hesita: envia em seu encalço Elfride e Conrad, com ordem para matá-lo. Ele não hesita porque supõe, pelo que ouviu dizer, que Maguennoc levou com ele a pedra preciosa, na qual não se pode tocar e que deve ficar no seu estojo de chumbo. (É a própria expressão de Maguennoc.)

Elfride e Conrad partem, então. Certa manhã, em uma estalagem, Elfride mistura veneno na chávena de café e Maguennoc bebe. (Não anunciava a profecia que haveria envenenamento?) Maguennoc põe-se novamente a caminho. Mas, ao fim de algumas horas, começa a sentir dores intoleráveis e morre, quase instantaneamente, à beira de um talude. Elfride e Conrad socorrem, revistam e esvaziam os bolsos. Nada. Nenhuma joia. Nenhuma pedra preciosa. As esperanças de Vorski não se concretizaram. Mas ali está o cadáver. Que fazer dele? Põem-no provisoriamente em uma cabana meio destruída, por onde alguns meses atrás já tinham passado Vorski e os seus cúmplices. É aí que Véronique d'Hergemont o descobre... e é aí que ela já não o encontra, uma hora depois, tendo Elfride e Conrad, que andavam nas proximidades, feito desaparecer e escondido o cadáver, sempre provisoriamente, nas ruínas de um pequeno castelo abandonado.

E lá se foi o primeiro. De passagem, notemos que as predições de Maguennoc, relativamente à ordem na qual seriam executadas as trinta vítimas – a começar por ele–, não se baseiam em nada. A profecia não fala disso. De qualquer maneira, Vorski age ao acaso. Em Sarek, rapta François e Stéphane Maroux, depois, por precaução, para atravessar a ilha sem chamar a atenção e para penetrar mais facilmente no Priorado, veste as roupas de Stéphane, enquanto Raynold veste as de François. A tarefa, de resto, é fácil. Na casa há apenas um velho, o senhor d'Hergemont, e uma mulher, Marie Le Goff. Logo que eles fossem suprimidos, revistariam os quartos, principalmente o de Maguennoc. Quem sabe, pensa Vorski – que ignora ainda o resultado da expedição de Elfride –, quem sabe se Maguennoc não deixou no Priorado a joia miraculosa?

Segunda vítima, a cozinheira Marie Le Goff, que Vorski agarra pela garganta e a mata com uma faca. Mas acontece que um jato de sangue inunda a cara do bandido. Cheio de medo, atacado por uma das suas crises de covardia, ele foge, depois de ter lançado Raynold contra o senhor d'Hergemont.

A luta entre o rapaz e o velho é prolongada. Desenrola-se pela casa toda, e por um trágico acaso conclui-se diante dos olhos de Véronique d'Hergemont. O senhor d'Hergemont é morto. Nesse momento chega Honorine. Sucumbe. Quarta vítima.

Os acontecimentos se precipitam. Durante a noite, o pânico começa. Vendo que as predições de Maguennoc se cumprem, e que vai soar a hora da catástrofe, que ameaça a sua ilha há tanto tempo, os habitantes de Sarek, desvairados, decidem partir. É isso que Vorski e o filho estão à espera. No barco a motor que roubaram, lançam-se sobre os fugitivos, e dá-se a abominável caçada, o grande golpe anunciado por frei Thomas: "Haverá naufrágios, lutos e crimes". Honorine, que assiste ao espetáculo e já está bastante abalada, fica louca e lança-se do alto da falésia.

Depois disto, alguns dias de calmaria durante os quais Véronique d'Hergemont explora, sem ser perturbada, o Priorado. De fato, depois da sua proveitosa caçada, pai e filho deixam Otto sozinho (passando mais tempo se embriagando nas celas), e partem de barco para procurar Elfride e Conrad, para trazer o cadáver de Maguennoc e jogá--lo às águas ao largo de Sarek, pois Maguennoc tem o seu domicílio reservado e obrigatório em um dos trinta caixões.

Neste momento, ou seja, quando volta para Sarek, Vorski está no número vinte e quatro. Stéphane e François, vigiados por Otto, estão presos. Faltam quatro mulheres reservadas ao suplício, três das quais são as irmãs Archignat, todas elas fechadas no celeiro. É a vez delas. Véronique d'Hergemont tenta salvá-las: tarde demais. Espiadas nas sombras, sob a mira de Raynold, hábil atirador com arco, as irmãs Archignat são atingidas pelas flechas (as flechas, ordem da profecia) e caem nas mãos do inimigo. Nessa mesma noite, são amarradas a três carvalhos, não sem que Vorski as tivesse antes aliviado das cinquenta notas de mil que traziam escondidas. Resultado: vinte e nove vítimas. Quem será a trigésima? Quem será a quarta mulher?

Dom Luís fez uma pausa e prosseguiu:

– A profecia é muito clara sobre esta questão em dois trechos que se completam: *"Diante da mãe, Abel matará Caim."* E, alguns versos depois: *"... tendo morto a esposa em uma noite de junho."*

Vorski, desde que tivera conhecimento do documento, interpretara os dois versos à sua maneira. Não podendo, de fato, nessa época, dispor de Véronique, que procurara em vão por toda a França, tenta de qualquer modo cumprir as ordens do destino. A quarta mulher torturada será a sua esposa, mas a primeira esposa, Elfride. E isso não iria absolutamente nada contra a profecia, pois em rigor tanto podia tratar-se da mãe de Caim como da mãe de Abel. E notemos que a outra predição, que antes lhe fora feita pessoalmente, também não designava aquela que devia morrer: "A mulher de Vorski morrerá crucificada". Que mulher? Elfride.

Morreria então a querida e devotada cúmplice. Grande desgosto para Vorski! Mas não é preciso obedecer ao deus Moloch? E se Vorski, para realizar a sua obra, decidiu sacrificar o seu filho Raynold, seria indesculpável se não sacrificasse a sua mulher, Elfride. E assim tudo ficaria bem.

Mas bruscamente, um golpe de teatro. Ao perseguir as irmãs Archignat, ele vê e reconhece Véronique d'Hergemont! Como é que um homem como Vorski poderia não ver nisso mais um favor dos poderes superiores? A mulher que ele nunca esquecera, tinha sido enviada exatamente na hora em que deveria entrar na grande aventura. É oferecida a ele como uma presa maravilhosa, que ele vai poder imolar... ou conquistar. Que perspectiva! E como o céu se ilumina com claridades imprevistas! Vorski perde a cabeça. Julga cada vez mais que é o Messias, o eleito, o príncipe que está "às ordens do destino". Ele pertence à linhagem dos grandes sacerdotes, guardadores da pedra-deus. É um Druida, um arquidruida, e, como tal, na noite em que Véronique d'Hergemont ateia fogo na ponte – noite que é a sexta depois da lua – ele vai cortar o visco sagrado com uma foice de ouro!

– E o cerco ao Priorado começa. Não vou insistir nisso. Véronique d'Hergemont contou tudo a você, Stéphane, e nós conhecemos o sofrimento por que ela passou, o papel que teve o delicioso Tout-Va-Bien, a descoberta do subterrâneo e das celas, a luta em busca de François, a luta para encontrá-lo, Stéphane, que Vorski aprisionara em uma das celas de tortura chamadas pela profecia "Câmaras de morte".

Você e a senhora d'Hergemont são aí surpreendidos. O jovem monstro Raynold atira-o para o mar. François e sua mãe escapam. Infelizmente, Vorski e os cúmplices tinham conseguido chegar ao Priorado. François é apanhado. A mãe vai em busca dele... E depois, depois, são as cenas mais trágicas, sobre as quais não insisto: o encontro entre Vorski e Véronique d'Hergemont, o duelo entre os dois irmãos, entre

Abel e Caim, na presença da própria Véronique d'Hergemont. A profecia não o exigia? "Diante da mãe, Abel matará Caim." E a profecia exige igualmente que ela sofra para além de todos os limites, e que Vorski seja um requintado malandro. "Príncipe cruel", ele põe uma máscara nos dois combatentes e, como Abel está prestes a ser vencido, ele próprio fere Caim, para que seja Caim a morrer. O monstro está louco. Está louco e está bêbado. O desenlace se aproxima. Ele bebe, bebe muito, pois nessa mesma noite ocorrerá o suplício de Véronique d'Hergemont. "Por mil mortes e lenta agonia, tendo morto a esposa..."

As mil mortes, Véronique sofreu-as, e a agonia será lenta. A hora chegou. Ceia, cortejo fúnebre, preparativos, erguer da escada, amarras, e depois... e depois, aparece o velho Druida!

Dom Luís pronunciou estas duas últimas palavras e desatou a rir.

– Ah! Aqui, então, a coisa fica mais engraçada. A partir deste momento, o drama aproxima-se da comédia e o burlesco confunde-se com o macabro. Ah! Esse velho Druida, que raio de homem esquisito! Para você, Stéphane, e para você, Patrice, que estavam nos bastidores, a história deixa de ter interesse. Mas para Vorski... Que revelações apaixonantes!... Olhe, Otto, encoste a escada ao tronco da árvore de maneira que o teu patrão possa pôr os pés no degrau superior. Está bem. Hein, isso o alivia, Vorski? Note que a minha atenção não vem de um sentimento de piedade absurda. Não. Mas tenho um certo receio de que você vá desta para melhor e, além disso, quero que esteja bem instalado para ouvir a confissão do velho Druida.

Nova gargalhada. Decididamente, o velho Druida provocava a hilaridade de dom Luís.

– A chegada do velho Druida – disse – traz à aventura ordem e sensatez. O que não tinha nexo adquire um sentido. A incoerência no crime transforma-se em lógica no castigo. Já não se trata da obediência aos versos de frei Thomas, mas da submissão ao bom-senso, do método rigoroso de um homem que sabe o que quer e que não tem tempo a perder. Na verdade, o velho Druida merece toda a nossa admiração. O velho Druida, a quem poderíamos chamar indiferentemente dom Luís Perenna ou Arsène Lupin, não sabia muita coisa da história quando o periscópio do seu submarino, o *Rolha de Cristal*, emergiu ontem pelo meio-dia frente à costa de Sarek.

– Não sabia muita coisa? – exclamou Stéphane Maroux.

– Podia mesmo dizer absolutamente nada – afirmou dom Luís.

– Como? E então todos esses detalhes sobre o passado de Vorski, todos esses pormenores sobre o que ele fez em Sarek, sobre o papel de Elfride, o envenenamento de Maguennoc?

– Tudo isso – declarou dom Luís –, eu soube aqui mesmo, desde ontem.

– Mas por quem? Nós estivemos sempre com você...

– Acreditem quando digo a vocês que o velho Druida, ao chegar ontem às costas de Sarek, não sabia absolutamente nada. Mas o velho Druida tem a pretensão de ser, pelo menos tanto como você, Vorski, favorecido pelos deuses!

E, de fato, ele teve logo a sorte de avistar, em uma pequena praia isolada, o amigo Stéphane, que também tivera a sorte de cair em uma bolsa de água bastante profunda, escapando assim ao destino que você e o seu filho lhe reservavam. Salvamento, conversa... Em meia hora, o velho Druida ficou informado. Imediatamente, buscas... Acabou por chegar às celas, e na sua, Vorski, ele encontra a túnica branca que irá usar; depois, num pedaço de papel, uma cópia, escrita por você, da profecia. Veio mesmo a calhar. O velho Druida passa a conhecer o plano do inimigo.

Ele seguiu primeiro pelo túnel por onde François e a mãe fugiram, mas não pôde passar por causa do desabamento que se produzira. Volta para trás e vai sair nas Charnecas Negras. Exploração da ilha. Encontro com Otto e Conrad.

O inimigo queima a ponte. São seis horas da tarde. Como chegar ao Priorado? "Pela subida da Poterna", diz Stéphane. O velho Druida volta para o Rolha de Cristal. Contorna a ilha segundo as indicações de Stéphane, que conhece todas as passagens (e de resto o Rolha de

Cristal, meu caro Vorski, é um submarino versátil, que se esgueira por todos os lados, e que o velho Druida mandou construir segundo os seus próprios planos) e, enfim, chegam ao local onde está suspenso o barco de François. Aí encontram Tout-Va-Bien, dormindo embaixo do barco. O velho Druida é apresentado. Simpatia imediata. Põem-se a caminho. Mas, no meio da subida, Tout-Va-Bien muda de direção. A parede da falésia parece remendada nesse local com pedras sobrepostas. No meio das pedras, um buraco que, como o velho Druida depois percebeu, fora feito por Maguennoc para penetrar na sala dos sacrifícios subterrâneos e nas criptas mortuárias. O velho Druida encontra-se assim a par de toda a intriga, que conhece por dentro e por fora. Simplesmente, são oito horas da noite.

Em relação a François, não há uma preocupação imediata. A profecia anunciou que "Abel matará Caim". Mas será que Véronique d'Hergemont, que deveria perecer "numa noite de junho", já sofreu a abominável tortura? Será tarde demais para socorrê-la?

Dom Luís voltou-se para Stéphane:

– Lembra, Stéphane, das angústias que você o velho Druida passaram, e a sua alegria quando descobriram a árvore preparada com a inscrição "V. d'H."? Sobre essa árvore, nenhuma vítima ainda. Véronique será salva e, com efeito, ouve-se um ruído de vozes que vêm do Priorado.

É o sinistro cortejo. Pelas trevas que se adensam, ele sobe lentamente ao longo do relvado. A lanterna agita-se. Uma parada. Vorski discursa. O desenlace se aproxima. Dentro de pouco tempo será o assalto e a libertação de Véronique.

Mas então, há um incidente que vai diverti-lo, Vorski... Sim, uma estranha descoberta feita por mim e pelos meus amigos... a descoberta de uma mulher que anda à espreita junto do dólmen e que, ao ver-nos se esconde. Nós a pegamos. À luz da lanterna elétrica, Stéphane a reconhece. Sabe quem era, Vorski? Veja se adivinha. Elfride! Sim,

Elfride, a tua cúmplice, aquela que antes você pensava em crucificar! É curioso, não é? Muito excitada, meio louca, ela nos conta que consentira no duelo entre os dois rapazes sob a promessa de que o seu filho seria o vencedor e mataria o filho de Véronique. Mas você a prendeu nessa manhã e, à tarde, quando ela conseguiu fugir, foi o cadáver do próprio filho que ela encontrou. Agora, ela vinha assistir ao suplício da rival que detesta, para depois se vingar de você e matar você, meu velho.

Muito bem! O velho Druida aprova e, enquanto você se aproxima do dólmen, e Stéphane espia, ele continua a interrogar Elfride. Mas de repente, não é que ao ouvir a sua voz, Vorski, não é que a desavergonhada muda de ideia? Reviravolta imprevista! A voz do seu senhor provoca-lhe uma enorme agitação. Ela quer ver você, quer preveni-lo do perigo, salvá-lo e, subitamente, lança-se sobre o velho Druida com um punhal na mão. O velho Druida é obrigado a descadeirá-la para se defender e, perante aquela moribunda, logo vislumbra o partido que pode tirar do acontecimento. Em um piscar de olhos, a maldosa criatura é amarrada. Será você próprio a castigá-la, Vorski, e ela terá o destino que anteriormente lhe era reservado. O velho Druida passa então a sua túnica a Stéphane, dá a ele algumas instruções, atira uma flecha em direção a você, e enquanto você vai em perseguição de uma túnica branca, ele substitui Véronique por Elfride, a segunda esposa pela primeira. Como? Você não teve nada a ver com isso. Pregamos uma peça em você, e não imagina como deu bom resultado!

Dom Luís retomou o fôlego. Poder-se-ia realmente dizer, pelo seu tom de confidência familiar, que contava a Vorski uma história engraçada, uma boa farsa, da qual Vorski devia ser o primeiro a rir.

– Mas ainda não é tudo – continuou. – Enquanto isso, Patrice Belval e alguns dos meus marroquinos (para sua informação, há dezoito a bordo) estiveram trabalhando nas salas subterrâneas. A profecia não é categórica?

Quando a esposa tiver dado o último suspiro, *"Chamas e estrondos surgirão da terra, no lugar secreto onde jaz o grande tesouro".*

Bem entendido, frei Thomas nunca soube onde jazia o grande tesouro, nem ninguém no mundo alguma vez o soube. Mas o velho Druida parece que adivinhou, e pretende que Vorski tenha o seu sinal e caia nas suas mãos como um patinho. Para isso, é preciso que haja uma saída perto do Dólmen das Fadas. O capitão Belval procura e a encontra, pois Maguennoc já começara a trabalhar naquele lugar. Desaterra-se uma velha escadaria. Desentulha-se o interior da árvore morta. Do submarino são trazidos e colocados foguetes de sinalização e cargas de dinamite. E quando, do alto do teu poleiro, Vorski, você clama como um arauto: "Ela morreu! A quarta mulher morreu crucificada!"... Pam! Pam! trovão, chamas e estrondos, aquela trepidação toda... Enfim, você é cada vez mais querido dos deuses, o preferido do destino, e arde no nobre desejo de se enfiar pelo buraco da chaminé e de engolir a pedra-deus. Então, no dia seguinte, depois de ficar curado da bebedeira de aguardente e rum, você volta à carga, com o coração na boca. Matou as suas trinta vítimas segundo os ritos de frei Thomas. Ultrapassou todos os obstáculos. A profecia foi cumprida. "E o homem por fim encontrará a pedra, outrora roubada dos Bárbaros do Norte. A pedra-deus que dá vida ou morte."

O velho Druida só precisa se resolver, e oferecer a você a chave do Paraíso. Mas antes de mais nada, bem entendido, um pequeno interlúdio, alguns pulos de dança e feitiçarias, uma história com uma certa graça. E depois, a pedra-deus guardada pela Bela Adormecida!

Dom Luís executou alguns daqueles pulos pelos quais parecia ter tanta predileção. Depois disse a Vorski:

– Meu velho, tenho uma vaga sensação de que você já está farto do meu discurso e que, em vez de continuar a ouvir, seria mais agradável revelar-me imediatamente onde está François. Estou com muita pena! Realmente é preciso que saiba tudo sobre a Bela Adormecida e sobre a insólita presença de Véronique d'Hergemont. Dois minutos serão o suficiente, de resto. Desculpe-me.

E dom Luís prosseguiu, deixando então de lado o velho Druida e passando a falar em seu próprio nome:

Sim, por que é que levei Véronique d'Hergemont para aquele lugar, depois de a ter arrancado das tuas garras? A minha resposta é muito simples: para onde queria que a levasse? Para o submarino? Absurdo. O mar estava agitado nessa noite, e Véronique precisava de repouso. Para o Priorado? Nunca na vida. Era muito longe do teatro das operações, e eu não ficaria tranquilo. Na verdade, só havia um lugar ao abrigo da tempestade e ao abrigo das tuas investidas: a sala dos sacrifícios, e foi por isso que a levei para lá, e ela dormia, tranquilamente, sob a influência de um bom narcótico, quando você a viu. Confesso também que o prazer de lhe proporcionar aquele pequeno espetáculo pesou na minha resolução. E como fui recompensado!

Lembro da cara de espanto com que você ficou! Que horrível visão! Véronique ressuscitada! A morta-viva! Visão de tal modo horrível, que você se safou em uma correria. Resumo o que se passou depois: você encontra a saída bloqueada. Reconsidera a situação. Retorno ofensivo de Conrad, que me ataca traiçoeiramente quando eu levava Véronique d'Hergemont para o submarino. Conrad recebe de um dos meus marroquinos um golpe funesto. Segundo momento cômico. Conrad é vestido com a túnica do velho Druida e estendido em uma das criptas. Naturalmente o teu primeiro impulso é se lançar sobre ele. E quando você vê o cadáver de Elfride, que tomou o lugar de Véronique d'Hergemont sobre a pedra dos sacrifícios, você imediatamente salta em cima dela e transforma em papa aquela que já tinha crucificado. Mais um engano! E então, o desfecho, também com o seu quê de cômico. Agora está suspenso no poste de tortura enquanto faço o meu discurso, que está acabando com você, e do qual se depreende que, se você conquistou a pedra-deus em virtude dos teus trinta crimes, fui eu que me apoderei dela pela minha própria virtude.

– Aqui está toda a aventura, meu caro Vorski. Salvo alguns pequenos incidentes, ou outros de maior importância, que não precisa conhecer, agora você sabe tanto como eu. Confortavelmente instalado, já teve muito tempo para refletir. Espero pois a tua resposta em relação a François. Vamos, dê um assobio… Então? Vai falar?

Dom Luís subira alguns degraus. Stéphane e Patrice tinham se aproximado e escutavam ansiosamente. Era evidente que Vorski ia falar.

Ele abrira os olhos e fitava dom Luís com um olhar onde havia ao mesmo tempo ódio e medo. Este homem extraordinário devia parecer-lhe alguém contra quem é absolutamente inútil lutar, e a quem não é menos inútil implorar compaixão. Dom Luís representava o vencedor e, diante daquele que é o mais forte, há que ceder ou que se humilhar. De resto, ele estava no limite da sua resistência. O suplício tornava-se intolerável.

Disse algumas palavras em uma voz ininteligível.

– Fale mais alto – disse dom Luís. – Não ouço. Onde está François d'Hergemont?

Subiu mais um pouco na escada. Vorski balbuciou:

– Ficarei livre?

– Palavra de honra. Iremos todos embora, exceto Otto, que o libertará.

– Imediatamente?

– Imediatamente.

– Então…

– Então?

– François está… vivo.

– Disso não tenho eu dúvidas, seu grande estúpido. Mas onde ele está?

– Preso no barco…

– No barco que está suspenso na base da falésia?

– Sim.

Dom Luís bateu com a mão na testa.

– Grande idiota!... Não ligue, estou falando de mim. Sim, devia ter pensado nisso! Tout-Va-Bien estava dormindo embaixo do barco, tranquilamente, como um bom cão que dorme ao pé do dono! E Tout-Va-Bien, quando o lançaram na pista de François, conduziu Stéphane ao barco. Na verdade, às vezes, até os mais astutos agem como burros! Mas você, Vorski, então sabia que havia ali uma descida e um barco?

– Desde ontem.

– E você, espertalhão, pensava que ia fugir nesse barco?

– Sim.

– Está bem, pode ir nele, Vorski, com Otto. Deixo o barco para você. Stéphane!

Mas Stéphane Maroux já corria em direção à falésia, escoltado por Tout-Va-Bien.

– Liberte François, Stéphane – gritou dom Luís. E acrescentou, dirigindo-se aos marroquinos: – Vocês, ajudem-no. E ponham o submarino para trabalhar. Partiremos daqui a dez minutos.

Voltou-se para Vorski.

– Adeus, caro amigo. Ah! Só mais uma palavra. Em qualquer aventura digna desse nome, há sempre uma intriga amorosa. A nossa parece fugir à regra, pois não ousaria aludir aos sentimentos que moviam-no para a santa criatura que usava o teu nome. Contudo, devo contar a você sobre um amor muito puro e nobre. Viu a pressa com que Stéphane foi em socorro de François? Evidentemente ele gosta muito do seu jovem aluno, mas gosta mais ainda da mãe. E, visto que tudo o que é agradável a Véronique d'Hergemont não pode deixar de lhe agradar, confesso a você que ele não é indiferente a ela, e que esse amor admirável tocou o seu coração de mulher, e que foi com grande alegria que ela encontrou Stéphane esta manhã e que tudo acabará em casamento... a partir do momento em que ela ficar viúva, bem entendido. Está entendendo, não está? O único obstáculo que impede a felicidade dela é você. Por isso, como você é um cavalheiro, não vai querer... Mas não digo mais nada. Espero que a vida o faça morrer o mais cedo possível. Adeus, meu velho. Não aperto a sua mão, mas a intenção é o que vale! Otto, daqui a dez minutos, e salvo aviso em contrário, desamarre o teu patrão. Encontrarão o barco na base da falésia. Boa sorte, meus amigos.

Era o fim. Entre dom Luís e Vorski, a batalha estava terminada, nem por um só instante o seu desfecho fora uma incógnita. Desde o primeiro minuto, um dos dois adversários dominara o outro de tal modo, que este último, apesar de toda a sua audácia e experiência de criminoso, passara a ser um boneco desarticulado, grotesco e absurdo. Tendo conseguido a execução integral do seu plano, tendo atingido e ultrapassado o objetivo pretendido, vitorioso, senhor dos acontecimentos, ele encontrara-se de repente amarrado à árvore do suplício e ali estava, ofegante e cativo, como um inseto preso com um alfinete em uma rolha de cortiça.

Sem dar mais importância à sua vítima, dom Luís dirigiu-se a Patrice Belval, que não pôde deixar de lhe dizer:

– Mesmo assim, está facilitando as coisas para esta gente ignóbil.

– Ora, não tardarão a serem apanhados em outro lugar qualquer – retorquiu dom Luís. – O que quer que eles façam?

– Mas, antes disso, vão buscar a pedra-deus.

– Impossível! Precisariam de vinte homens para isso, andaimes, material. Até eu já desisti disso, por enquanto. Voltarei depois da guerra.

– Mas, diga, dom Luís, afinal o que é essa pedra milagrosa?

– Olha só, que curioso… – disse dom Luís sem dar outra resposta.

Puseram-se a caminho, e dom Luís, esfregando as mãos, pronunciou:

– Bom trabalho! Desembarcamos em Sarek não há muito mais que vinte e quatro horas. E há vinte e quatro séculos durava esse enigma. Uma hora por século. Os meus cumprimentos, Lupin.

– Também dou-lhe os meus cumprimentos com muito gosto, dom Luís – disse Patrice Belval –, embora não valham tanto como os de um conhecedor como o senhor.

Quando chegaram à areia da pequena praia, o barco de François, já descido, estava vazio. Mais longe, à direita, o *Rolha de Cristal* flutuava no mar tranquilo.

François correu ao encontro deles e parou a alguns passos de dom Luís, fitando-o com os olhos muito abertos.

– Então – murmurou – é o senhor?... É o senhor quem eu esperava?...

– Meu Deus – disse dom Luís a rir –, não sei se você me esperava... mas tenho certeza de que sou realmente eu...

– O senhor... o senhor... Dom Luís Perenna... quer dizer...

– Psiu, mais nenhum nome... apenas Perenna... E não falemos de mim, está bem? Eu fui um acaso, alguém que estava de passagem e chegou na hora certa. Enquanto você... Caramba, meu pequeno, você se saiu mesmo muito bem... Então passou a noite naquele barco?

– Sim, debaixo da cobertura, amarrado ao fundo e amordaçado.

– Estava com medo?

– Nenhum. Ainda não estava lá havia um quarto de hora, quando Tout--Va-Bien chegou. Por isso...

– Mas aquele homem... aquele bandido... que ameaças ele fez a você?

– Nenhuma. Depois do duelo, enquanto os outros se ocupavam do meu adversário, ele trouxe-me aqui, dizendo-me que eu veria a mamãe e que íamos embarcar os dois. Depois, já perto do barco, prendeu-me sem dizer mais uma palavra.

– Conhece aquele homem, sabe o nome dele?

– Não sei nada sobre ele. Ele nos perseguia, à mamãe e a mim.

– Por razões que depois contarei a você, François. De qualquer maneira, já não precisa mais ter medo dele.

– Oh! Não o mataram, não é?

– Não, mas tornei-o inofensivo. Tudo isso será explicado. Mas creio que, no momento, o que temos de mais urgente é irmos ver a sua mãe.

– Stéphane disse-me que ela estava descansando no submarino e que o senhor a tinha salvo. Ela está à minha espera, não é?

– Sim, esta noite, ela e eu estivemos conversando e eu prometi que o encontraria. Senti que ela tinha confiança em mim. Mesmo assim, Stéphane, é melhor você ir à frente para prepará-la...

À direita, na extremidade de uma cadeia de rochedos que formavam uma espécie de quebra-mar natural, o *Rolha de Cristal* flutuava nas águas tranquilas. Uma dezena de marroquinos agitavam-se por todos os lados. Dois deles seguravam uma pequena ponte que dom Luís e François atravessaram passado um instante.

Em uma das cabinas, transformada em salão, Véronique estava estendida sobre um canapé. O seu rosto pálido conservava a marca dos inexprimíveis sofrimentos por que passara. Parecia muito fraca, muito cansada. Mas os olhos cheios de lágrimas brilhavam de alegria.

François lançou-se nos seus braços. Ela começou a soluçar sem pronunciar uma palavra.

Diante deles, Tout-Va-Bien, sentado sobre o traseiro, batia com as patas e olhava-os, a cabeça um pouco inclinada para o lado.

– Mamãe – disse François –, dom Luís está aqui…

Ela pegou na mão de dom Luís e beijou-a demoradamente, enquanto François murmurava:

– O senhor salvou a mamãe… o senhor nos salvou…

Dom Luís interrompeu-o:

– Quer fazer-me um favor, pequeno François? Então não me agradeça. Se quiser agradecer a alguém, olha, agradeça ao teu amigo Tout-Va-Bien. Não parece ter tido um papel muito importante em tudo isso? E contudo, em contraste com o homem maldoso que nos perseguia, foi ele o gênio bom, o mais discreto, inteligente, modesto e silencioso.

– O senhor também foi.

– Oh! Eu não sou modesto nem silencioso, e é por isso que admiro Tout-Va-Bien. Vamos, Tout-Va-Bien, siga-me e pare de fazer gracinhas. Ficaria aí a noite inteira, porque eles vão passar horas e horas a chorar, a mãe e o filho…

A PEDRA-DEUS

O *Rolha de Cristal* deslizava à superfície. Dom Luís conversava, rodeado por Stéphane, Patrice e Tout-Va-Bien.

– Que canalha, esse Vorski – dizia. – Já tinha visto monstros como ele, mas nunca daquele calibre.

– Então, nesse caso… – objetou Patrice Belval.

– Então, nesse caso? – repetiu dom Luís.

– Volto aquilo que já lhe disse. Tem nas mãos um monstro, e deixa-o em liberdade! É bastante imoral, e além disso… pense só em todo o mal que ele poderá fazer, e que inevitavelmente fará! Não é uma pesada responsabilidade que assume, a dos crimes que ele vai cometer?

– Também é da mesma opinião, Stéphane? – perguntou dom Luís.

– Não sei bem qual é a minha opinião – respondeu Stéphane –, pois para salvar François eu estaria pronto a fazer qualquer concessão. – Mas, mesmo assim…

– Mesmo assim, teria preferido outra solução?

– Confesso que sim. Enquanto esse homem estiver vivo e em liberdade, a senhora d'Hergemont e o filho terão tudo a temer da parte dele.

– Mas que solução? Em troca da salvação imediata de François, prometi-lhe a liberdade. Teria sido melhor prometer-lhe apenas a vida e entregá-lo à justiça?

– Talvez – disse o capitão Belval.

– Está bem. Mas, nesse caso, a justiça instauraria um processo, acabaria por descobrir a verdadeira identidade do indivíduo, e ressuscitaria o marido de Véronique d'Hergemont e pai de François. Era isso que desejavam?

– Não, não – exclamou vivamente Stéphane.

– Não, com efeito – confessou Patrice Belval, bastante embaraçado. – Não. Essa solução não é a melhor, mas o que me espanta é que você, dom Luís, não tenha encontrado a melhor, aquela que nos teria satisfeito a todos.

– Só havia uma – declarou claramente dom Luís Perenna –, só havia uma.

– Qual?

– A morte.

Fez-se um silêncio. Depois dom Luís prosseguiu:

– Meus amigos, não foi uma simples brincadeira eu tê-los reunido em um tribunal, e não é porque os debates parecem ter terminado que o papel de juízes acabou. Ele continua, e o tribunal ainda não encerrou a audiência. É por isso que peço para responderem francamente: consideram que Vorski merece a morte?

– Sim – afirmou Patrice.

E Stéphane aprovou:

– Sim, sem dúvida.

– Meus amigos – prosseguiu dom Luís –, a resposta de vocês não é séria o suficiente. Peço que a expressem com toda a formalidade e em toda a consciência, como se estivessem diante do culpado. Repito: que pena merecia Vorski?

Eles levantaram a mão e, um após outro, pronunciaram:

– A morte.

Dom Luís deu um assobio. Um dos marroquinos acorreu.

– Dois pares de binóculos, Hadgi.

Quando os instrumentos foram trazidos, dom Luís deu-os a Stéphane e a Patrice.

– Estamos apenas a uma milha de Sarek. Olhem para a ponta da ilha, o barco já deve estar no mar.

– Sim – disse Patrice passado um instante.

– Está vendo, Stéphane?

– Sim, mas…

– Mas…

– Só há um passageiro.

– Só há um passageiro, com efeito – declarou Patrice.

Pousaram os binóculos e um deles começou:

– Só um deles está fugindo… Vorski evidentemente… Deve ter matado o seu cúmplice, Otto.

Dom Luís sorriu maliciosamente e disse:

– A não ser que o seu cúmplice Otto o tenha morto…

– Por que é que diz isso?

– Ora, lembrem-se da predição feita a Vorski quando ele era mais novo: *"A tua mulher morrerá crucificada, e tu serás morto por um amigo"*.

– Penso que uma predição não é suficiente.

– É por isso que tenho outras provas.

– Quais?

– Caros amigos, isso faz parte dos últimos problemas que temos de esclarecer em conjunto. Por exemplo, como é que pensam que eu substituí a senhora d'Hergemont por Elfride Vorski?

Stéphane abanou a cabeça.

– Confesso que não compreendi.

– E contudo é muito simples! Quando alguém faz truques de ilusionismo ou adivinha os pensamentos, logo se pensa que deve haver aí algum artifício, a ajuda de um comparsa, não é? Pois foi isso mesmo que aconteceu.

– Hein? Você tinha um comparsa?

– É claro que sim.

– Mas quem?

– O Otto.

– Otto! Mas você não saiu do nosso lado! Como falou com ele?

– Como poderia ter conseguido sem a cumplicidade dele? Na verdade, tive dois comparsas, Elfride e Otto, e ambos traíram Vorski, fosse por vingança, fosse por medo ou por cobiça. Enquanto você, Stéphane, levava Vorski para longe do Dólmen das Fadas, eu falava com Otto. O acordo foi rapidamente concluído, com algumas notas e sob a promessa de que ele sairia são e salvo da aventura. Além disso, fiz-lhe saber que Vorski tinha subtraído os cinquenta mil francos às irmãs Archignat.

– Como é que sabia disso? – perguntou Stéphane.

– Soube pela minha comparsa número um, Elfride, que eu continuava a interrogar em voz baixa, enquanto vocês espreitavam a aproximação de Vorski. E foi ela que me revelou igualmente, em algumas palavras, tudo o que ela sabia do passado de Vorski.

– No final das contas, você só viu Otto uma vez.

– Duas horas mais tarde, depois da morte de Elfride e depois dos fogos de artifício do carvalho oco, houve uma segunda entrevista, sob o Dólmen das Fadas. Vorski dorme, embrutecido pelo álcool, e Otto está de guarda. Compreendem como aproveitei essa ocasião para me documentar sobre o caso e para completar as minhas informações acerca de Vorski com aquelas que, sorrateiramente e nos últimos dois anos, Otto não cessara de recolher acerca do patrão, que ele detestava. Depois ele descarrega os revólveres de Vorski e de Conrad, ou melhor, tira as balas e deixa apenas os cartuchos. Depois passa-me o relógio e o caderninho de Vorski, assim como um medalhão vazio e uma fotografia da mãe de Vorski, que Otto lhe roubara alguns meses antes. Todas essas coisas me serviriam no dia seguinte para me fazer de bruxo diante do Vorski, na cripta onde ele iria me encontrar. Foi desta maneira que eu e Otto colaboramos.

– Que seja – disse Patrice –, mas você pediu a ele que matasse Vorski?

– Claro que não.

– Nesse caso, quem nos garante…

– Pensam que Vorski não acabou por adivinhar essa colaboração, que foi uma das causas da sua derrota? E pensam que o senhor Otto não previu essa eventualidade? Podem ter certeza, não tenham qualquer dúvida: Vorski, uma vez liberto da árvore, teria suprimido o seu cúmplice, quer para se vingar, quer para recuperar os cinquenta mil francos das irmãs Archignat. Otto se antecipou. Vorski ali estava, impotente, inerte, uma presa fácil. Ele deu-lhe uma facada. Vou ainda mais longe. Otto, que é um covarde, nem sequer o matou. Deve ter simplesmente deixado Vorski na árvore. E sendo assim, o castigo é completo. Estão satisfeitos, meus amigos, e ficou saciada a vossa sede de justiça?

Patrice e Stéphane calaram-se, impressionados pela terrível visão evocada por dom Luís.

– Vamos – disse ele a rir –, tive razão em não obrigá-los a pronunciar a sentença ao pé do carvalho e diante de um homem vivo! Vejo que os meus dois juízes teriam vacilado um pouco nesse instante. E o meu terceiro juiz também, não é, Tout-Va-Bien, você que é tão sensível e choramingão? E eu sou como vocês, meus amigos. Não somos daqueles que condenam e matam. Mas, mesmo assim, pensem naquilo que Vorski era, nos seus trinta crimes e nos seus requintes de crueldade, e felicitem-me por ter escolhido o cego destino como juiz, em última instância, e como carrasco responsável o execrável Otto. Seja feita a vontade dos deuses!…

As costas de Sarek perdiam-se no horizonte. Acabaram por desaparecer na bruma em que se fundiam o mar e o céu.

Os três homens permaneciam em silêncio. Pensavam na ilha morta, devastada pela loucura de um homem, na ilha morta onde em breve algum visitante encontraria os vestígios inexplicáveis do drama, as entradas dos subterrâneos, as celas com as suas "câmaras de morte", a sala da pedra-deus, as criptas funerárias, o cadáver de Conrad, o cadáver de Elfride, os esqueletos das irmãs Archignat e, por fim, perto do Dólmen das Fadas, onde estava gravada a profecia dos trinta caixões e das quatro cruzes, o grande corpo de Vorski, solitário, lamentável, retalhado pelos corvos e pelos pássaros noturnos.

EPÍLOGO

Uma casa de campo perto de Arcachon, na bonita vila de Moulleaux, onde os pinheiros descem até à margem escarpada do golfo.

Véronique está sentada no jardim. Oito dias de repouso e de alegria fizeram voltar a frescura ao seu belo rosto e varreram as más recordações. Ela olha com um sorriso para o filho, que, em pé, um pouco mais longe, ouve e interroga dom Luís Perenna. Olha também para Stéphane e os seus olhos encontram-se docemente.

Sente-se que há entre eles, pelo afeto que têm pela criança, um laço que os une estreitamente e que se reforça com pensamentos secretos e sentimentos confusos. Nem uma só vez Stéphane repetiu as confissões que fizera na cela das Charnecas Negras. Mas Véronique não as esqueceu. E o reconhecimento profundo que ela tem por aquele que educou o seu filho mistura-se com uma emoção especial e uma perturbação de que ela saboreia o encanto sem disso ter consciência.

Nesse dia, dom Luís, que apanhara o trem para Paris na própria noite em que o *Rolha de Cristal* os levara a todos até à vila de Moulleaux, nesse dia, ele chegara de imprevisto na hora do almoço, acompanhado por Patrice Belval, e já estão no jardim há uma hora, instalados em cadeiras de descanso, e o rapaz, com a cara corada de entusiasmo, não cessa de fazer perguntas àquele que os salvara.

– E então, o que é que fez?... Mas como é que conseguiu saber?... E, para isso, quem é que lhe deu uma pista?...

– Meu querido – observa Véronique –, não está aborrecendo dom Luís?

– Não, minha senhora – responde dom Luís, que se levanta, se aproxima de Véronique e lhe fala de maneira que o rapaz não ouve –, não, François não me aborrece e eu quero responder às perguntas dele. Mas confesso que ele me embaraça um pouco, e receio alguma inconveniência da minha parte. Diga-me, o que é que ele sabe exatamente acerca de todo este drama?

– Aquilo que eu própria sei, salvo, bem entendido, o nome de Vorski.

– Mas ele sabe o papel que teve Vorski?

– Sim, mas com certas atenuantes. Vorski é um prisioneiro evadido que teve conhecimento das lendas de Sarek e que, para se apropriar da pedra--deus, pôs em execução a profecia que lhe dizia respeito, profecia da qual omiti certos versos a François.

– E o papel de Eufride? O ódio dela contra você? As ameaças que ela lhe fez?

– Palavras de loucura, disse eu a François, e eu mesma não entendi o que queriam dizer.

Dom Luís sorriu.

– A explicação é um tanto sumária – disse – e parece-me que François compreende muito bem que certas partes do drama devem ficar e ficarão na sombra para ele. O essencial é que ele ignore que Vorski era pai dele, não é verdade?

– Ele ignora, e nunca saberá.

– E então, e era aí que eu queria chegar: com que nome ele vai ficar?

– Que quer dizer?

– Sim, de quem ele que é filho? Pois, sabe tão bem como eu, que em face da lei o caso apresenta-se assim: François Vorski morreu em um naufrágio, tal como o seu avô, há catorze anos. E Vorski morreu há um ano, assassinado por um camarada. Legalmente, nem um nem outro existem, e então?...

Véronique abanou a cabeça a sorrir.

– E então, não sei. A situação parece-me, de fato, insolúvel. Mas tudo se resolverá.

– Por quê?

– Porque o senhor está aqui.

Foi a vez dele sorrir.

– Nem sequer tenho o mérito dos meus atos, nem das medidas que tomo. Já está tudo resolvido antecipadamente. Não vale a pena ter preocupações!

– Não tenho razão?

– Sim – disse ele gravemente. – Quem sofreu tanto não deve ter mais nenhum aborrecimento. E a partir de agora nada a atingirá, eu juro. Proponho o seguinte. A senhora casou, contra o desejo do seu pai, com um primo muito afastado, que morreu depois de deixar um filho, François. Para se vingar, o seu pai raptou a criança e levou-a para Sarek. Tendo morrido o seu pai, o nome d'Hergemont desapareceu e nada há que possa recordar as circunstâncias do seu casamento.

– Mas o meu nome continua a ser o mesmo. Legalmente, no registo de nascimento, chamo-me Véronique d'Hergemont.

– O seu nome de solteira é substituído pelo seu nome de casada.

– Pelo nome de Vorski?

– Não, porque não se casou com o senhor Vorski, mas com um primo que se chamava…

– Que se chamava…?

– Jean Maroux. Aqui está uma certidão legalizada do casamento com Jean Maroux, casamento que vem mencionado no seu registro civil, como é atestado por este outro documento.

Véronique olhou para dom Luís com estupefação.

– Mas por quê?… Por que esse nome?

– Por quê? Para que o seu filho deixe de se chamar d'Hergemont, o que evocaria os acontecimentos do passado, ou Vorski, o que evocaria o nome de um canalha. Aqui está a certidão de nascimento de François Maroux.

Corada e confundida, ela repetiu;

– Mas por que é que escolheu precisamente esse nome?

– Pareceu-me que isso seria mais cômodo para François. É o nome de Stéphane, junto de quem François continuará a viver por muito tempo. Pode-se dizer que Stéphane era parente do seu marido, e a intimidade entre os três ficará assim explicada. É esse o meu plano. Fique certa de que não corre perigo algum. Quando se está diante de uma situação insolúvel e dolorosa como a sua, é realmente preciso empregar meios especiais, recorrer a medidas radicais e, confesso, muito pouco legais. Foi isso que fiz sem escrúpulos, porque tenho a sorte de dispor de recursos que não estão ao alcance de todos. Está de acordo?

Véronique inclinou a cabeça.

– Sim, sim – disse.

Ele levantou-se.

– De resto – acrescentou –, se há alguns inconvenientes, o futuro sem dúvida se encarregará de os remover. Bastará, por exemplo, e espero não ser indiscreto ao fazer alusão aos sentimentos de Stéphane em relação à mãe de François, bastará que um dia, por justiça, por gratidão, a mãe de François seja levada a reconhecer de bom grado a homenagem desses sentimentos. Então, tudo será mais simples se François já usar o nome de Maroux! O passado será mais facilmente abolido, tanto para François como para todas as pessoas, que já não poderão infiltrar no segredo de acontecimentos esquecidos, e que nada fará recordar. Pareceu-me que estes motivos tinham um certo peso. Sinto-me feliz por ver que é da mesma opinião.

Dom Luís saudou Véronique e, sem insistir mais, parecendo não notar a confusão dela, voltou-se para François e exclamou:

– Agora, meu filho estou à tua disposição. E visto que não quer deixar nada sem explicação, voltemos à pedra-deus e ao bandido que a cobiçava. Oh! Sim, ao bandido – repetiu dom Luís, considerando que não havia razão alguma para não falar de Vorski com toda a franqueza –, o bandido mais temível que já encontrei, porque ele acreditava na sua missão... Numa só palavra, um doente, um transtornado...

– Então, primeiro, o que eu não compreendo – observou François – é que o senhor tenha esperado toda a noite antes de capturá-lo, enquanto ele e os seus cúmplices dormiam debaixo do Dólmen das Fadas.

– Muito bem, meu filho – exclamou dom Luís sorrindo –, encontrou um ponto fraco! Se eu tivesse agido desse modo, o drama acabaria doze ou catorze horas mais cedo. Mas você teria sido libertado? O bandido teria falado e revelado onde você estava? Penso que não. Para lhe soltar a língua era preciso maltratá-lo. Era preciso entontecê-lo, torná-lo louco de inquietação e angústia, e incutir-lhe, através de mil provas, o sentimento da sua irremediável derrota. Senão, ele se calaria e talvez nós não teríamos o encontrado… E depois, nesse momento, o meu plano não era claro, não sabia bem como terminar e só muito mais tarde pensei, não em infligir-lhe uma tortura violenta, sou incapaz disso, mas em amarrá-lo àquela árvore onde ele quis matar a sua mãe. De modo que, embaraçado, hesitante, cedi simplesmente, afinal, à necessidade um pouco infantil, confesso, de ir até ao fim da profecia, de ver como se comportaria o predestinado diante do velho Druida, em uma palavra, de me divertir. Ora, essa aventura era tão tenebrosa que me pareceu necessário um pouco de bom humor. E eu ri bastante. Foi essa a minha falta, reconheço e peço desculpas.

O rapaz também ria. Dom Luís abraçou-o e repetiu:

– Desculpe-me?

– Sim, mas com a condição de que continue a me responder. Tenho mais duas perguntas: a primeira é pouco importante…

– Diga.

– Trata-se do anel. De onde veio aquele anel que o senhor pôs primeiro no dedo da mamãe, e depois no dedo de Elfride?

– Fui eu que o fiz, durante a noite, em alguns minutos, com um anel velho e algumas pedras coloridas.

– Mas o bandido reconheceu-o como sendo o da mãe dele.

– Pareceu reconhecê-lo, porque o anel era parecido.

– Mas como sabia isso? Como conhecia essa história?

– Ele mesmo me disse.

– Será possível?

– É verdade! Palavras que lhe escaparam enquanto dormia debaixo do Dólmen das Fadas… um pesadelo de bêbado… contou aos poucos toda a história da mãe, e que Elfride conhecia, aliás, em parte. Vê como foi simples! E como o acaso me favoreceu!

– Mas o enigma da pedra-deus não é assim tão simples! – exclamou François. – E você decifrou! Há séculos tentavam desvendá-lo, e o senhor levou apenas algumas horas!

– Não, apenas alguns minutos, François. Bastou-me ler a carta que o seu avô escreveu ao capitão Belval sobre o assunto. Pelo correio, dei ao seu avô todas as explicações sobre a localização e a natureza maravilhosa da pedra-deus.

– Pois bem, dom Luís – exclamou o rapaz –, são essas explicações que eu peço. Aqui está a minha última pergunta, eu prometo. Por que é que se acreditava no poder da pedra-deus? E em que é que consistia esse poder?

Stéphane e Patrice aproximaram as suas cadeiras. Véronique ergueu-se e prestou atenção. Todos compreendiam que dom Luís esperara que estivessem reunidos para rasgar diante deles o véu do mistério.

Ele pôs-se a rir.

– Não estejam à espera de qualquer coisa sensacional – disse. – Um mistério só vale pelas trevas que o envolvem e, como já dissipamos essas trevas, só resta o próprio fato na sua crua realidade. Mas, contudo, esse caso é estranho, e a realidade não está desprovida de alguma grandeza.

– E assim tinha de ser – disse Patrice Belval –, para que essa realidade originasse na ilha de Sarek, e em toda a Bretanha, uma tal lenda de milagres.

– É verdade – prosseguiu dom Luís. – É uma lenda tão tenaz que ainda hoje nos influencia, e nenhum de vocês escapou a essa obsessão do milagre.

– O quê?! – protestou o capitão. – Mas eu não acredito em milagres.

– Eu também não – afirmou o rapaz.

– Sim, sim, acreditam, admitem o milagre como uma possibilidade. Senão, há muito tempo teriam descoberto toda a verdade.

– Como é isso?

Dom Luís colheu uma magnífica rosa num arbusto, cujos ramos se inclinavam em direção a ele, e perguntou a François:

– Será possível que eu transforme esta rosa, cujas proporções são já as que uma rosa raramente atinge, em uma flor duas vezes maior? E transformar esta roseira em uma planta com o dobro do tamanho?

– Com certeza que não – declarou François.

– Então por que é que você admitiu, por que é que todos admitiram, que Maguennoc pudesse chegar a esse resultado, colhendo apenas alguma terra em certos locais da ilha e a determinadas horas? Isso é um milagre, e o aceitaram sem hesitação, inconscientemente.

Stéphane objetou:

– Aceitamos aquilo que víamos.

– Mas aceitaram como um milagre, ou seja, como um fenômeno que Maguennoc provocava através de processos especiais e, na verdade, sobrenaturais. Enquanto que eu, ao ler esse detalhe na carta do senhor d'Hergemont, eu percebi... Imediatamente relacionei essas flores monstruosas com o nome que davam ao Calvário Florido. E a minha convicção foi instantânea: Não, Maguennoc não é um bruxo. Apenas desbravou à volta do calvário um terreno não cultivado, bastando-lhe pôr um bocado de húmus para que crescessem flores anormais. Então a pedra-deus está lá por baixo, a pedra-deus que na Idade Média fazia brotar as mesmas flores anormais, a pedra-deus que no tempo dos Druidas curava os doentes e fortificava as crianças.

– Portanto – observou Patrice –, há um milagre.

– Há um milagre, se aceitarmos as explicações sobrenaturais. Há um fenômeno natural, se procurarmos e encontrarmos as causas físicas capazes de suscitar um aparente milagre.

– Mas essas causas físicas não existem!

– Existem, porque vocês viram as flores monstruosas.

– Então – perguntou Patrice, não sem ironia –, há uma pedra que pode, naturalmente, curar e fortificar? E essa pedra é a pedra-deus?

– Não uma pedra especial, não. Mas há pedras, blocos de pedra, rochas, colinas e montanhas rochosas que contêm camadas de minerais formados por diversos metais, óxidos de urânio, prata, chumbo, cobre, níquel, cobalto, etc. E entre esses metais há aqueles que emitem uma radiação especial, com propriedades particulares, e que se chama radioatividade. São jazidas de óxido de urânio, que na Europa podem ser encontradas no norte da Boêmia e que são exploradas perto da pequena cidade de Joachimsthal... esses corpos radioativos são o urânio, o hélio e, principalmente, no caso em questão...

– O rádio – interrompeu François.

– Falou bem, pequeno, o rádio. Há fenômenos de radioatividade um pouco por todo o lado e pode-se dizer que se manifestam em toda a natureza, por exemplo, na ação benéfica das águas termais. Mas os corpos nitidamente radioativos, como o rádio, possuem propriedades mais definidas. Está fora de dúvida, por exemplo, que a radiação do rádio exerce influência sobre a vida dos vegetais, poder análogo ao da passagem de uma corrente elétrica. Em ambos os casos, a ação sobre o meio nutritivo torna mais assimiláveis os elementos necessários à planta e estimula o seu crescimento. Também não há dúvida de que a radiação é capaz de exercer uma ação fisiológica sobre os tecidos vivos, produzindo neles modificações mais ou menos profundas, destruindo certas células ou contribuindo para o desenvolvimento de outras, ou até determinando a sua evolução. A radioterapia pode curar ou melhorar, em muitos casos, reumatismos articulares, perturbações nervosas, úlceras, eczemas, tumores. Em uma palavra, o rádio é um agente terapêutico de uma real eficácia.

– Então – disse Stéphane –, considera a pedra-deus...

– Considero a pedra-deus como sendo um bloco de óxido natural de urânio, contendo rádio e proveniente das jazidas de Joachimsthal. Já conhecia há muito tempo a lenda da Boêmia que fala de uma pedra milagrosa, outrora arrancada do flanco de uma colina e, no decurso de uma viagem, vi o vazio deixado por essa pedra. Corresponde exatamente às dimensões da pedra-deus.

– Mas – objetou Stéphane –, o rádio só existe nas rochas em quantidades infinitesimais. Basta pensar que, do tratamento de uma massa de cento e quarenta toneladas de rochas, só se extrai afinal um grama de rádio. E está atribuindo um poder miraculoso à pedra-deus, que pesa no máximo duas toneladas...

– Mas que contém evidentemente rádio em quantidade apreciável. A natureza não é obrigada a ser avara e a dispersar o rádio. Podia – e foi o que aconteceu – acumulá-lo na pedra-deus com bastante generosidade, de modo que ela pudesse produzir os fenômenos aparentemente extraordinários que conhecemos... Além disso, devemos dar o desconto em relação a certos exageros populares.

Stéphane parecia cada vez mais convencido. No entanto, ainda disse:

– Um último ponto. Além da pedra-deus, há o pequeno pedaço do pedra que Maguennoc encontrou no cetro de chumbo, e cujo contato prolongado lhe queimou a mão. Em sua opinião, seria um grão de rádio?

– Não há dúvida. E é aí que talvez a presença e o poder do rádio, em toda esta aventura, nos são revelados com mais nitidez. O grande físico Henri Becqúerel, tendo guardado no bolso um tubo que continha sais de rádio, sofreu ao fim de alguns dias uma ulceração supurante na pele. Curie repetiu a experiência: o mesmo resultado. O caso de Maguennoc deve ter sido mais grave, porque ele conservou o pedaço de rádio na mão. Formou-se uma ferida de aspecto cancerígeno. Apavorado com tudo o que sabia e com tudo o que ele mesmo dissera sobre a pedra milagrosa, que queima como o fogo do inferno e "que dá vida ou morte", ele decepou a mão.

– Está bem – disse Stéphane. – Mas de onde veio esse grão de rádio puro? Não pode ser um fragmento da pedra-deus, porque mesmo que um mineral seja muito rico, o rádio não se incorpora em grãos isolados, mas de forma dispersa, e tem de ser dissolvido e depois reunido, por meio de uma série de operações, em um produto suficientemente rico para ser submetido à cristalização fracionada. Tudo isso, assim como muitas outras operações subsequentes, exige imenso material, fábricas, laboratórios, cientistas, em uma palavra, um estado de civilização que difere um pouco, confesse, do estado de barbárie em que os nossos antepassados celtas estavam mergulhados...

Dom Luís sorriu e bateu no ombro do jovem.

– Muito bem, Stéphane, agrada-me ver que o professor e amigo de François tem um espírito lúcido e lógico. A objeção é absolutamente justa. Poderia responder com a ajuda de uma hipótese perfeitamente legítima, supor um meio natural de isolar o rádio, imaginar que em uma gralha granítica, no fundo de uma grande bolsa que contém mineral radífero, se abriu uma fissura por onde as águas do rio escorreram lentamente e arrastaram porções ínfimas de rádio, que essas águas assim carregadas circulam por um longo e estreito corredor, reúnem-se, concentram-se e, depois de muitos séculos, filtrando-se pequenas gotinhas logo evaporadas, formam no local de saída uma pequena estalactite muito rica em rádio, cuja extremidade foi um dia partida por algum guerreiro celta... Mas será preciso procurar tão longe e recorrer a essa hipótese? Não bastará apenas referir o gênio e os recursos inesgotáveis da natureza? Produzir pelos seus próprios meios um grão de rádio será para ela um esforço mais prodigioso do que fazer amadurecer uma cereja ou eclodir uma rosa... ou dar vida ao delicioso Tout-Va-Bien! O que me diz, François? Estamos de acordo?

– Estamos sempre de acordo – respondeu o rapaz.

– E não lamenta não haver nenhum milagre na pedra-deus?

– Mas o milagre continua a existir!

– Tens razão, François, continua a existir, cem vezes mais belo e esplendoroso. A ciência não anula os milagres, purifica-os e enobrece-os. O que seria esse pequeno poder obscuro, caprichoso, maldoso, incompreensível, que residia na ponta de uma varinha mágica e agia ao acaso, segundo a fantasia ignorante de um chefe bárbaro ou de um Druida, o que seria isso ao lado do poder benéfico, claro, leal e também miraculoso, que hoje vemos em uma poeira de rádio? O que seria...

Dom Luís calou-se de repente e começou a rir:

– Bem, estou começando a me entusiasmar e pintar uma ode à ciência. Desculpe-me, minha senhora – acrescentou, levantando-se e aproximando-se de Véronique –, e diga-me se a aborreci muito com as minhas explicações? Não, não é verdade? Não demasiado? De resto, terminei... ou quase terminei. Só falta esclarecer uma coisa, só falta tomar uma decisão.

Sentou-se junto dela.

– Bem, é o seguinte. Agora que conquistamos a pedra-deus, um verdadeiro tesouro, o que vamos fazer dela?

Véronique foi categórica:

– Oh! Em relação a isso, não há problema. Não quero nada que venha de Sarek, nada do que se encontra no Priorado. Nós vamos trabalhar.

– No entanto, o Priorado lhe pertence...

– Não, não, Véronique d'Hergemont já não existe e o Priorado não pertence a ninguém. Que seja tudo vendido em leilão público! Não quero nada, nada desse passado maldito.

– E como vai viver?

– Como vivia, do meu trabalho. E tenho certeza de que François está de acordo, não é, querido?

E, em um movimento instintivo, voltando-se para Stéphane, como se ele tivesse o direito de dar a sua opinião, ela acrescentou:

– Também está de acordo, não está, meu amor?

– Inteiramente.

E ela prosseguiu:

– De resto, ainda que não duvide dos sentimentos afetuosos do meu pai, não tenho mais prova alguma de quais eram as suas últimas vontades em relação a mim.

– Talvez eu tenha essas provas – disse dom Luís.

– Como?

– Patrice e eu voltamos a Sarek. Em uma secretária do quarto de Maguennoc, no fundo de uma gaveta secreta, Encontramos um envelope lacrado, mas sem endereço, e que abrimos. Continha um título de rendimento de vinte mil francos e as seguintes palavras em uma folha de papel:

Depois da minha morte, Maguennoc entregará este título a Stéphane Maroux, a quem confio o meu neto François. Quando François tiver dezoito anos, o título pertencerá a ele. Quero crer, aliás, que ele procurará encontrar a sua mãe, e que ela rezará por mim. As minhas bênçãos aos dois.

– Aqui está o título... – disse dom Luís – e a carta. Data do mês de abril deste ano.

Véronique ficou espantada. Olhou dom Luís e pensou que tudo aquilo podia muito bem ser uma história inventada por aquele homem estranho para acudir às necessidades dela e do filho. Ideia passageira. No fim de contas, o ato do senhor d'Hergemont era muito natural e, prevendo as dificuldades com que se debateriam depois da sua morte, era justo que tivesse pensado no seu neto. Murmurou:

– Não tenho o direito de recusar...

– E tem menos ainda esse direito – exclamou dom Luís –, porque se trata de um assunto acima da senhora, e porque a vontade do seu pai diz respeito diretamente a François e Stéphane. Portanto, estamos de acordo sobre isso. Resta a pedra-deus, e faço novamente a minha pergunta. O que vamos fazer dela? A quem pertence?

– A você – declarou nitidamente Véronique.

– A mim?

– Sim, a você que a descobriu, a você que lhe deu todo o seu significado.

Dom Luís observou:

– Devo lembrar-lhe que esse bloco de pedra tem, sem dúvida, um valor incalculável. Por maiores que sejam os milagres feitos pela Mãe Natureza, somente graças a um concurso prodigioso de circunstâncias ela pôde realizar o milagre de acumular tanta matéria preciosa em um volume tão pequeno. Temos ali tesouros e mais tesouros.

– Melhor ainda – disse Véronique. – O senhor saberá aproveitá-los melhor do que ninguém.

Dom Luís refletiu por um instante e concluiu, rindo:

– Tem toda a razão, e confesso que já esperava esse desfecho. Primeiro, porque o meu direito sobre a pedra-deus me parece estabelecido por títulos de propriedade suficientes. Depois, porque preciso desse bloco de pedra. Meu Deus, sim, a laje funerária dos reis da Boêmia não esgotou o seu poder mágico, e ainda há povos sobre os quais esse poder terá a mesma influência que sobre os nossos antepassados gauleses. E, justamente, estou ocupado com um caso formidável em que um tal recurso me será precioso. Dentro de alguns anos, acabada a minha obra, trarei novamente a pedra-deus para a França e ela ficará em um laboratório nacional que tenciono fundar. E assim a ciência purificará todo o mal que a pedra-deus fez, e a funesta aventura de Sarek será resgatada. Está de acordo, minha senhora?

Ela estendeu-lhe a mão:

– De todo o meu coração.

Fez-se um prolongado silêncio. Depois dom Luís Perenna prosseguiu:

– Oh! Sim, essa funesta aventura, não há palavras para dizer como foi terrível. Conheci algumas horríveis, eu mesmo as vivi e deixaram-me uma recordação angustiante. Mas esta ultrapassa a todas elas. Foi além de tudo o que é possível na realidade e na dor humana. Foi ilógica, por ser fruto da ação de um louco… E também porque se desenrolou em uma época de loucura e de desorientação. Foi a guerra que permitiu a execução, em silêncio e segurança, de crimes concebidos e preparados por um monstro. Em tempos de paz, os monstros não têm tempo para ir até ao fim dos seus estúpidos sonhos. Nesta época, e naquela ilha isolada, o monstro encontrou condições especiais anormais…

– Não falemos mais disso, está bem? – murmurou Véronique com a voz trêmula.

Dom Luís beijou a mão da jovem mulher, depois segurou Tout-Va-Bien e ergueu-o nos braços.

– Tem razão. Não falemos mais disso. Senão, cairíamos em lágrimas, e Tout-Va-Bien ficaria melancólico. Tout-Va-Bien, meu delicioso Tout-Va-Bien, não falemos então dessa terrível aventura. Mas, mesmo assim, lembremos certos episódios que foram bonitos e pitorescos. Não é,

Tout-Va-Bien, o jardim das flores gigantescas de Maguennoc, você vai se lembrar dele como eu? E a lenda da pedra-deus, a epopeia das tribos celtas, que erravam com a laje funerária dos seus reis, aquela laje vibrante de rádio de onde parte incessantemente um bombardeamento de átomos vivificantes e miraculosos? Você não acha, Tout-Va-Bien, que tudo isso é interessante? Simplesmente, veja, excelente Tout-Va-Bien, se eu fosse romancista e quisesse contar a história da Ilha dos Trinta Caixões, pouco me preocuparia com a terrível verdade e daria a você um papel muito mais importante. Suprimiria a intervenção desse maçante e falador dom Luís, e seria você o salvador intrépido e silencioso. Seria você a lutar contra o abominável monstro, seria você a frustrar as suas maquinações e, por fim, graças ao teu maravilhoso instinto, você derrotaria o mal e faria triunfar a virtude. E assim é que tudo estaria bem, pois ninguém melhor do que você, delicioso Tout-Va-Bien, seria capaz de nos mostrar, por mil provas convincentes, que na vida tudo se resolve e tudo acaba bem.